시간의
조정자

시간의 조정자 5

김욱 新무협 판타지 소설

초판 1쇄 찍은 날 § 2004년 3월 12일
초판 1쇄 펴낸 날 § 2004년 3월 22일

지은이 § 김욱
펴낸이 § 서경석

편집장 § 문혜영
편집 § 장상수 · 서지현
마케팅 § 정필 · 강양원 · 이선구 · 김규진 · 홍현경

펴낸곳 § 도서출판 청어람
등록번호 § 제1081-1-89호
등록일자 § 1999. 5. 31
어람번호 § 제2-0349호

주소 § 경기도 부천시 원미구 심곡1동 350-1 남성B/D 3F (우) 420-011
전화 § 032-656-4452 팩스 § 032-656-4453
E-mail § eoram99@chollian.net

값 8,000원

ISBN 89-5831-043-X 04810
ISBN 89-5505-805-5 (SET)

김욱 新무협 판타지 소설

시간의 조정자

천부인
완결

도서출판
청어람

5권 | 천부인

I장
죽음의 함정

　일행은 장안을 출발해 수양산(首陽山)으로 향하고 있었다. 그곳 계곡에 위치한 도격문을 찾아가는 중이었다.

　일행은 음월의 인도를 받으며 움직이고 있었는데, 부현은 진소희와 함께 뒤로 축 처져서 가고 있었다. 진소희는 억류되어 있는 문도들 때문에 마음이 급했지만 부현이 잡고 놔주질 않으니 앞서 나갈 수가 없었다.

　"이리 좀 와봐."

　부현은 앞선 일행이 듣지 못하도록 작은 목소리로 부르며 진소희를 끌어당겼다. 그녀의 몸을 차지했다고 어느새 말까지 놓으며 말이다.

　"다른 사람들이 보면 어쩌려고 이러세요?"

　진소희 역시 작은 목소리로 나무랐지만, 부현은 개의치 않은 채 그녀의 허리에 팔을 둘렀다.

　"남들 신경 쓸 것 없어. 내가 살던 시대에선 연인끼리 다 이러고 다

넜다고. 내가 그걸 얼마나 해보고 싶었는데."

　부현의 시대에서야 어쨌든 이 시대의 여성들이 대낮에 남자와 바짝 붙어 다니는 것은 대단히 부끄러운 일이었다.

　"어쨌든 이 팔 좀 치우고 말씀하세요."

　진소희는 자신의 허리를 두르고 있는 부현의 팔을 풀어내려고 하였다. 그러나 부현은 풀어주기는커녕 손을 그녀의 가슴으로 슬그머니 올렸다.

　"어머! 이러시면……!"

　진소희가 화들짝 놀라며 얼른 몸을 빼내려 하자 부현은 팔에 힘을 주어 더욱 세게 끌어안았다.

　"제발 이러지 마세요. 남들이 봐요."

　"보긴 누가 본다고 그래?"

　첫 도둑질에 밤새는 줄 모른다고 했던가? 죽음의 위기가 마련해 준 인연으로 생애의 첫 여자를 경험한 부현은 잠시도 그녀를 가만두려 하지 않았다.

　"우리 입맞춤 한 번만 하자."

　"미쳤어요?"

　"걱정 마, 아무도 우리에게 신경 쓰지 않고 있으니까."

　진소희를 안심시키기 위해 부현이 앞서 가는 일행을 가리킬 때였다.

　"다 들리는데 어떻게 신경이 안 쓰이냐, 이 웬수야!"

　은강이 휙 돌아서며 소리쳤다.

　화닥닥!

　갑작스러운 은강의 행동에 놀란 부현은 진소희를 얼른 놓아주었고, 진소희는 목덜미까지 빨갛게 물들인 채 어쩔 줄 몰라 하는 모습이었다.

　"사내자식이 좀 진득한 맛이 있어야지, 여자 하나 생겼다고 어쩌지 못해 안달하고 있으니 원."

"그냥 둬라, 은강아. 이럴 땐 못 들은 척해주는 거야."

나연이 은강은 돌려세우려 해보았지만 그녀는 손을 뿌리친 채 계속 떠들어댔다.

"우리 오라버니가 너 같았으면 궁녀들 더듬느라 손가락 다 부러졌겠다!"

'으이그, 저 웬수······.'

은강 때문에 분위기가 다 깨져 버리자 부현은 원망스러운 눈길로 은강을 쏘아보며 일행 뒤를 터덜터덜 쫓아갔다.

그 후로도 부현은 틈만 나면 진소희를 귀찮게 했고, 그럴 때면 어김없이 은강이 나서서 분위기를 깨놓았다. 그렇게 반복하기를 얼마나 하였을까? 사위가 어둠으로 짙게 물들어갈 즈음 일행은 드디어 도격문이 자리한 수양산(首陽山) 계곡에 도착할 수 있었다.

"이제부터 각별히 조심하셔야 해요. 여기서 본 문까지는 얼마 멀지 않으니까요."

음월이 경계심을 일깨우자 그동안 진소희에게 몰입해 있던 부현도 정신을 바짝 차리며 일행의 움직임에 동참했다.

계곡 입구는 양쪽으로 완만한 산비탈을 가진 넓은 형태였으나 안으로 들어갈수록 점점 좁고 험해졌다.

이윽고 계곡의 막다른 곳에 이르렀을 때 도격문의 모습이 나타났다. 중앙에 판판하게 다진 연무장이 있고, 그 주변을 에워싼 절벽을 파내고 수십 채의 전각이 지어져 있었다.

"훌륭한 곳이군요."

바람이 나직한 소리로 탄성을 흘렸다.

"그가 오기 전까지는 그랬지요."

"문도들은 어디에 감금되어 있습니까?"

"그들을 한꺼번에 감금할 만큼 큰 대전은 없어요. 아마도 여러 군데 분산해서 감금해 두었을 거예요."

"그런데 감시하는 자가 아무도 없다는 게 이상하군요. 붉은 안개가 아직까지 깔려 있는 것도 아니고."

바람의 말대로 너무나 조용했다. 아무리 철저히 금제를 가해두었다 하더라도 백여 명이나 되는 인원을 감금해 두려면 최소한의 감시자는 있어야 옳았다. 그런데 이렇게 조용하다는 것은……

그때 부현이 말했다.

"이상한 냄새가 나지 않아요? 퀴퀴한 게 생선 썩는 냄새 같기도 하고……"

그의 말을 듣는 순간 진소희와 음월의 뇌리로 불안한 예감이 스쳐 지나갔다.

"설마……"

두 여인은 급히 도격문 안으로 뛰어들어 갔다. 그런데 어느 경계를 넘어서는 순간 마치 수직으로 세워진 수면을 뚫고 들어가는 듯한 파문이 허공에 생겨났다. 당사자들은 그것을 모르는 듯했지만 뒤처진 일행의 눈에는 똑똑히 보였다. 뭔지 모를 결계가 쳐져 있는 게 분명했다.

"조심하시오!"

바람이 소리쳤지만 결계 안으로 들어간 진소희와 음월의 귀에는 들리지 않는 것 같았다.

"뭐 해요? 따라가서 도울 생각들 않고?"

진소희가 위험할지도 모른다는 생각으로 부현이 조바심치며 결계 안으로 뛰어들자 나머지 일행도 어쩔 수 없이 따라 들어갔다.

결계 안으로 들어서자 썩는 냄새가 더욱 진동했다.

"이건 송장 썩는 냄새다."

"그럼 도격문 사람들이 벌써 다 죽었다는 얘기예요?"

"냄새가 심한 걸로 봐서 진 낭자가 떠나던 날 이미 죽었을 가능성이 크다."

"그렇다면 이곳은 우릴 끌어들이기 위한 함정일 확률이 크다는 얘기네요?"

"아마도."

부현과 바람이 심각한 얘기를 주고받는 사이 전각 몇 곳을 둘러본 진소희와 음월이 참담한 표정으로 돌아왔다.

"모두 죽었어요… 한 명도 빼놓지 않고……."

"지금 그게 문제가 아냐. 우리가 죽게 생겼다고."

부현은 결계가 쳐져 있던 상황 등, 이곳이 함정일 가능성이 높다는 얘기를 두 여인에게 해준 뒤에 서둘러 빠져나가려 하였다.

그런데 어찌 된 일인지 들어왔던 입구가 거대한 절벽으로 꽉 막혀 있지 않겠는가!

"저게 뭔 일이래?"

"들어오는 것은 쉬워도 나갈 수는 없게 만든 진인 것 같다."

"젠장, 꼼짝없이 갇혀 버렸네."

부현이 낭패한 표정을 짓고 있을 때였다.

"예상대로 와주었구나, 고구려의 무사들이여!"

계곡을 웅웅, 울리는 음성이 절벽 위에서 들려왔다. 그곳을 향해 시선을 던진 일행은 진붉은 운무덩어리를 볼 수 있었다.

"진소희, 네가 이럴 줄 알고 도격문도들을 일찌감치 처리해 버렸지."

"이, 악마! 네가 이런 만행을 저지르고도 무사할 것 같으냐!"

"내 이름은 알키루스! 복수를 원한다면 언제든 찾아와도 좋다. 하지만 그러려면 당장 살아남을 궁리부터 해야 할 것. 나는 이곳에 충분한 안배를 해두었다. 너희가 모든 난관을 뚫고 살아남는다면 언제든 도전을 받아주겠다."

바람이 소리쳤다.

"한 가지만 묻겠다! 불환동부 입구에서 벌어졌던 참상도 그대의 짓이었나?"

"나 말고 그런 일을 벌일 수 있는 자가 이쪽 대륙에도 있던가?"

긍정의 뜻이었다. 이번에는 부현이 물었다.

"천부인 때문에 이러는 거요?"

"아니라고 하면 거짓말이겠지."

"당신 혹시 로스티드 형 아니야? 왜 자꾸 우리 주변을 맴돌며 못살게 굴지?"

"크하하핫! 로스티드와 연관이 없지는 않지만 그런 얼간이의 형이란 소리를 들으니 화가 나는군. 이 알키루스님은 로스티드와 비교해도 좋을 만큼 나약하지 않다는 사실을 명심해라."

"그렇게 대단하면 이리 내려와서 직접 한번 붙을 일이지 왜 그 위에서 장난질이야?"

"말을 재밌게 하는 꼬마로군. 나도 그러고 싶은 마음은 굴뚝같지만 꼬마와 놀아줄 만큼 한가하지가 않아서 말이다. 이제 시작될 테니 주둥이 놀릴 시간 있으면 살아날 궁리부터 할 것. 불행스럽게 살아남는다면 다음번에는 내가 직접 상대해 주지."

알키루스는 더 할 얘기가 없다는 듯 허공으로 둥실 떠올랐다. 그리고는 일행에게 시위라도 하듯 계곡을 가로지르며 알아들을 수 없는 주문을 암송하기 시작했다.

그 모습을 보고는 말장난할 생각이 싹 사라진 듯 부현은 입을 쩍 벌리고 올려다보았다.

"저 인간 지금 날아가는 거 맞지?"

운무에 가려 흐릿하기는 했지만 등에 솟은 커다란 날개가 보였고, 그것이 움직일 때마다 운무는 한정된 범위 안에서 격하게 일렁이고 있었다.

"날개가 달린 인간이라니……!"

모두가 경악하고 있는 사이 알키루스는 주문을 마치고 반대 편 절벽 너머로 사라지며 마지막 말을 남겼다.

"스스로를 천손민이라고 자부하는 너희 고구려인들의 말이 맞는다면 하늘이 도움을 줄 테고, 그렇지 않다면 모두 그곳에서 뼈를 묻어야 할 것이다."

그 목소리의 여운이 채 가시기도 전이었다.

뿌드드득, 콰지직!

나무로 만들어진 전각들의 벽이 뜯겨 나가기 시작했다.

"저건!"

일행은 불신 가득한 눈으로 전각들을 바라보았다. 벽을 뚫고 나오는 사람들… 그들은 이미 죽어서 썩어 들어가고 있던 도격문의 문도들이었다.

"시체가 움직이다니… 간혹 사악한 술법으로 강시를 제련한다는 말을 들어보기는 했지만, 단 며칠 만에 백여 구의 시신을 강시로 만들다니……."

중얼거리고 있는 역리상의 말에 나연이 대꾸했다.

"강시가 아니라 좀비예요. 서양 마법사들이 만들어낸 것으로 강시와는 개념이 조금 다르지요."

"어떤 놈들입니까?"

"이미 죽은 사람들인만큼 팔다리가 잘려도 고통을 받지 않고, 힘도 보통 사람보다 세 배쯤 강해요. 목을 베면 움직임을 멈추고, 밝은 빛과 불을 싫어하지요."

"그럼 불 도술을 펼치면 되겠군."

역리상은 얼른 부적을 꺼내 들었다. 그런데 부적을 한참 뒤져 보더니 울상을 지었다.

"이런, 부적이 다 떨어졌네?"

"그런 건 미리미리 그려뒀어야죠! 도사가 부적 없으면 뭘로 싸워요!"

부현이 소리를 버럭 질렀지만 역리상은 아무런 대꾸도 하지 못했다. 지난밤에 지은 죄도 있으려니와 그동안 쓰던 것과 똑같은 효능을 지닌 부적을 그려낼 자신도 없었기 때문이다.

"부적이 있더라도 소용없을 뻔했다."

잔뜩 긴장한 바람의 음성이었다.

"무슨 말이에요?"

그를 따라 시선을 움직이던 부현은 황당한 표정으로 입을 쩍 벌리고 말았다.

"저, 저, 저, 저게 뭐야?"

계곡을 에워싼 절벽이 움직이고 있었다. 아니, 좀 더 정확히 말하자면 절벽의 일부가 사람 모양을 형성하며 빠져나오고 있었다.

"골렘이야!"

나연이 소리쳤다.

"골렘? 서양 전설에 나오는 그 돌괴물 말이야?"

"그래."

거대한 바위로 만들어진 골렘은 모두 삼 기였는데, 그 크기가 불환동부에서 보았던 아수라 철상의 세 곱절은 되는 것 같았다.

"미치겠네. 저 바윗덩어리 괴물을 무슨 재주로 부숴? 거기다 좀비까지……."

"나연 누나, 골렘의 약점도 혹시 알아요?"

"나도 소설에서 읽은 게 전부인데… 소환석만 깨면 골렘은 무너진다고 했어."

"소환석? 그게 뭔데?"

"마법사가 주문을 걸어둔 돌이야. 그 돌에 다른 바위들이 들러붙어 골렘이 만들어지는데, 소환석에 걸린 마법력에 따라 골렘의 크기와 힘도 결정된대."

"저 정도 크기의 골렘이면 알키루스란 놈의 마법력이 엄청나다는 얘기네?"

"그렇지."

"그런데 소환석은 어디에 붙어 있는 거야?"

"그건 나도 몰라. 마법사들이 골렘을 만들 때 미리 정해둔 위치에 붙게 되어 있으니까."

"보나마나 꽁꽁 숨겨뒀겠군."

"그렇겠지. 그게 유일한 급소니까."

쿠웅! 쿠쿵!

절벽에서 빠져나온 골렘은 드디어 일행을 향해 걸음을 옮기기 시작했다. 한 걸음 움직일 때마다 땅이 움푹움푹 꺼지며 먼지가 피어올랐다.

"저기 깔렸다가는 완전히 피떡이 되고 말겠군. 소희, 내 뒤로 바짝 붙어!"

위험에 처했을 때 누군가를 먼저 챙겨주는 법이 없던 부현이 진소희를 걱정하자 은강과 나연의 눈이 샐쭉 찢어졌다.

"쟤가 웬일이야?"

"지 여자라고 생색내느라 그러지 왜 그러겠어? 애인 없는 사람 서러워서 원… 언니, 내 뒤로 바짝 붙어!"

"왜?"

"내가 지켜줄게."

"니가 나를?"

"왜, 못할 것 같아?"

"아, 아니, 그보다는……."

나연의 눈길은 자신도 모르게 바람에게로 향했다. 그런데 마음이 통하기라도 한 것일까? 아니면 부현이 진소희를 챙기는 데 자극받은 것일까? 마침 바람도 나연 쪽으로 시선을 주고 있었다.

"조심하시오, 나연 낭자."

"네… 바람도 조심해요."

'뭐야? 두 사람 분위기가 왜 이래?'

실눈으로 두 사람을 번갈아 보는 은강에게선 질투심이 느껴졌다.

좀비와 골렘은 이제 일행이 있는 입구 근처까지 다가와 있었다. 좀비들이 전면에 빽빽하게 늘어서고, 골렘이 뒤를 받치고 있는 형태였다.

"역리상! 놈들을 묶어둘 방법이 없겠나?"

바람이 물었다.

"나도 찾는 중이야. 그런데 마땅히 쓸 방법이······."

"좋아. 우리가 놈들의 접근을 막아볼 테니까 자네는 빨리 방법을 찾아봐."

"알았어."

바람은 나머지 일행과 함께 좀비들의 접근을 저지하기 위해 앞으로 나갔다. 그런데 좀비들과 거리가 가까워지자 진소희와 음월의 얼굴에 곤혹스러운 기색이 어리기 시작했다.

"소국, 단향, 우노······."

비록 영혼이 떠난 몸뚱어리뿐이라 할지라도 그들과 함께 생활하던 식구들을 베어야 하니 어찌 곤혹스럽지 않겠는가.

"마음을 굳게 먹어야 합니다. 저들은 두 분이 알고 있던 그들이 이미 아닙니다."

바람의 말에 두 사람은 고개를 끄덕였다.

"알아요. 다만 저들을 지켜주지 못한 것이 슬플 뿐이지요."

"옛정 때문에 위기를 초래하지는 않을 테니 걱정 놓으십시오."

"두 분이 그렇게 생각한다니 다행이오. 저들을 상대하다 보면 내 칼질이 잔혹할 수도 있을 것. 이 점도 양해 바라오."

"되도록 단칼에 베어주시길 바라요."

"물론 그럴 것이오."

말을 마침과 동시에 바람은 검을 휘두르며 좀비들에게 쇄도해 갔다.

"차아아압!"

그의 검은 앞서 나오던 좀비 셋의 목을 정확히 날려 버렸다. 목을 잃은 좀비는 그 자리에 우뚝 멈추어 섰다.

"죽은 놈들이 살아서 설치기에 대단한 줄 알았더니 별것 아니네?"

부현이 뒤이어 달려나가 기세 좋게 일장을 쏘아냈다.

콰우우웅!

시커먼 현무가 쏘아져 나가 한차례 휩쓸고 지나가자 일고여덟 구의 좀비가 사지분시되어 날아갔다.

곧 이어 나연과 음월 등도 좀비를 쓸어 나갔다. 좀비의 위력이 생각보다 약하여 일행이 합심하면 쉽게 물리칠 수 있을 것 같았다. 그러나 그것은 일행의 생각일 뿐이었다.

구우우욱! 콰쾅!

좀비를 향해 쇄도하던 일행에게 삼 기의 골렘이 주먹을 내리꽂기 시작하자 상황이 완전히 달라져 버린 것이다.

정말 어마어마한 위력이었다. 주먹으로 땅을 내려치는 순간 폭발이라도 일어난 듯 흙먼지가 풀썩 일어나며 작은 돌멩이들이 비수처럼 날았고, 주먹이 빠져나간 자리에는 커다란 웅덩이가 생겨났다.

아무리 내공이 대단한 사람이라도 그 주먹에 정통으로 맞는다면 피떡이 되고 말 것이다.

양 주먹을 쉼없이 휘둘러 대는 골렘 때문에 일행은 좀비들을 제대로 처치할 수조차 없었다. 그렇다면 골렘을 먼저 처리해야 한다는 결론인데… 좀비들이 가로막고 있는 상황에서는 그것도 쉽지 않을 것 같았다. 좀비를 제거하는 동안 골렘의 공격이 다시 가해질 테니 말이다.

"젠장. 이렇게 자꾸 뒤로 물러서면 결국 막다른 곳에 몰려 옴짝달싹 못하고 당하게 될 텐데……."

부현은 부적을 뒤적이고 있는 역리상을 힐끔 돌아보았다.

"아직도 못 찾았어요?"

"마땅한 것이……."

"그냥 아무거나 해봐요! 물을 끌어 올려서 확 얼려 버릴 수도 있잖아요?"

"응? 물을… 그래! 내가 왜 그 생각을 못했지?"

"언제는 제대로 하는 게 하나라도 있었나?"

"잠깐만 있어봐. 골렘이라면 몰라도 좀비들은 어떻게 해볼 수 있을 것 같으니까."

역리상은 부적 몇 장을 골라낸 뒤 주문을 걸었다.

이윽고 주문이 완성되자 일행에게 소리쳤다.

"좀비들을 얼려 버릴 테니 뒤로 세 걸음씩 물러서!"

일행이 급히 물러서자 역리상은 부적 두 장을 좀비들 앞으로 날리며 소리쳤다.

"수맥을 끌어 올리니 대지는 물로 젖으라! 수(水)!"

파곽!

땅에 꽂힌 두 장의 부적 부근이 순식간에 젖기 시작하더니 주변 땅에서 물이 마구 솟아 나왔다. 물이 솟으면 땅은 물러지는 법. 좀비들의 몸은 금방 정강이까지 진흙 속으로 빠져 들어갔다. 뿐만 아니라 골렘들이 만들어낸 웅덩이를 지나던 좀비들은 전신이 물에 잠기기도 하였다. 그러나 이지를 상실한 좀비들은 지금 무슨 일이 일어나는지도 모른 채 계속 전진해 왔다.

물이 충분하다고 생각한 역리상은 또다시 두 장의 부적을 날렸다.

"천지의 음기가 결집하니 물은 모두 얼음으로 변하라! 빙(氷)!"

부적이 닿는 순간 쩌저적, 하는 소리가 울려 나오며 물은 순식간에 얼음으로 변하였다.

웅덩이에 빠져 있던 좀비들은 머리끝까지 온통 얼어버렸고, 정강이까지 묻혀 있던 좀비들 또한 물과 함께 얼어붙어 허우적거리고 있었다.

좀비의 움직임이 멈추자 뒤에 있던 골렘은 그들을 그대로 밟아 뭉개며 전진해 왔다.

와지직, 쿠웅!

거대한 골렘의 발 아래 좀비들은 비명 한마디 못 지른 채 뭉개졌다.

이미 영혼이 떠난 몸뚱어리뿐이라 해도 한식구로 살아오던 문도들이 짓이겨지는 참상을 차마 쳐다볼 수 없었기에 진소희와 음월은 고개를 돌려야 했다. 나머지 일행도 마음 편한 표정은 아니었다. 그러나 부현은 조금 달랐다.

"이제 저 돌괴물들을 처치할 차롄데, 소환석이 어디 박혔는지 알아야지. 무작정 달려들 수도 없고."

자신과 관계없는 일에 그다지 신경 쓰지 않는 성격이 이럴 때는 오히려 도움이 되는 것 같았다. 감정에 치우치지 않고 상황 판단을 할 수 있으니 말이다.

"저것도 아수라 철상처럼 청룡장으로 으스러뜨릴 수 있을까?"

쿠웅! 쿠쿵!

골렘들이 한 걸음 더 내딛자 일행은 곧 막다른 곳으로 몰리게 되었다. 더 이상 생각만 하고 있을 여유가 없었다.

"좋아! 일단 청룡장으로 승부를 본다!"

부현이 앞서 달려나가자 나연도 뒤를 따랐다.

"돌이라면 나도 부술 수 있어!"

구우우욱! 콰쾅!

내리 꽂히는 골렘들의 주먹질을 피해 부현과 나연은 가운데 있는 골렘에게 바짝 접근해 갔다.

"청룡장!"

"폭풍권!"

두 사람은 각자의 절기를 골렘의 양다리에 퍼부었다.

콰자작!

파괴적을 힘을 가진 나연의 권격에 가격당한 골렘의 오른쪽 정강이가 먼저 부서져 나갔다.

쿠우웅!

부현의 장력이 작렬한 왼쪽 다리에서는 좀 더 무겁지만 낮은 소리가 울려 나왔다. 그러나 그 결과는 훨씬 더 파괴적이었다.

쩌저적!

정강이에서 시작된 균열이 무릎 관절을 지나 허벅지까지 이어지며 왼쪽 다리 전체가 무너져 내리기 시작한 것이다.

"먹혀들었어!"

부현과 나연은 환호성을 지르며 뒤로 물러났다.

균형을 잃은 골렘은 서서히 옆으로 기울어지더니 어마어마한 굉음을 울리며 바닥으로 쓰러졌다.

"지들이 아무리 거대해도 다리가 없으면 쓰러져야지 별수있겠어? 하하하! 하하… 하……?"

당당하게 웃어 젖히던 부현이 뜨악한 표정을 지은 것은 주변의 절벽에서 바위가 뜯겨져 나와 쓰러진 골렘의 하체를 향해 움직이고 있었기 때문이다. 굵고 길쭉한 바위가 허벅지와 정강이를, 둥근 바위가 무릎 관절을, 넓고 편편한 바위가 발을… 마치 자석에 이끌리듯 끌려간 바위들이 골렘의 하체를 복원하는 데는 일 분도 채 걸리지 않았다.

"소환석이야! 그게 바위를 새로 끌어들이는 거야!"

나연이 무거운 음색으로 중얼거리자 부현도 허탈한 표정으로 푸념

했다.

"미치겠네. 지가 무슨 합체 로봇도 아니고… 부서진 게 왜 다시 붙냐고."

"소환석은 아마도 가장 튼튼하면서도 방어가 용이한 부위에 들어 있을 거야. 거길 한번 찾아보자."

"그럼 뻔하네 뭐. 가슴, 배, 머리 정도가 아니겠어? 거길 이루고 있는 바위가 가장 두꺼우니까 튼튼할 테고, 제 손이 닿는 곳이니까 방어도 용이할 테고."

"맞아!"

"맞긴 뭐가 맞아! 그럼 팔다리 빼고 전부잖아!"

"그렇게 되는 거니?"

그때 역리상이 물었다.

"마법이 걸려 있는 돌이 소환석이라고 하였습니까, 나연 낭자?"

"맞아요."

"그렇다면 소환석의 위치를 알아낼 수 있을 것 같군요."

"그걸 형님이 뭔 재주로 알아내요?"

부현이 핀잔을 주자 역리상은 부적 한 장을 들어 보였다.

"이걸 사용할 거야."

역리상은 한동안 주문을 외더니 부적으로 눈을 가렸다. 그때 부서진 다리를 완성시킨 골렘이 일어서며 다른 놈들과 함께 재공격을 해오기 시작하였다.

구우우욱, 콰쾅!

조금 전보다 더욱 거세진 골렘들의 공격은 부현과 나연에게로 집중되었다.

"알아내려거든 빨리 좀 알아내쇼!"

부현이 골렘의 주먹을 피해 몸을 날리며 소리쳤다.

"왼쪽 골렘, 머리! 가운데 골렘, 왼쪽 가슴! 오른쪽 골렘, 복부!"

부적을 눈에 붙인 역리상은 골렘들의 부위를 정확히 가리키며 소리쳤다.

"확실해요?"

"그 부위에서 마법의 힘이 빛을 발하는 게 보이니 확실할 거야!"

"알았어요. 머리까지 올라가려면 목숨을 걸어야 하는데 만약 틀렸으면 정말 가만 안 둘 줄 알아요!"

부현은 쏟아지는 골렘의 공격을 피하며 왼쪽 골렘에게 달려갔다.

"좋아! 이 돌덩어리들아, 잠시 후면 조용히 드러눕게 만들어주마!"

부현은 달려가던 탄력을 이용해 골렘의 무릎으로 뛰어오른 뒤 허리로 다시 도약했다. 하지만 경신술을 전문으로 배운 적이 없었기에 거기서 일단 멈추어야 했다.

"젠장. 멋지게 어깨까지 올라가려고 했더니……."

그때 아래쪽에서 비명에 가까운 외침이 들려왔다.

"조심해요, 전 공자!"

"어서 피해, 이 바보야!"

뭔 일인가 싶어 고개를 돌려보던 부현은 화닥닥 놀라 위로 기어올라갔다.

"이런 무식한!"

콰아아아악!

거대한 골렘의 손이 그를 향해 휘둘러져 오고 있었던 것이다.

콰아앙!

부현이 명치 부위로 겨우 피했을 즈음 골렘의 손은 자신의 복부를 세게 가격했고, 그 진동으로 부현은 하마터면 밑으로 떨어질 뻔하였다. 하지만 공격은 그게 끝이 아니었다. 이번엔 다른 손이 쇄도해 오고 있었다.

"아다다다! 저기 맞았다간 그냥 피떡이다!"

부현은 재빨리 사지를 움직여 위로 다시 기어올라 갔다. 그러나 이번에는 완전히 피할 수 없을 것 같았다.

콰아아아악!

골렘의 손이 지척으로 다가오고 결국 하반신이 압사당할 위기의 순간,

"아자자자!"

부현은 엉덩이를 뒤로 쭉 뽑으며 다리를 끌어 올렸다.

콰앙!

다행히 골렘의 손은 엉덩이와 종아리를 스치듯 지나갔지만 뒤이어 다른 손이 또 날아오고 있었다. 거리로 보아 위로 피하기에는 이미 시간이 늦은 듯하자 부현은 주저없이 밑으로 미끄러져 내려갔다.

발 빠른 대응 덕에 부현은 이번 공격도 피할 수 있었다. 하지만 문제는 올라갈 시간을 주지 않고 계속 공격해 오는 골렘의 손이었다. 부현은 골렘의 손을 피해 다시 내려가며 투덜거렸다.

"이런 젠장… 자꾸 내려가면 어렵게 올라온 보람이 없잖아."

뭔가 방법이 없을까 염두를 굴리던 부현은 제 머리를 쿡 쥐어박았다.

"멍청하긴… 손이 닿지 않는 등으로 돌아가면 될 것을."

부현은 다음 공격을 피해 재빨리 옆으로 이동했다. 그리고 허리를 지나 등에 이르자 회심의 미소를 지었다.

"자식, 넌 이제 죽은 거야."

부현은 여유있는 표정으로 씩 웃으며 위로 기어올라 가기 시작했다.

그런데…

그그극!

저 위쪽에서 아주 기분 나쁜 마찰음이 들려왔다.

"뭔 소리지?"

고개를 들어 올리던 부현은 뜨악한 표정으로 위를 올려다보았다. 사람처럼 까맣지는 않지만 눈동자인 것이 분명한 두 개의 돌덩이가 물끄러미 내려다보고 있는 상황. 골렘은 목을 뒤로 돌리는 간단한 동작으로 앞뒤를 바꿔 버린 게 분명했다. 그렇다면 이제 부현이 매달려 있는 곳이 앞쪽이라는 얘긴데…

"하이~"

부현은 예쁜 미소와 함께 손을 흔들었다. 그리고 재빨리 뛰기 시작했다. 원숭이처럼 두 손, 두 발을 이용해서.

쾅! 콰앙!

그 뒤를 골렘의 두 손이 연거푸 가격했고, 부현은 아슬아슬하게 피해 가며 좌우로 마구 돌아다녔다.

"우라질 돌덩이… 애써 돌아왔는데 이게 뭐냔 말야."

쾅쾅!

골렘은 계속해서 두 손을 휘둘렀고, 부현은 위로 올라가지 못한 채 좌우로 피해 다녀야 했다. 그렇게 한참 피하던 부현의 눈에 중앙과 오른쪽에 있는 두 골렘을 왔다 갔다 하며 위로 올라가는 나연의 모습이 눈에 들어왔다.

두 놈 사이를 오가며 뛰어다니니 오히려 골렘끼리 손이 뒤엉켜 효과적으로 공격을 못하고 있는 모습이었다.

"저렇게 좋은 방법이 있으면 좀 가르쳐 줄 일이지……."

나연은 어느새 가운데 골렘의 왼쪽 어깨 위에 올라가 있었다.

"좋아, 그렇다면 나도!"

부현은 나연처럼 가운데 골렘을 이용하여 위로 도약해 올라가기 시작했다. 그렇게 두 번 도약하자 놈의 어깨에 올라갈 수 있었다.

"폭풍권 제사식, 투!"

"청룡장!"

나연과 부현의 기합성이 동시에 터져 나왔다.

나연은 가운데 골렘의 어깨에서 떨어져 내리며 왼쪽 가슴에 일격을 가하였고, 부현은 왼쪽 골렘의 측면 머리를 가격한 뒤 뛰어내렸다.

호신강기마저 뚫는다는 두 사람의 절기가 투과해 들어가자 두 골렘은 곧 괴로운 몸부림을 보였다.

쩌저저적!

두 사람이 가격한 곳부터 균열이 일어나기 시작하였다. 그리고 균열된 바위가 부서져 내리기 시작하자 그 안에 붉은 광채로 일렁이는 수박만한 소환석이 드러났다.

지이이잉!

기이한 울림 소리를 흘려내는 소환석에도 무수한 균열이 생겨 있었다.

"됐어!"

"잡았다!"

파파팍!

소환석은 수백 줄기의 붉은 빛줄기를 뿌려내며 산산이 부서졌다. 동시에 두 골렘은 와르르, 무너져 내렸다.

"이제 한 놈 남았어!"

자신감을 얻은 부현은 남아 있는 골렘을 향해 몸을 날렸다.

계곡이 우르릉, 진동하기 시작한 것은 바로 그때였다. 부현은 골렘을 상대하느라 미처 모르고 있었지만, 나머지 일행은 엄청난 위험이 다가오고 있음을 본능적으로 느낄 수 있었다.

"소환석이야!"

역리상이 외쳤다.

"소환석에 또 다른 마법이 걸려 있었던 게 분명해. 그것이 파괴되는 순간 다른 마법이 발동될 수 있도록 하는!"

"그게 무슨 소린가?"

바람이 묻자 역리상은 절벽을 가리키며 말했다.

"저길 봐."

절벽에 붉은 돌들이 생겨나 있었다. 아니, 그것은 원래 그 자리에 박혀 있던 돌들이었다. 조금 전까지만 해도 평범한 돌처럼 보이던 것들이 소환석의 빛을 받아 붉게 변했기에 일행에게는 새로 생겨난 것처럼 느껴질 뿐이었다.

"알키루스는 골렘이 당할 것을 예상하고 마지막 수를 준비해 둔 게 분명해."

"그럼 마지막 골렘은 부수지 말아야 하는 것 아닌가?"

"맞아!"

역리상의 말이 떨어지는 순간이었다.

"청—룡—장!"

부현의 쩌렁한 기합성이 일행의 귓전을 때렸다.

일행이 놀라서 바라보니 마지막 골렘의 복부가 부서져 내리며 소환석이 울음을 토해내고 있었다.

"하하하! 덩치만 컸지 별것도 아니구만."

부현은 자랑스러운 표정으로 일행을 돌아보았다. 하지만 일행의 눈길은 부현이 아닌 소환석이 부서지며 쏘아내는 빛줄기에 고정되어 있었다.

"뭐야? 왜들 그래?"

의아한 표정으로 고개를 돌린 부현은 똑똑히 볼 수 있었다, 빛줄기가 닿은 자리에 있던 돌들이 붉게 변해가고 있는 장면을.

우우우웅!

절벽 곳곳에 박혀 있는 돌들이 격렬하게 진동하기 시작했다. 그러자 그 돌들로부터 균열이 생겨났고, 절벽은 곧 거미줄 같은 균열로 뒤덮였다.

"저, 저게 도대체 무슨 일이야?!"

부현이 놀라서 소리치자 역리상이 외쳤다.

"절벽이 곧 무너질 거야! 피해야 돼!"

"사방이 다 절벽인데 피하긴 어디로 피해?"

"입구로 나가야지."

"거기도 마법으로 막혔잖아."

"내가 파해해 볼게."

역리상이 마법으로 막힌 입구를 향해 앞장서서 달려가자 나머지 일행도 급히 뒤따랐다.

'어떤 원리로 만들어진 진인지 몰라도 일단 안으로 뛰어들고 보는 거야. 바위 더미에 깔려 죽는 것보다는 진 속에서 헤매는 게 나을 테니까.'

역리상은 이런 생각을 하며 허상의 절벽을 향해 몸을 던졌다. 그러나 절벽은 결코 허상이 아니었다.

콰직!

"우왁!"

아무 생각 없이 뛰어들었던 역리상은 돌 맞은 개구리처럼 쭉 뻗어버리고 말았다.

동양의 진은 기의 흐름을 통제하거나 공간을 왜곡함으로써 그 안에 진입한 사람들이 길을 찾지 못하고 헤매게 만드는 반면, 서양의 마법은 마나를 이용하여 입구를 봉쇄하므로써 시전자보다 강한 마법이나 물리적인 힘을 갖지 못한 사람은 통행 자체가 불가능하다는 차이점이 있다. 그러나 역리상은 이런 차이점을 알고 있지 못했다.

"끄으으… 이런 건 보통 허상이라고 사부님이 말씀하셨는데…….".

"파해는 고사하고 아예 들어가지도 못하는 거요?"

부현이 묻자 역리상은 어렵게 몸을 일으키며 고개를 끄덕였다.

"우리가 사용하는 진과는 다른 원리로 되어 있나봐."

"그럼 꼼짝없이 여기서 죽어야 되는 거야?"

절벽의 진동은 더욱 심해졌고, 균열이 심한 곳에서는 커다란 바위가 갈라져 떨어지기 시작했다.

우르르르르릉!

뿌연 흙먼지가 치솟아오르고 있는 계곡에서 동쪽으로 십여 리 떨어진 곳.

알키루스는 날개를 잠시 쉬며 뒤를 돌아보았다.

"이로써 시간의 조정자는 영원히 사라지게 된 건가? 유럽 대륙이 영원히 발전하기를 기원하는 루비욘님은 소망이 이루어졌으니 무척 기뻐하시겠군. 하지만 내 소망은 이제부터 시작이지, 천부인을 손에 넣어 최강의 힘을 얻고자 하는."

알키루스는 악마의 미소를 입가에 매단 채 동쪽으로 다시 날아올랐다.

2장
환색균주(換色菌株)를 복용하다

끝없이 넓은 평야, 북대황.

신승 혜지와 운학 도인은 좌공문, 도지와 함께 드넓은 광야 한가운데서 뭔가 중대한 의식을 준비하고 있었다.

사방 십여 장이나 되는 거대한 석축 제단을 중심으로 커다란 기름 화로가 다섯 겹이나 둘러쳐져 있다. 제일 안쪽에서 네 개로 시작한 기름 화로는 여덟, 열여섯, 서른둘, 예순네 개로 늘어나며 기묘한 기하학적 도형을 형성해 냈고, 그곳에서 일어나는 어마어마한 불길은 주변의 어둠을 완전히 제압해 버렸다.

"우리가 너무 무모한 짓을 하는 것은 아닌지……."

별이 총총한 밤하늘을 올려다보며 혜지 대사가 걱정스러운 투로 말하자 운학 도인도 수긍하듯 고개를 끄덕였다.

"인간이 천기를 바꾸려 하고 있으니 무모한 짓임에는 분명합니다."

"그걸 알면서도 꼭 해야겠는가? 천기를 잘못 건드리면 대재앙이 닥칠 수도 있는 일이거늘."

"그런 일은 없을 겁니다. 우리는 흐르는 물을 막고자 함이 아니고 작은 제방을 쌓아 흐름을 잠시 돌리려는 것뿐이지 않습니까? 천기를 한번 보십시오. 서북방에서 다가온 흑요성(黑妖星)의 기운이 점차 강해져 신성(新星)을 위태롭게 하고 있습니다. 저대로 방치해 둔다면 신성은 본격적으로 타올라 보지도 못하고 소멸될지도 모를 일입니다."

"혹시 자네의 못난 제자 놈이 걱정되어서 이러는 겐가?"

"전혀 아니라고 말씀드릴 수는 없는 일이지요."

"오늘따라 흑요성의 어두운 힘이 유독 기승을 부리는 것으로 보아 그 아이들이 위기에 처한 것만은 분명해 보이네만……."

"단지 그 아이들을 위해서만은 아닙니다. 수만 리 떨어진 서쪽 하늘 아래서 누군가 천기를 움직이고 있는 기운이 느껴집니다."

"그래서 흑요성이 더욱 기승을 부린다는 겐가?"

"그렇습니다."

"나는 미처 그 생각까지는 못했거늘… 역시 천기를 보는 눈은 나보다 자네가 밝으이."

"그 힘을 물리쳐 천기를 조금만 돌려놓으면 아이들은 살길을 저절로 찾게 될 것입니다. 그러나 만에 하나라도 제가 실패한다면 아이들은 살길을 옆에 두고도 찾지 못하게 되겠지요."

"내가 도와줄 일은 없는가?"

"호법이나 잘 서주십시오. 야조(夜鳥) 한 마리라도 날아들었다가는 모든 게 수포로 돌아가고 말 테니까요."

"알겠네. 어서 시작하게."

"그럼……."

운학 도인은 석축 제단 위로 천천히 걸어 올라갔다.

단 위에는 빨강, 노랑, 파랑으로 채색되어 있는 거대한 삼태극이 그려져 있었는데, 운학 도인은 태극의 중앙에 자리를 잡고 앉았다. 그리고 나직하게 주문을 외우기 시작하자 그의 몸 주변으로 아지랑이 같은 기운이 서서히 몰려들었다.

조금 더 시간이 지나자 아지랑이 같은 기운은 삼태극 위에서 회오리를 만들어내며 격렬하게 휘돌기 시작했고, 그것은 어마어마한 흡입력으로 기름 화로의 불길을 끌어당겼다.

휘류류류릉!

수백 가닥의 실이 굵은 동아줄로 꼬여 들어가듯 화로에서 빨려 들어간 불길은 운학 도인의 머리 위 일 장 높이에서 만나 새끼줄처럼 꼬여들며 하늘로 말려 올라갔다. 그 높이가 하늘을 찌를 듯하니 실로 장관이 아닐 수 없었다.

"운학 아우의 법력이 절정에 이르렀구먼. 법력만으로 득도할 수 있다면 벌써 세 번은 하고도 남았겠어."

혜지는 그저 약간 놀라는 정도였지만 좌공문과 도지는 거의 경악에 가까운 표정을 짓고 있었다.

'오늘에야 내 무공이 보잘것없다는 걸 느끼게 되는군!'

그러나 정말 어려운 일은 이제부터 시작이었다.

"작은 불이 모여 큰불의 길을 인도하니 우주 만물에 깃든 양의 기운이 스스로 일어나 암흑의 기운을 물리치리라."

운학 도인이 주문을 외우자 눈에 보이지 않는, 그러나 분명히 느낄 수는 있는 기운이 노도와 같이 몰려들어 불기둥을 타고 하늘로 치솟아올랐다. 그것은 눈에 보이는 불기둥과는 비견할 수도 없는 거대한 힘의 집성체였다.

화로가 아무리 크고 많다 한들 그곳에서 나온 불길이 하늘을 꿰뚫을 순 없는 일이다. 더구나 대지를 떠나 저 우주 끝까지 뻗어 올라간다는 것은 상상도 할 수 없는 일이다.

그러나 눈에 보이지 않는 그 힘은 분명히 하늘을 꿰뚫고 저 멀리 우주로 뻗어 나가고 있었다. 신성을 위협하고 있는 요광성의 어두운 기운을 향해서 말이다.

*   *   *

어두컴컴한 동굴 안.

뿌옇게 들어찬 흙먼지 속에서 부현은 소매로 입을 가린 채 연신 기침을 해대고 있었다.

"쿨럭, 쿨럭! 이러다가 숨 막혀 죽겠네."

"야, 그래도 살아남은 게 어디냐?"

바로 곁에서 은강의 목소리가 들려왔다. 그리고 그 주변으로 나머지 일행도 모여 앉아 있었다.

이건 기적이었다. 사방이 온통 무너져 내리는 급박한 상황에서 절벽 안에 숨겨져 있던 동굴이 나타나리라고 누가 상상이나 했겠는가? 이 계곡에 자리를 잡고 살아온 진소희와 음월조차 모르고 있던 일이니 말이다.

일행은 생각할 겨를도 없이 동굴 안으로 뛰어들었고, 안전하다고 생각될 때까지 무작정 달려들어 왔다. 그 덕에 목숨을 부지할 수 있었던 것이다.

　우르르르……

　밖에선 아직도 간헐적인 붕괴음이 들려왔다. 입구는 막혀 버렸고, 동굴 안은 먼지로 가득하니 일행은 입을 막은 채 시간이 흘러가기만을 기다려야 했다.

　시간이 흐름에 따라 간간이 들려오던 붕괴음이 멎고 먼지도 가라앉자 일행은 비로소 안도의 숨을 몰아쉴 수 있었다.

　"무지막지한 바윗덩이에 꼼짝없이 깔려 죽는 줄 알았네."

　부현이 말문을 열자 나머지 일행도 하나둘 입을 열었다.

　"하늘이 도운 거야."

　"맞아요. 절벽 안에 이런 천연 동부가 존재한다는 건 음월과 저도 모르고 있던 사실이니까요."

　"살아남은 건 기쁜 일인데, 무슨 재주로 여길 빠져나간다지?"

　현실적인 문제에 부딪치자 일행은 금방 조용해졌다.

　계곡이 완전히 붕괴될 정도의 대규모 산사태로 입구가 막혔으니 뚫고 나간다는 건 불가능한 일이었다. 막혀 있는 돌을 빼내기도 쉽지 않을 뿐더러 밑의 돌을 빼내면 위의 돌이 다시 무너져 내릴 테니 그 많은 돌을 어느 세월에 다 치운단 말인가. 계곡의 규모를 예측할 때 최소한 작은 산 하나를 옮긴다는 각오가 없다면 시작도 하지 않는 게 좋았다.

　"입구를 막고 있는 돌을 다 치우자니 그전에 굶어 죽게 생겼고, 그렇다고 어디에서 끝날지 모르는 동굴을 따라 들어갈 수도 없는 일이니… 정말 갑갑하네. 뭐, 좋은 생각 좀 없어요?"

　부현이 의견을 물었지만 시원한 대답이 나올 리 없었다.

　"모두 힘들었으니 잠시 쉬면서 생각해 보도록 하자."

바람이 이런 의견을 제시하는 게 고작이었다.

"모두 지쳤을 테니 쉬는 것도 나쁘진 않겠네요."

부현은 얼른 동의하며 조금 전에 진소희의 음성이 들려왔던 곳으로 슬그머니 다가갔다.

동굴 안은 코앞도 분간 못할 정도로 깜깜했기에 소리만 내지 않으면 아무에게도 들킬 염려가 없었다. 그러니 근질거리는 손을 어떻게 가만 놔두겠는가.

부현은 조심스럽게 손을 뻗어 진소희의 손을 잡았다. 그러자 화들짝 놀라며 손을 뿌리치지 않겠는가.

'아무도 못 보는데 뭐가 어떻다고… 하여간 수줍음은 많아서…….'

부현은 그녀의 손을 다시 잡았다. 그러자 이번에도 얼른 뿌리쳤다.

'가만히 있으라고 얘기할 수도 없고… 한 번만 더 뿌리쳐 봐라, 가슴을 확 만져 버릴 테니까. 그러면 오히려 창피해서 가만히 있겠지.'

부현은 약간 짜증스러운 심정으로 그녀의 손을 와락 움켜쥐었다. 이번에도 뿌리치면 정말로 가슴을 만져 버릴 생각으로 말이다. 그런데 오히려 그녀가 짜증스럽게 손을 뿌리치며 소리쳤다.

"누가 자꾸 손은 잡고 지랄이야!"

뜨악!

갑작스레 터져 나온 것은 은강의 고함이었다.

'이 웬수가 왜 여기에……?!'

부현은 얼른 손을 놓으며 파닥닥 물러났다.

"야! 부현이 너지?"

"무, 무슨 말이야?"

"니가 자꾸 내 손을 잡았잖아!"

"생사람 잡고 있네. 내가 니 손은 왜 잡냐?"

"니가 아니면 누구란 말야?"

"남자가 나 하나뿐이냐?"

"남자라고 다 너 같은 줄 아냐?"

"내가 그랬다는 증거있어?"

"니가 전부현이란 게 증거다!"

"저게 그냥……."

"진 낭자 체면을 생각해서 조용히 넘어가려 했더니 자꾸 귀찮게 하고 있어! 몸에 소름이 다 돋았네."

그대로 두면 끝도 없이 떠들어댈 두 사람이었는지라 바람이 끼어들어 말을 끊었다.

"지금 그런 일로 다툴 때가 아니다. 어떻게든 여길 빠져나갈 궁리부터 해야지."

"입구를 뚫는 건 아무래도 무모한 것 같으니 안으로 들어가 봅시다."

부현이 먼저 의견을 내놓자 역리상도 동의했다.

"아무래도 그러는 게 좋겠어. 우리를 살린 게 하늘의 뜻이었다면 어딘가 출구도 마련해 두었겠지."

"저도 동감이에요. 이런 천연 동부는 여러 개의 출구를 가지고 있는 경우가 왕왕 있으니까요."

음월까지 동의하고 특별한 반대 의견이 나오지 않자 일행은 동굴 안쪽으로 더 들어가 보기로 결정하였다.

"그런데 이렇게 어두워서는 좀처럼 속도를 낼 수 없겠는데… 횃불을 만들 방법이 없을까?"

바람의 말대로 코앞도 안 보이는 어둠 속에서 알지도 못하는 동굴을 헤맨다는 것은 너무나 무모했다. 하지만 겉옷을 벗어 횃불을 만들려 해도 나뭇가지가 없으니 문제였다.

"그거라면 걱정 마슈. 내게 좋은 게 있으니까."

부현은 품속을 뒤져 작은 대나무 통 하나를 꺼냈다. 그리고 마개를 열자 놀랍게도 그 안에서 환한 불빛이 쏟아져 나왔다.

"그게 대체 뭐냐?"

바람이 묻자 부현은 은강을 흘겨보며 대답했다.

"사상 12관에 들어갔을 때 재한테 욕을 바가지로 얻어먹으면서 가지고 나온 거예요."

그것은 바로 천년시절을 막아주었던 금빛 모래였다. 부현은 물론 돈이 될까 하고 집어온 것이었지만, 현 상황에선 돈보다 몇십 배 귀한 값어치를 지닌 물건이었다. 단지 마개를 열었을 뿐인데도 주변 사물을 환히 비추고 있으니 말이다.

"어둠 걱정은 하지 않아도 되겠군."

부현 덕분에 빛을 얻게 된 일행은 지체하지 않고 더 깊은 동굴 속으로 들어가기 시작하였다.

수백 수천만 년에 걸쳐 지하수가 무른 암반을 녹여내 이루어졌을 천연 동굴은 불규칙한 너비와 높이를 가지고 있었지만 다행히 갈림길은 나타나지 않아 일행은 무리없이 나아갈 수 있었다.

걷기 시작한 지 두 시진이 지났음에도 동굴은 끝이 나타날 기미를 보이지 않았다.

"도대체 동굴이 어디까지 이어진 거야? 배고파 죽겠구만."

부현이 먼저 투덜거리며 자리에 주저앉았다.

"좀 쉬었다 갑시다."

"그래, 모두 힘들 테니 잠시 쉬도록 하자."

모두 지쳐 있었기에 바람의 말이 떨어지자마자 자리에 주저앉았다.

"시간이 어떻게 됐을까?"

부현의 말에 은강이 대답했다.

"바깥은 아마 동이 틀 시간일 거야."

"그럼 밤새 걸은 셈이잖아?"

"그래, 나도 배고파 죽겠어. 뭐 먹을 것 좀 없나? 지금 같아서는 누룽지 한 조각이라도 맛있게 먹을 것 같은데……."

두 사람이 자꾸 먹을 타령을 하자 바람이 말했다.

"먹을 것은 어차피 구할 수 없는 상황이니 최대한 체력을 아껴두는 게 좋다. 그러려면 틈틈이 잠을 자는 것이 가장 좋지. 피로도 풀리고 체력도 아낄 수 있으니까."

그리고 보니 일행은 지난 하루 동안 잠시도 쉬지 않고 먼 거리를 이동하고, 골렘과 싸우고, 무너지는 절벽을 피해 도망치느라 잠시도 쉴 틈이 없었다.

"형님 얘기를 듣고 보니 갑자기 졸리네."

부현은 적당한 자리를 골라 몸을 눕혔다. 그러자 나머지 일행도 각자 편한 자리를 골라 눈을 붙였다. 모두들 피곤했는지 금방 잠이 들고 말았지만 은강은 도무지 잠을 이룰 수 없었다.

국내성을 떠나온 이후 하루도 편할 날이 없기는 했지만, 그래도 굶은 적은 없었다. 더구나 그녀는 공주의 신분이었다. 궁성에서 지낼 때 굶어본 적은 당연히 없었다.

'배고픈 것도 서러운데, 이 차가운 바닥에 누워서 자란 말이야?'

물론 지금 상황에서 이것저것 가릴 처지가 아니라는 것쯤은 은강도 알고 있었다. 그래도 몸이 적응하지 못하는 것을 어쩌란 말인가.

은강은 다른 사람이 깨지 않도록 조심스럽게 일어나서 황금빛 모래 통을 들고 동굴을 천천히 돌아다녔다. 처음엔 그저 주변을 둘러보는 정도였으나 일행이 금방 깨어나지 않자 점점 깊은 동굴로 들어가기 시작했다.

'혹시 모르지. 내가 출구를 찾아낼지도……'

이런 생각으로 자꾸 걸어가던 은강은 언제부턴가 향긋한 냄새를 맡을 수 있었다.

"이게 무슨 냄새지?"

은은한 꽃향기 같기도 하고 맑은 솔숲의 향기 같기도 했다.

"동굴에 이런 향기가 퍼진다는 것은… 그래! 가까운 곳에 출구가 있는 거야!"

은강은 조금만 더 가면 출구가 나타날 것이라는 확신 아래 부지런히 발걸음을 옮겼다.

"우웅……."

잠에서 깨어난 부현은 자신 혼자 있다는 것을 알고는 화들짝 놀랐다.

"모두 어디 간 거야?"

"난 여기 있는데, 무슨 일이냐?"

바람의 목소리가 어디선가 들려왔다.

"어라? 나 혼자가 아니었네?"

그러고 보니 모두 없어진 것이 아니라 깜깜해서 보이지 않았던 것이다.

"황금빛 모래가 어디로 갔지?"

"누가 들고 간 모양인데…….."

두 사람의 대화 소리에 나머지 사람들도 모두 일어났고, 서로 이름을 부르다 보니 은강이 없어진 사실을 금방 알 수 있었다.

"아까 보니 잠이 오지 않는 것 같던데, 혹시 혼자서 출구를 찾으러 나선 것 아닐까요?"

진소희의 말이었다.

"아마 그런 것 같은데. 어떻게 하지? 아무것도 보이지 않으니 쫓아갈 수도 없고."

부현이 걱정스러운 투로 중얼거리자 바람이 대꾸했다.

"워낙 어두운 곳이라 근처에 있다면 희미한 불빛이라도 보여야 옳다. 그런데 전혀 안 보이는 것으로 봐서 꽤 멀리 간 것 같구나."

"그럼 돌아오는 데도 오래 걸리겠네요?"

"우리가 찾아 나서는 편이 좋겠다."

"그 계집애는 항상 제멋대로 굴어서 문제를 일으킨다니까."

"속도가 조금 더디더라도 한번 움직여 보자."

"알았어요."

일행은 어둠 속을 더듬거리며 움직여 나가기 시작했다. 윤곽이라도 보이면 좋으련만 칠흑 같은 어둠뿐이니 속도는 그야말로 굼벵이였다.

그렇게 한 시진쯤 걸었을 때 아주 먼 곳에서 비치는 희미한 불빛을 발견할 수 있었다.

"은강이 돌아오나 본데요?"

"그런 건 아닌 것 같다. 움직이고 있다면 빛이 일렁거려야 정상인데 전혀 움직임이 없어."

"지쳐서 잠들었나?"

"어쩌면 위험에 빠져 있는지도 모르니 어서 가보자."

"여기서 위험할 게 뭐가 있겠어요?"

"웅덩이에라도 빠졌을지 모르는 일 아니냐?"

"그렇다면 쌤통이고."

말은 얄밉게 하면서도 내심 걱정이 되는지 부현은 바람과 함께 제일 앞서서 움직여 나갔다.

불빛이 가까워질수록 일행의 움직임도 빨라져서 얼마 지나지 않아 은강이 있는 곳에 도착할 수 있었다.

그런데 제일 먼저 도착한 바람과 부현은 무엇을 발견했는지 그 자리에 우뚝 선 채 움직일 줄을 몰랐다.

"이게 도대체……."

뒤이어 도착한 나머지 일행도 놀라기는 마찬가지였다.

"은강은 어디로 가고?"

금빛 모래가 담긴 통은 한구석에 잘 보관되어 있었는데, 그 옆에서 웬 사내 하나가 척 누워서 자고 있었던 것이다. 잠도 깊이 들었는지 어수선한 분위기에서도 깰 기미를 보이지 않았다.

그런데 더욱 놀라운 일은 그 사내가 은강과 똑같은 옷을 입고 있다는 사실이었다.

"여보슈. 잠깐 일어나 보슈."

부현이 다가가서 그의 어깨를 흔들어 깨웠지만 그는 여전히 깊은 잠에서 깨어나지 못했다. 그때 음월이 조심스럽게 말했다.

"그 사람 혹시 은강 소저 아닌가요?"

"에? 이 사람이 은강이라고? 에이, 그럴 리가 있나. 턱에 수염이 까칠하고 목에 울대도 툭 튀어나왔는데, 그리고 무엇보다 가슴이… 어라? 정말 그럴지도…….."

부현은 고개를 좌우로 갸웃거리며 누워 있는 사내의 얼굴을 가까이 들여다보았다. 수염을 제거하고 울대가 없다고 생각한다면 은강의 얼굴 그대로였다.

"어째 이런 일이…….."

나머지 일행도 가까이에서 살펴보고는 그가 은강임을 확신했다. 그러나 눈으로 보고 있으면서도 도저히 믿을 수 없는 일이었다. 멀쩡한 처녀가 어떻게 한두 시진 만에 남자로 변할 수 있단 말인가?

모두가 '이 사건을 어떻게 받아들여야 하나' 하는 표정으로 은강을 바라보고 있는데, 한쪽에서 신음에 가까운 역리상의 목소리가 흘러나왔다.

"환색균주(換色菌株)… 이 마물이 실제로 존재할 줄이야…….."

일행의 눈길이 그의 목소리를 따라 돌아갔다. 넋이 나간 표정으로 서 있는 역리상 앞에는 두께가 한 치 정도 되는 새하얀 줄기가 바닥에서 천장까지 연결되어 있었다.

버섯 줄기 같기도 하고, 하얀 곰팡이가 단단하게 뭉쳐 있는 것 같기도 한 그 줄기 옆에는 또 다른 줄기가 붙어 있었던 흔적이 두 개나 발견되었다.

"환색균주를 두 줄기나 먹었으니…….."

역리상이 혼자서 중얼거리자 부현이 갑갑하다는 듯 소리쳤다.

"그게 뭔데 그래요?"

"한 줄기만 섭취해도 내공이 일 갑자나 증진되는 버섯의 일종이다."

"내공이 증진되면 좋은 거잖아요."

"문제는 성까지 바꿔 버린다는 거야."

"성?"

"남자는 여자로 여자는 남자로."

"그럼 혹시 거기도 바뀌는 거예요?"

"거기라니?"

"거기 있잖아요."

"그러게 거기가 뭐냐니까?"

"아, 서서 오줌 누게 된 거냔 말이죠!"

부현이 소리를 확 지르자 여자들은 민망해서 고개를 돌렸고 역리상도 머쓱한 표정이 되어 말을 더듬었다.

"으, 응… 거, 거기?"

"그래요, 거기."

"그건 나도 모르겠지만 좀 어렵지 않을까?"

"아무래도 그렇겠죠?"

"그건 그렇고 정말 큰일이네. 은강의 성격이 중성적이라서 대왕 폐하의 걱정이 크셨는데, 오히려 더 심하게 변해 버렸으니……."

"지가 저지른 일인데 왜 형님이 걱정이에요?"

"대왕께서 나에게 특별히 부탁하셨으니까 그렇지."

"어쨌든 죽지는 않았으니 됐지 뭘 그래요. 내공도 이 갑자나 증진됐으니 우리 일에도 도움이 많이 될 테고."

"남의 일이라고 너무 쉽게 말하는 것 아니냐?"

"사실이 그렇잖아요."

"내공 증진이 그렇게 좋으면 남은 한 줄기는 진 낭자에게 먹이면 되겠구나?"

"농담하슈?"

"내공 늘어서 좋다며?"

"소희는 내공 없어도 돼요. 내가 지켜주면 되니까."

두 사람이 쉬지 않고 떠들어댔기 때문인지 은강이 잠에서 깨어나는 듯 몸을 뒤척이기 시작했다.

"으음……."

"정신이 드니, 은강아?"

나연이 걱정스러운 투로 물었다.

"으응… 그런데 몸이 왜 이렇게 가렵지? 얼굴도 그렇고."

일어나며 여기저기를 긁어대던 은강은 뭔가 이상하다는 듯 고개를 갸웃거렸다.

"왜 이렇게 걸리적거리는 게 많아?"

은강은 제 피부며 얼굴을 손바닥으로 문질러 보더니 놀란 눈으로 팔뚝을 쳐다보았다. 털이 부숭부숭한 팔뚝. 은강은 다시 꺼칠한 수염이 자라 있는 턱과 콧수염 주변을 손으로 더듬었다.

"이게 어떻게 된 일이야?"

일행은 이 일을 어떻게 설명해야 좋을지 난감한 표정이었다. 그러나 부현만은 예외였다.

"너, 저기 있는 이상한 줄기 같은 거 먹었지?"

"응… 향기가 좋아서 먹어봤더니 맛있더라. 그래서 배고픈 김에……."

"여자가 저거 먹으면 남자처럼 변한대."

"뭐야?!"

은강은 자기도 모르는 사이에 손으로 가슴을 더듬었다. 그리고는 놀란 표정으로 부현을 올려다보았다.

"정말이네?"

"현실을 받아들이기 힘들겠지만 어쩌겠니, 벌써 일어난 일인걸. 그저 운명이려니 하고 받아들여라."

"우와! 그럼 나도 남자가 된 거야?"

슬퍼하거나 의기소침해할 줄 알았던 은강이 좋아라 소리를 지르자 오히려 이상해진 것은 부현이었다.

"야… 넌 지금 슬퍼해야 정상이야. 그렇게 환호성을 지를 때가 아니라고."

"환호성 안 지르게 생겼어? 내가 그렇게 원하던 남자가 됐는데?"

"원하던……."

일행은 모두 할 말을 잃고 은강을 바라보았다.

"거추장스러운 가슴도 없어졌고 수염도 났으니 나도 이젠 어엿한 사내대장부가 된 거라고! 하하하!"

어느새 웃음소리마저 남자처럼 변한 은강이었다.

"그러고 보니 목소리도 완전히 남자네?"

은강은 좋아서 어쩔 줄 모르더니 한 줄기 남아 있는 환색균주를 확 뜯어냈다. 그리고는 우적우적 씹어먹으며 나연을 바라보았다. 묘한 열기가 일렁이는 눈으로.

'쟤가 쳐다보니까 이상하게 소름이 돋네.'

나연은 이상한 기분이 들어서 은강의 눈길을 슬그머니 외면했다.

　소수연은 알키루스의 명에 따라 악령, 마령과 함께 토번으로 향하고
있었다.

　장안에서 토번까지는 천오백 리가 넘는 길이었다. 게다가 길이 험해
서 마차 대신 말을 이용했음에도 불구하고 출발한 지 닷새가 지나서야
겨우 중간 부근인 천수(天水)에 당도하게 되었다. 천수는 장안을 떠나
온 이후 그들이 만나는 가장 큰 도읍이었다.

　'알키루스님은 과연 그들을 처리하셨을까? 알키루스님의 능력이 대
단하다는 것은 알지만 혼자 힘으로 쉽지 않으실 텐데.'

　그들에 대한 생각을 하고 있자니 문득 부현의 얼굴이 떠올랐다.

　사내답지 못하게 가벼운 성격이면서도 어딘지 모르게 사람을 끌어
당기는 힘을 가진 남자였다.

　'만약 알키루스님의 손에서도 벗어난다면…….'

　무슨 생각을 하고 있는지 소수연의 눈빛이 심각한 변화를 일으키고
있었다.

　그때 악령이 무엇을 보았는지 매우 놀란 목소리로 말했다.

　"저들이 어떻게……!"

　"무슨 일인데 그래?"

　"놈들이다."

　"뭐라고?"

　악령이 가리키는 방향으로 시선을 돌린 소수연은 객점으로 들어가
고 있는 부현 일행을 볼 수 있었다.

　"저들이 결국은……."

"어떻게 하지?"

"알키루스님은 동쪽과 북쪽의 천부인을 찾기 위해 떠나셨으니 우리가 처리해야지."

"우리 힘으로 가능할까?"

"우리는 저들을 발견했고, 저들은 이 사실을 모르고 있으니 아직은 우리가 유리해."

"일단 몸부터 숨기자."

삼령은 거리로 들어서는 대신 외곽으로 은밀히 빠져나갔다.

부현 일행은 은강의 사건이 있은 이후로 한 시진을 더 걷고 나서야 출구를 찾을 수 있었다. 어두운 동굴에서 빠져나와 태양을 만끽하는 설레임이라니…….

그러나 일행은 마냥 좋아하고만 있을 수 없었다. 천부인의 장소에 대해 소수연이 다 알고 있다는 말을 역리상에게 들었기 때문이다.

수양산에서 하루를 허비한 일행은 서둘러야 했다. 급히 말을 구하고 서쪽 지역의 지리를 잘 아는 음월과 진소희의 안내로 지름길을 찾아 달렸다. 그 덕에 생각보다 하루 앞당겨 천수에 도착하게 된 것이다.

"어서 오십시오, 공자님."

점소이가 반갑게 맞이하자 앞서 들어가던 은강은 희색이 만연하여 점소이에게 물었다.

"지금 나에게 한 말이냐?"

"그러문입쇼."

"정말?"

"혹시 제가 뭘 잘못했습니까요?"

"아니, 아니."

남자로 보인다는 게 그렇게도 좋은지 은강은 입이 귀밑에 걸려 작은 은덩이 하나를 점소이 손에 쥐어 주었다.

"넣어둬라."

"감사합니다요, 공자님!"

점소이의 어깨를 툭툭 치고는 안으로 걸어 들어가는 품이 영락없는 한량이었다.

부현이 걱정된다는 표정으로 역리상에게 슬쩍 물었다.

"형님, 쟤 바지 한번 벗겨봐야 하는 거 아니오?"

"그러게. 나도 심각하게 고민 중이다. 완전히 남자로 변했으면 큰일인데……."

두 사람의 대화에 일행은 고소를 지으며 자리를 찾아 앉았다.

간단한 음식을 시켜놓고 기다리는데, 부현의 귀로 음월의 전음이 파고들었다.

"전 공자님, 내색하지 말고 들으세요."

부현은 무슨 일인가 싶어 입을 다문 채 음월을 바라보았다.

"오늘이 사실은 문주님 생신이랍니다. 하지만 도격문의 참사를 겪은 지도 얼마 되지 않았고, 막중대사를 처리 중인지라 평상시처럼 그냥 지내겠다고 말씀하시더군요. 그래도 공자님은 알고 계셔야 할 것 같아서 전해 드리는 겁니다."

'소희의 생일이라고? 그럼 이대로 지나갈 수는 없지. 하나뿐인 내 여잔데 확실한 이벤트를 마련해 줘야지. 암, 그렇고말고!'

부현은 알았다는 신호로 고개를 끄덕인 뒤 자리에서 슬그머니 일어나며 음월을 손짓으로 불러냈다. 전음을 아직 구사하지 못하니 그 방법밖에는 없었는데, 음월이 볼 수 있는 것을 나머지 일행이라고 못 보겠는가. 모두가 무슨 일인가 싶어 부현에게 시선을 모았다.

"둘이 잠시 할 얘기 있어 그러니 신경 쓰지 말고 하던 일들 계속하세요."

"우리 모르게 무슨 비밀 얘기를 하려고 그래?"

은강이 물었다.

"거기 형씨도 이제는 남자가 됐으니 여자처럼 굴지 말고 신경 끄셔."

"형씨? 그거 듣기 좋은 소린데?"

은강이 헤벌쭉해서 물러앉자 부현은 얼른 음월을 이끌고 객점 바깥으로 나갔다.

"무슨 일로 이러십니까, 공자님?"

"비밀스럽게 할 얘기가 있어서."

"말씀하십시오."

부현은 주변을 한 번 둘러보고는 작은 목소리로 말했다.

"돈 좀 있으면 꿔줘요."

"네?"

"하하… 선물을 사려는데 돈이 없어서…….."

어떻게 보면 수하라고 할 수 있는 음월에게 돈 얘기를 하려니 아무리 부현이라도 객쩍었던지 뒤통수를 벅벅 긁어댔다.

"얼마나 필요하신지."

"금 한 냥 정도만 어떻게 융통이 안 될까요?"

"그 정도라면 가지고 있습니다."

음월은 두말 않고 품 안에서 금덩이 하나를 꺼내주었다. 한 냥이 아니고 세 냥은 족히 나갈 듯한 무게였다. 부현의 입이 쭉 찢어졌다.

"고마워요. 절대 잊지 않고 있다가 돈 생기는 대로 갚을게요."

"신경 쓰지 마십시오. 제게 있어 공자님은 문주님과 동일한 분이십니다."

"그래도 돈 관계는 분명한 게 좋으니까… 고구려로 돌아가면 폐하께 말씀드려 꼭 갚을게요."

"마음에 걸린다면 그렇게 하십시오."

"난 그럼 선물을 사러 잠시 나갔다 올게요."

"식사도 안 하시고요?"

"밥이야 매일 먹는 건데 좀 늦으면 어때요? 소희 선물이 더 중요하지."

자신의 주인을 생각해 주는 마음이 고마웠던지 음월은 흐뭇한 미소를 지었다.

"감사합니다, 공자님."

"그럼 다녀올게요."

"살펴서 다녀오십시오."

벌써 저만치 달려가고 있는 부현에게 음월은 진심에서 우러나는 인사를 올렸다.

3장

본능과 사랑의 차이

천수는 낙양이나 개봉처럼 큰 도읍은 아니었지만 아쉬운 대로 선물을 고를 만한 자그마한 방물점은 하나 존재했다.

날이 어둑해지면서 폐점 준비를 하고 있던 방물점 주인은 부현이 들어오자 매우 반갑게 맞이했다.

"어서 오십시오, 손님. 어떤 물건을 보러 오셨습니까?"

"젊은 여자가 좋아할 만한 선물을 하나 고르려고 하는데… 뭐가 좋겠습니까?"

"젊은 여자 분이라면……."

주인은 말을 늘이며 부현의 차림새를 뜯어보았다. 얼마나 지니고 있는지 가늠하고 있는 게 분명했다. 눈치를 챈 부현은 얼른 금덩이를 꺼내 보였다.

"이거면 어떤 물건을 고를 수 있습니까?"

찌억!

아무렇지 않게 내보인 세 냥 무게의 금덩이는 주인의 입이 벌어지게 하기에 충분했다. 이 시대에 황금 세 냥이면 한 가족이 일 년을 배불리 먹고도 남을 만한 거액이었기 때문이다.

"무엇이든 고르십시오! 하지만 저희 집에는 금 세 냥의 값어치가 나가는 물건은 없습니다요. 가장 고급 물건이 한 냥 정도 될 텐데……."

그나마도 주인이 많이 부풀린 가격이었다.

"일단 보여주세요."

주인은 깊숙한 곳에 따로 보관하고 있던 목함을 꺼내 열어 보였다.

"저희 가게에서 가장 값나가는 물건들입지요. 천하제일이라고는 할 수 없지만 쉽게 구할 수 있는 물건들 또한 아닙니다요."

목함에는 십여 개의 패물이 진열되어 있었는데, 그중에서 부현의 눈길을 끄는 것은 녹옥을 깎아 만든 팔찌였다. 두 개가 한 쌍인 그 팔찌에는 아름다운 꽃 문양이 양각되어 있었다.

"이걸로 주세요."

"역시 안목이 있으시군요. 이 팔찌는……."

주인은 한동안이나 떠들어대더니 가격이 금 한 냥이라는 말로 끝을 맺었다. 그리고 눈치를 슬금슬금 보는 모양이 약간 비싸게 부른 것이 분명했다.

하지만 부현은 깎을 생각이 없는 듯 선뜻 금덩이를 내밀었다.

"물건은 싸주시고, 두 냥은 거슬러 주세요."

"지금 황금 두 냥을 거슬 돈이 있는지 모르겠네."

주인은 눈치를 살피며 중얼거리더니 은근한 어조로 물었다.

"다른 물건을 하나 더 고르시면 안 되겠습니까요?"

"다른 건 마음에 드는 게 없으니 내가 잘라 드리죠."

"네?"

"어디쯤 자르면 한 냥이 되겠습니까?"

"이쯤을 자르면 될 것 같습니다만……."

"여기요?"

"네, 하지만 이걸 무슨 재주로……."

꾸욱!

부현은 아무 말 하지 않고 주인이 가리킨 곳을 엄지손톱으로 눌렀다. 그러자 누글누글한 갱엿을 파고들듯 금덩이에 손가락이 쑥 들어가며 잘라져 나갔다.

방물점 주인은 입을 쩍 벌리며 눈을 부릅떴다.

"어, 어떻게……!"

"이런… 생각보다 조금 작게 잘라졌네요. 조금 더 잘라 드릴게요."

"되, 되, 되, 됐습니다요. 이, 이것만으로도 충분하니 걱정 마십시오."

"그러면 손해 보시는 거잖아요."

"처, 천만의 말씀을… 이것도 많습니다요!"

부현의 초인적인 힘에 놀란 주인이 더 받기를 한사코 거절하자 부현은 어쩔 수 없다는 듯 팔찌를 챙겨서 거리로 나섰다.

"생일 선물은 됐고… 뭘 더 준비해야 소희를 놀래켜 줄 수 있을까?"

진소희가 기뻐할 일을 상상하며 길을 걷던 부현은 한 여인이 자신을 향해 다가오는 것을 발견하고 안색을 굳혔다. 그녀는 다름 아닌 소수연이었기 때문이다.

"어디를 그리 급히 가시나요, 전 공자?"

며칠 전 일을 잊기라도 한 듯 소수연은 화사한 미소까지 머금으며 말을 걸어왔다. 하지만 부현은 진기를 있는 대로 끌어올리며 그녀를 노려보았다.

"그렇지 않아도 어떻게 빚을 갚나 고민하고 있었는데, 너 아주 잘 걸렸다."

부현은 길게 생각할 것도 없이 곧바로 일장을 쏘아내려 자세를 잡았다.

"잠깐만요! 난 당신과 싸우기 위해 온 것이 아니에요."

"웃기지 마! 네 거짓말에 또 속을 것 같으냐!"

부현은 소수연의 말을 한마디로 자르며 우장을 뻗어내려 했다. 그러자 소수연이 얼른 소리쳤다.

"난 지금 산공독을 먹은 상태예요! 당신에게 믿음을 주기 위해 산공독을 복용했다고요!"

"뭐야?"

부현이 못 믿겠다는 표정으로 되묻자 소수연은 조심스럽게 움직여 품속에서 작은 약병을 꺼내 들었다.

"한번 확인해 보세요. 이건 분명히 산공독이에요."

"그래? 그럼, 내가 보는 앞에서 한번 먹어봐."

"이미 먹었는데… 좋아요! 당신이 못 믿겠다면 다시 먹지요."

소수연은 약병을 열고 가루를 입 안에 털어 넣었다. 언뜻 보기에도 꽤나 많은 양이었다. 그녀는 입을 오물거려 가루를 잘 녹인 뒤 꿀꺽 삼키고는 부현에게 보라는 듯 입을 벌려 보였다. 이쯤 되면 부현도 믿어주려니 하는 표정이었지만, 부현의 반응은 의외로 냉담했다.

"그 약병 이리 줘봐. 정말 산공독인지 확인해 봐야겠어."

소수연은 순순히 약병을 넘겨주었고, 부현은 남아 있는 산공독 가루를 약간 찍어 맛을 보았다. 극소량이었음에도 불구하고 시간이 조금 지나자 진기의 흐름이 상당히 불안정해지는 느낌이 들었다.

"음… 맞는 것 같군. 그런데 왜 갑자기 이런 짓을 하는 거지?"

부현이 의아한 표정으로 묻자 소수연은 다소 수줍은 듯한 미소를 입가에 머금었다.

"이런 곳에서 말하기는 좀… 제가 묵고 있는 객점으로 잠시 가주시지 않겠어요?"

뭔가 은밀한 것을 바라는 듯한 눈빛. 대부분의 사내들은 여인의 이런 눈빛 앞에 무기력해지고 만다. 물론 부현도 예외는 아니었다.

"거, 거기는 왜?"

"당신이 보는 앞에서 산공독까지 복용했는데, 계속 경계만 하실 건가요?"

"하지만……."

부현이 계속 주저하고 있자 소수연이 그의 손을 살며시 잡으며 묘한 눈빛으로 올려다보았다.

"지난번 일로 저를 의심하고 있다는 것은 알아요. 하지만 오늘은 달라요. 삼령교의 소수연이 아닌 여자 소수연으로서 당신을 찾은 것이니까요."

그녀는 부현의 가슴에 고개를 가만히 기대며 속삭이듯 말했다. 세상 그 누구보다도 아름다운 여인 소수연이 자신의 가슴을 파고들며 이렇게 말하자, 부현의 마음은 점점 더 동요되기 시작했다. 그는 스스로를 다잡기 위해 일부러 냉랭하게 쏘아붙였다.

"대체 내게 왜 이러는 거야?"

그러나 소수연은 조금도 굴하지 않고 그의 가슴으로 더욱 파고들며 속삭였다.

"말했잖아요, 나는 강한 사내가 좋다고."

"그래서 나를 죽이려고 했었나?"

"그때는 나도 강요에 의해서 어쩔 수 없이 한 일이에요."

"시킨 사람이 따로 있다고? 그게 누구지?"

부현이 다그쳐 묻자 소수연은 매우 두려운 눈빛으로 주변을 둘러보며 대답했다.

"이렇게 사람이 많이 다니는 곳은 불안해요. 조용한 곳으로 자리를 옮기면 얘기하지요."

자신이 묵고 있는 객점으로 가자는 얘기였다. 부현은 잠시 생각해 본 뒤 대답했다.

"좋아. 아주 잠깐만 시간을 내주지. 분명히 말하지만 아주 잠깐만이야."

"알았어요."

소수연은 자신이 누군가에게 감시당하고 있다는 느낌을 주기 위해 경계의 눈초리로 사방을 둘러보며 부현을 안내해 갔다.

그녀가 묵고 있는 객점은 부현이 묵고 있는 곳과 상당히 멀리 떨어진 곳에 위치해 있었다. 그녀의 방은 이층이었다.

그녀를 따라 안으로 들어가자 규방 특유의 향내가 몰려와 후각을 자극했다.

'음… 향기가 좋군. 그런데 왜 이렇게 소희에게 미안한 생각이 들지? 내가 이상한 생각을 먹고 여기에 온 것도 아닌데.'

스스로를 이렇게 다잡아보기는 했지만, 그의 아랫도리엔 어느새 힘이 불끈 들어가 있었다. 한창 나이의 사내이니 여인의 침실에 들어와 있다는 것만으로도 양기가 동하는 것은 당연한 일이다. 문제는 이런 상황에 대처할 만한 자제력이 부현에게는 전혀 없다는 데 있었다.

"술 한잔하시겠어요?"

부현을 불러들이기 위해 미리 준비해 놓은 듯 객방 한쪽에 놓여 있는 탁자 위에는 제법 먹음직한 음식과 술 몇 병이 준비되어 있었다. 그리고 그 옆에는 분홍 휘장으로 둘러진 침상이 있었는데, 은은한 향기는 바로 그곳에서 흘러나오고 있었다. 이것은 매우 노골적인 유혹이었다. 침상을 옆에 두고 남녀 단둘이 술을 마신다는 것이 무엇을 의미하겠는가?

부현이 정말로 소수연에게 다른 마음을 먹지 않았다면 이 정도는 금방 눈치 챘어야 옳았다. 그러나 부현은 언제라도 유혹될 준비가 되어 있는 사람이었다. 그리고 그런 사람은 유혹 뒤에 숨겨진 함정을 눈치 채지 못하는 법이다.

"그, 그럴까?"

부현이 머뭇거리며 탁자에 자리하자 소수연의 입가에 묘한 미소가 어렸다.

'멍청한 녀석, 넌 또다시 걸려든 거야.'

그녀는 부현의 옆에 바짝 붙어 앉아 술을 따라주었다.

"받으세요."

부현이 술잔을 받자, 그녀는 자신의 잔에도 술을 따른 뒤 먼저 들이켰다. 술에 독을 타지 않았다는 걸 보여주기 위한 행동이었다. 이어서 그녀는 부현에게 살며시 기대며 권하였다.

"어서 드세요."

여자의 매끈한 종아리만 봐도 온몸의 피가 한쪽으로 쏠릴 때가 바로 부현 또래의 나이이다. 그런데 온몸, 그것도 봉긋한 가슴을 앞세워 밀착해 오니 부현이 어찌 정신을 차릴 수 있겠는가.

그는 술을 한입에 털어 넣으며 한 손으로 소수연의 어깨를 슬며시 감싸 안았다. 그가 완전히 걸려들었음을 확신한 때문일까? 소수연의 입가에 더욱 진한 미소가 피어났다.

'그래, 잘 따라오고 있다, 전부현.'

그녀는 가슴을 더욱 밀착시키며 부현의 잔을 다시 채워주었다. 그렇게 술 한 병을 다 비울 즈음이 되자 부현의 얼굴이 불그레해졌다. 그가 제법 취했음을 확인한 소수연은 그의 목덜미를 살며시 어루만지며 귀에 대고 속삭였다.

"오늘 같은 날을 기다려 왔어요."

술기운 위에 그녀의 손길이 닿자 부현의 호흡은 급속하게 거칠어져 갔다. 애초에 그녀의 방에 들어온 이유 따위는 이미 다 잊은 듯했다.

'이제 마지막 단계만 남았군.'

그녀는 부드러운 손길로 부현의 볼을 어루만지며 자신 쪽으로 살며시 잡아당겼다. 그리고 눈을 감으며 얼굴을 살짝 들어 올렸다. 천하에서 가장 아름다운 여인이 눈을 감고 있을 때, 이보다 더 도발적일 수는 없다.

부현은 발그레한 그녀의 입술에 빨려들 듯 다가갔다. 입술과 입술이 만나는 순간, 짜르르한 쾌감이 온몸으로 퍼져 나갔다. 그 쾌감에 도취한 듯 부현이 더욱 진한 입맞춤에 몰입해 들어갈 때였다.

소수연은 눈을 살며시 뜨며 부현의 상태를 살폈다. 그가 눈을 감고 있음을 확인한 그녀는 그의 술잔을 향해 조심스럽게 손을 뻗더니 미세한 분말을 살며시 뿌렸다.

'후훗. 이 극락산을 복용하는 순간 네놈은 내 노예가 되고 말겠지. 그러면 천천히 즐기며 너의 내공을 모조리 빼앗아주마.'

이런 생각을 하며 내심 미소를 짓고 있던 소수연은 뜨겁게 달아오른 부현의 손이 상의를 미끄러져 들어오는 것을 느끼고는 몸을 흠칫 떨었다. 거부할 사이도 없이 그의 손이 자신의 육봉을 점령해 버린 것이다. 소수연은 부현이 불쾌감을 느끼지 않을 정도로 살며시 몸을 빼며 말했다.

"너무 서두르지 말아요. 시간은 아직 많으니까."

그녀는 극락산이 들어 있는 술잔을 들어 부현의 입술에 대주었다.

"술 한 잔 더 하지 않겠어요?"

부현은 욕정이 이글거리는 눈으로 소수연을 뚫어지게 쳐다보더니 술을 단숨에 들이켰다. 그리고는 곧바로 그녀를 다시 끌어안았다. 그의 손길이 거칠게 상의를 비집고 들어왔지만 소수연은 더 이상 그를 밀어내지 않았다.

'너무 서둘지 말아라, 전부현. 극락산이 효력을 발휘하기 시작하면 네가 멈추고 싶어도 그럴 수 없을 테니까.'

소수연은 부현이 완전히 중독되기를 기다리며 그의 손길에 몸을 맡겼다. 그런데 부현의 손길이 너무 거칠었다. 가슴을 얼마나 세게 움켜쥐는지 소수연은 자신도 모르게 비명을 질러야 했다.

"아악!"

그 순간이었다. 부현이 갑자기 그녀의 턱을 손아귀로 움켜쥐더니 입술을 포개었다. 이어서 알싸한 액체가 그녀의 입 안으로 흘러 들어왔다.

'이게 어떻게 된……!'

소수연은 크게 놀라 부현을 밀쳐 내려 하였다. 하지만 내공조차 쓸 수 없는 그녀의 힘으로는 역부족이었다. 부현은 자신의 입에 들었던 술을 모두 그녀에게 흘려 넣은 뒤 천천히 입술을 떼었다. 한 손으로는 여전히 그녀의 턱을 제압하고 있는 상태였다.

그는 씩 웃어 보이더니 손가락을 그녀의 입속에 넣고 혀를 꾹 눌렀다.

꿀꺽!

소수연은 어쩔 수 없이 극락산이 녹아 있는 술을 들이켜야 했다. 그 제야 부현은 그녀의 턱을 놓아주었다. 그러자 소수연이 분하다는 표정으로 소리쳤다.

"이 비열한 놈! 나를 감쪽같이 속이다니!"

부현이 능글맞은 미소를 지으며 대꾸했다.

"이봐, 먼저 속인 건 너야. 나는 네가 술잔에 약을 푸는 걸 모른 척하고 있었을 뿐이라고. 그런데 나 몰래 술잔에 넣었던 가루의 정체가 뭐냐? 잠시 입에 물고 있었을 뿐인데도 기분이 묘해지는 걸로 봐서는 저번에 나에게 먹였던 그 요상한 약 같기도 한데. 맞냐?"

"그래, 당신에게 먹이려던 건 극락산이었어."

소수연이 체념한 표정으로 대답하자 부현의 얼굴에 묘한 미소가 피어났다.

"그러면 아주 제대로 걸렸군. 약 기운이 돌기 시작하면 볼 만하겠는걸?"

소수연의 얼굴에 당황한 기색이 어렸다.

"무슨 소리야? 설마 나를 이대로 내버려 두겠다는 얘기야?"

"그럼, 내가 얼씨구나 하고 너를 안아주기라도 할 것 같아?"

"당신은 내 몸을 원했었잖아?"

"그거야 네가 위서영인 줄 알았을 때였지. 아무리 예뻐도 너처럼 잔인하고 교활한 여자는 사양이라고. 더구나 난 이제 홀몸도 아니고 말이야. 내게는 이미 진소희라는 여자가 생겨 버렸거든."

얘기를 나누는 사이 극락산이 효력을 발휘하기 시작한 듯 소수연은 호흡이 거칠어지고 얼굴이 붉게 달아올랐다. 이 상태에서 부현이 가버리면 어떻게 될지 모른다는 두려움이 들었기 때문일까? 소수연은 애원의 눈빛으로 말하였다.

"이, 이러지 마. 지금 나는 당신에게 아무런 해도 끼칠 수 없는 상태잖아."

"뭐야, 나에게 안아달라고 사정하는 거냐?"

부현의 빈정거림에 자존심이 상한 듯 소수연은 입술을 꼭 깨물며 아무 말도 하지 않았다. 그러나 시간이 조금 더 흐르자 그녀는 끓어오르는 욕정을 참지 못하고 뜨거운 숨결을 뱉어냈다.

"제발… 나를 이대로 두고 가지 마."

부현은 아주 재미있다는 표정으로 그녀에게 다가갔다.

"미녀가 이렇게 애원하는 걸 보니 생각이 조금 바뀌는걸? 조금만 사랑을 해볼까?"

부현은 그녀의 목덜미를 살며시 어루만졌다. 매우 단순한 접촉이었음에도 소수연은 온몸을 바르르 떨었다. 이번엔 부현의 손이 그녀의 가슴 언저리를 어루만졌다. 그러자 소수연은 더 참지 못하고 부현을 힘껏 껴안았다.

"온몸을 불로 지지는 것 같아. 제발……."

천하에서 가장 아름다운 여인 소수연이 욕정에 몸부림치는 모습은 정말이지 뇌쇄적이었다. 부현도 몸 한구석이 터져 나갈 듯 부풀어 올랐지만, 진소희의 얼굴을 떠올리며 꾹 눌러 참았다.

'다른 날도 아니고, 오늘은 소희 생일이야. 오늘 같은 날 다른 여자와 잔다는 건 짐승이나 할 짓이라고!'

부현은 결심을 굳히며 냉정하게 돌아섰다. 그 순간,

와락!

소수연의 손이 바지춤으로 쑥 미끄러져 들어오더니 그의 남성을 불끈 움켜쥐는 것이 아닌가!

"으히힉! 이 여자가 지금 무슨 짓을……!"

부현은 소스라치게 놀라며 그녀의 손을 잡아 빼려 하였다. 하지만 그녀의 손이 묘한 움직임을 보이는 순간, 눈동자가 확 풀어지며 움직임을 멈추었다.

"으흐흐… 아무래도 짐승이 돼야 할까 봐."

그녀는 뜨거운 숨결을 토해내며 손을 더욱 현란하게 놀렸다.

"끄으으……."

쾌감에 떠는 것인지 그것을 거부하려는 몸부림인지, 부현은 이를 악문 채 묘한 신음을 흘렸다. 잠시 그러고 서 있는 동안 부현의 뇌리에는 오만 가지 그림이 교차해 지나갔다. 눈부신 소수연의 나신, 아이들이 절대 봐서는 안 될—그렇지만 누구나 보고 싶어하고 대부분이 보게 되는—요상한 영화에서나 나올 법한 자세로 자신에게 봉사하는 소수연, 가능한 모든 방법으로 그녀를 유린하는 자신 등등…….

그러나 마지막에 떠오른 것은 다소곳한 표정으로 자신을 응시하고 있는 진소희의 얼굴이었다.

"안 돼!"

부현은 크게 소리치며 소수연을 확 뿌리쳤다. 그도 이미 감정이 오를 대로 올라 호흡이 가빴지만, 진소희를 실망시킬 수 없다는 한 가지 생각으로 본능을 억제하고 있었다.

"이러다가는 아무래도 일을 저질러 버릴 것 같아서 도저히 안 되겠다. 난 그만 갈 거야."

그가 방문을 나서려 하자 소수연이 바닥을 기다시피 다가와 그의 발목을 잡으며 애원했다.

"제발 이러지 마. 당신이 가면 나는 어쩌라고."

"기둥을 붙잡고 사정하든, 거리로 뛰쳐나가 아무 놈이나 붙잡고 나뒹굴든 마음대로 해. 니가 저지른 일이니 니가 해결하란 말야!"

부현은 차갑게 소리치며 방문을 쾅 닫고는 행여라도 마음이 변할까 봐 서둘러 계단을 뛰어내려 갔다.

이윽고 그의 모습이 객점에서 완전히 사라지고 나자 옆방 문이 조용히 열리며 악령과 사령이 모습을 드러냈다.

"크큭… 전부현을 노예로 만들겠다고 큰소리치더니 오히려 제가 당했군."

"그러게 말이야."

소수연의 방에선 열기를 이기지 못한 소수연의 신음 소리가 연신 흘러나오고 있었다. 그것은 악령과 사령의 욕정을 자극하기에 충분했다. 그들은 색욕으로 번들거리는 눈빛을 교환하더니 그녀의 방으로 함께 들어갔다.

벌겋게 달아오른 몸으로 괴로워하고 있던 소수연은 방으로 들어서며 문을 걸어 잠그는 악령과 사령을 발견하고는 몸을 흠칫 떨었다.

"왜 전부현을 쫓아가지 않고 여길 들어오는 거야!"

날카롭게 외치는 그녀에게 악령이 능글맞은 미소를 지으며 대답했다.

"우리 둘의 힘으로는 놈의 상대가 안 된다고 말한 사람이 너 아니었나? 오늘의 계획을 망가뜨린 것도 너였고."

"좋아. 알았으니까 그만 나가줘!"

"그러면 네가 너무 서운하지 않겠어?"

악령과 사령은 그녀의 말을 무시한 채 그녀에게 다가들었다.

"꿈도 꾸지 마! 네놈들 따위에겐 절대로 내 몸을 허락하지 않아!"

소수연이 다시 소리쳤지만, 악령과 사령의 움직임은 조금도 멈춰지지 않았다. 소수연은 주춤주춤 뒷걸음질치다가 침상 모서리에 걸려 그 위로 넘어지고 말았다. 그것을 신호로 악령과 사령은 그녀를 덮쳐 들어갔다.

'이 짐승 같은 놈들! 네놈들을 찢어 죽이고 말겠어!'

그녀는 이렇게 소리 지르고 싶었다. 그러나 이미 점령당한 입술로는 말을 뱉어낼 수 없었다. 뿐만 아니라 극락산에 중독당한 그녀의 몸은 의지와 상관없이 두 사내의 손길에 적극적으로 반응하고 있었다.

'이 모든 게 전부현 네놈 탓이야! 이 빚은 반드시 갚아주마!'

방 안의 열기가 뜨거워지는 만큼 전부현을 향한 그녀의 증오도 깊어만 갔다.

일행이 묵고 있는 객점에 부현이 도착한 것은 사위가 어둠으로 물들고 난 뒤였다. 일행은 각자의 방에 들어가 휴식을 취하고 있는 듯 조용하였다. 진소희와 오붓한 시간을 보내기에는 더없이 좋은 기회라 생각한 부현은 일행에게 자신이 돌아온 사실을 알리지 않은 채 곧바로 자신의 방으로 향했다. 진소희가 기다리고 있을 모습을 떠올리자 소수연의 유혹에서 빠져나오기를 정말 잘했다는 생각이 들었다.

'아까 참았던 사랑을 네게 다 쏟아 부어주마, 소희!'

화끈한 밤을 상상하며 방문을 열고 들어가자 창가의 침상 위에 진소희가 쓸쓸하게 앉아 있는 모습이 눈에 들어왔다. 그러나 부현이 나타나자 그녀는 얼른 안색을 밝게 하며 침상에서 내려와 맞이했다.

"말씀도 없이 어딜 다녀오셨어요?"

다소 서운한 기색이 어린 말투였다. 부현은 아무런 말도 하지 않고 방물점에서 구입한 녹옥 팔찌 한 쌍을 내밀었다.

"이게… 뭔가요?"

"소희 생일 선물."

"네? 그건 어떻게 알고…….'

"어떻게 알았는지는 중요하지 않아. 자, 한번 해보자."

부현은 진소희의 팔목에 팔찌를 직접 채워주었다. 새하얀 손목에 파르스름한 옥 팔찌가 너무나 아름다웠다.

"고, 고마워요."

생각지도 못한 선물에 감동한 듯 진소희의 목소리가 엷게 떨려 나왔다.

"고맙긴. 내 여자에게 이 정도도 못해주면 남자라고 할 수 있겠어?"

부현이 팔을 벌리자 진소희는 그의 품에 가볍게 몸을 기댔다. 부현은 그녀를 꼭 안아주며 속으로 다짐했다.

'오늘은 빌린 돈으로 해주었지만, 내년에는 내 돈으로 더 좋은 선물을 사줄게.'

서로를 껴안고 있던 두 사람은 자연스럽게 얼굴을 마주 보았고, 그 것은 곧 입맞춤으로 이어졌다. 서로 사랑하는 두 남녀의 입맞춤처럼 달콤한 것은 단연코 없다. 둘은 입을 맞춘 그대로 천천히 움직여 침상 으로 향했고, 둘이 하나가 되어 침상 위에 몸을 실었다. 이제 서로의 사랑을 확인할 시간인 것이다.

동녘이 뿌옇게 밝아올 무렵.

소수연은 밤새 달아올랐던 열기를 식히기 위해 창문을 열었다. 서늘 한 바람이 밀려들어 나신을 한차례 쓸고 지나가니 정신이 조금 드는 것 같았다. 극락산의 노예가 되어 원하지 않는 정사를 밤새도록 치러 야 했던 지난밤은 그야말로 지옥이었다.

약효가 가라앉은 것은 삼경이 지나고 나서였다. 하지만 소수연은 정 사를 멈추지 않았다. 몸은 어차피 그들에게 주어버린 상황이니 그 대 가를 받아내야 했기 때문이다. 그녀는 채양보음술을 이용하여 악령과 사령의 진기를 모조리 흡수해 버렸다. 그들의 내공만 취하는 것으로 만족할 수 없었기에 마지막 남은 한 올의 진기까지 흡수하여 저 세상 으로 보내 버린 것이다

채양보음술은 사내의 정기를 흡수하여 여인의 음기를 보충하는 사 술로써 이에 당한 사내는 미라처럼 바싹 마른 시체가 되어 죽게 된다. 반면 양기를 취한 여인은 그들이 지닌 내공 중 상당 부분을 자신의 것 으로 만들 수 있다. 따라서 소수연은 이제 그전보다 두 배 이상 강한 고수로 거듭나게 된 것이다.

"전부현, 네놈이 나를 거부한 대가를 곱으로 치르게 해주겠다."

각오를 다진 소수연은 바닥에 떨어져 있던 옷을 걸친 뒤 방을 나섰

다. 뜨거운 하룻밤을 보낸 대가로 목숨을 잃어야 했던 악령과 사령의 주검을 남겨둔 채.

부현은 아침 식사를 하며 소수연과 만났었다는 사실을 일행에게 이야기했다. 그 말을 들은 일행은 앞서 출발한 소수연을 따라잡았다는 점에 일단 안도하였다. 하지만 그녀가 멀지 않은 곳에 있다는 사실은 일행을 긴장시킴과 동시에 분노하게 만들었다. 특히 은강의 분노는 대단하였다.

"그 계집을 만났으면서 왜 잡아서 끌고 오지 않았지?"

"그, 그게……."

가시 돋친 은강의 말에 부현은 잠시 당황한 표정을 지었다. 그녀와 사이좋게 술을 마셨으며, 하마터면 그녀의 유혹에 넘어가 요상한 짓까지 할 뻔했었다는 얘기를 어떻게 한단 말인가. 결과적으로 아무 일도 없기는 하였지만, 어제 있었던 일을 그대로 말할 수는 없었다.

"그 자리에 소수연만 있었던 게 아니야. 다른 두 놈… 아니, 삼령교 고수들이 수백 명이나 있었다고. 그런데 내가 무슨 재주로 소수연을 잡아오냐? 죽지 않고 살아 돌아온 것만 해도 다행이지."

급한 대로 둘러대기는 하였지만 거짓말은 항상 거짓말을 낳는 법이다.

"그거 정말 이상하네? 고수가 수백 명이면 삼령교의 주력이 다 모였다는 얘긴데, 너는 어떻게 말짱하게 돌아왔냐?"

"어?"

날카로운 은강의 질문에 직면한 부현은 또 다른 거짓말을 둘러대기 위해 부지런히 머리를 굴려야 했다.

"그, 그게 말이야, 삼령교의 고수들은 조금 떨어진 곳에 있었거든. 그래서 얼른 도망칠 수 있었어. 소수연 혼자서는 나를 이길 수 없으니까. 하하… 이제 이해할 수 있겠냐?"

부현은 진땀을 흘려가며 거짓말을 만들어냈건만 은강은 여전히 의아한 표정이었다.

"너, 혹시 나 모르게 경공술 배웠냐?"

"아, 아니? 그런데 그건 왜?"

"경공술도 제대로 배우지 않은 놈이 무슨 재주로 소수연을 따돌렸다는 거야? 장풍을 발바닥으로 쏴가며 달리기라도 한 거냐?"

"내공이 있잖아, 남들보다 월등한 내공이."

"내공이 강한 것과 빨리 달리는 건 별개의 문제야. 아무리 내공이 강해도 전문으로 경공술을 배운 사람보다 빨리 달릴 수는 없는 거라고."

은강이 끝까지 물고 늘어지자 부현은 슬슬 부아가 치밀기 시작했다.

"거, 말 더럽게 많네. 당한 내가 그렇다는데 왜 니가 자꾸 아니라고 우기냐?"

"이치가 그렇잖아, 이 바보야! 사실대로 얘기해 봐. 너, 뭔가 숨기는 거 있지?"

"숨기긴 뭘 숨긴다는 거야?"

"이놈 봐라? 민감하게 반응하는 게 더 수상한데? 너, 혹시 그 여자와 무슨 일 있었냐?"

"이놈? 너, 방금 나에게 이놈이라고 했냐?"

"왜? 친구끼리 그런 말 하는 게 어때서?"

"아무리 친구라도 그렇지 계집애가 어디서……?"

성질을 버럭 내려던 부현은 까칠하게 자라난 은강의 수염을 보더니 다소 고민스러운 표정을 지었다.

"음… 여자라고 하기엔 조금 무리가 있는 것 같군. 좋아. 그건 그렇다 치고. 니가 얘기를 자꾸 이상한 쪽으로 몰아가는데, 나도 좋아서 도망 온 건 아냐."

"알았어. 그건 어차피 지난 일이니 어쩔 수 없고. 얼른 밥 먹고 그 계집애 잡으러 가자."

"어디 있는 줄 알고 잡으러 가?"

"수백 명이 같이 움직인다며? 그 정도면 목격자도 많을 테니 수소문하면 어디로 갔는지 금방 알 수 있을 거 아냐?"

'이 계집애 정말 질기네. 그나저나 이젠 뭐라고 둘러대야 하지? 소수연은 혼자뿐이었는데……'

부현이 속으로 전전긍긍하고 있을 때 바람의 음성이 나직하게 흘러나왔다.

"소수연에게 갚아줄 빚이 있는 건 사실이지만, 여기서 시간을 낭비하는 건 좋은 방법이 아니다. 천부인의 행방을 알고 있는 건 소수연뿐만이 아니니까."

옳은 말이었다. 그들이 소수연에 연연하고 있는 사이에 또 다른 경쟁자인 무무자가 천부인을 먼저 차지해 버리면 모든 것이 물거품되지 않겠는가.

"맞아요. 복수보다는 천부인을 찾는 게 시급해요."

부현이 얼른 맞장구를 치고 나머지 일행도 긍정의 눈길을 보내자 은강도 더 이상 고집을 부리지는 않았다. 천부인을 찾아가다 보면 소수연과는 언제고 한번 부딪칠 테니 복수는 그때 가서 해도 늦지 않았다.

일행은 서둘러 식사를 마치고 객점을 나섰다. 소수연이나 무무자보다 빨리 목적지에 당도하기 위해선 시간을 아껴야 하기 때문이다.

길을 재촉하는 와중에도 부현은 진소희 곁에 바짝 붙어 말을 몰며 일행의 눈을 피해 그녀의 몸에 자꾸 손을 댔다. 진소희는 그때마다 화들짝 놀라 그의 손을 뿌리쳤지만, 그다지 싫은 눈치는 아니었다.

부현은 그가 살던 시대에서 단 한 번도 여자와 사귀어본 적이 없었다. 다른 친구들은 여자 친구를 쉽게도 사귀었지만 그는 이상하게도 그럴 기회가 없었다. 그러니 진소희가 그의 첫사랑인 것은 너무도 당연한 일이었다.

첫사랑…….

그것은 듣는 것만으로도 마음 설레는 말이다. 그런데 그 첫사랑과 부부의 연까지 맺었으니 어찌 그녀가 예쁘지 않겠는가. 부현은 지금 그녀와 하나로 합쳐질 수만 있다면 그렇게라도 하고 싶은 심정이었다.

"그만 좀 보세요. 남자가 너무 그러면 남들이 흉봐요."

부현이 자신에게서 잠시도 시선을 거두지 않자 진소희가 작은 목소리로 나무랐다. 하지만 부현이 어디 남의 시선을 아랑곳하는 성격이던가.

"내 여자 내가 보는데 누가 뭐라고 그래?"

부현이 큰 목소리로 떠들자 진소희는 화들짝 놀라서 앞서 가는 일행을 바라보았다. 다행히 거리가 상당히 떨어져 있어서 아무도 신경 쓰지 않는 것 같았다.

"자꾸 이러면 화낼 거예요?"

"알았어, 알았어. 떠들지만 않으면 되는 거지?"

부현이 짐짓 목소리를 낮추며 익살스러운 표정을 짓자 진소희도 어쩔 수 없다는 듯 손으로 입을 가리며 웃고 말았다. 그런데 그녀의 손목을 바라보던 부현이 의아한 눈으로 물었다.

"어제 선물한 팔찌는 왜 안 했어? 마음에 안 들어?"

"그 소리를 왜 안 하나 했더니, 이제야 발견했군요?"

"내 물음에 대답부터 해."

"맞았어요. 너무 촌스러워서 안 했어요."

"최대한 예쁜 걸 고르려고 노력했는데… 내 안목이 영 아닌 모양이네."

부현이 금방 의기소침해져서 중얼거리자 진소희가 빙긋이 웃으며 말했다.

"사실은 너무 마음에 들어서 아끼려고 안 했어요."

"정말?"

"그럼요. 거친 길을 가다 떨어뜨려서 깨지기라도 하면 어떻게 해요? 이번 여행이 끝나고 집에서 조용히 쉴 수 있게 되면 매일 차고 있을게요."

남들이 들으면 닭살 돋는다고 하겠지만 부현의 입장에서는 그녀의 마음 씀씀이가 너무나도 예뻤다.

일행은 점심 먹는 시간을 아끼기 위해 마상에서 건량을 씹어가며 이동을 멈추지 않았다. 그렇게 땅거미가 질 무렵이 되었을 때 제법 큰 마을을 만나게 되었다. 욕심 같아서는 노숙을 하더라도 조금 더 가고 싶었지만, 말들이 너무 지쳐 있었기에 그 마을에서 일박을 하기로 결정을 하였다.

객점에 든 일행은 주인에게 말을 맡긴 후 간단한 음식으로 저녁 식사를 하였다. 지친 몸에 음식이 들어가니 모두들 피로가 몰려오는 듯

씻는 것도 잊은 채 각자의 방으로 들어갔다. 그러나 부현은 이대로 잠들고 싶지 않았다.

"소희, 잠시 나가서 바람이라도 쐬지 않겠어?"

둘만의 오붓한 시간을 보내고 싶은 부현의 마음을 잘 알고 있기에 진소희는 피곤한 내색을 하지 않고 흔쾌히 수락했다.

"알겠어요. 하지만 먼지투성이로 나가고 싶지는 않네요. 씻고 올 동안 잠시만 기다려 주시겠어요?"

"그럼, 나도 좀 씻을까?"

두 사람은 주인에게 뜨거운 물을 부탁하여 각자 목욕을 한 뒤 새 옷으로 갈아입었다. 이윽고 준비를 마친 진소희가 방문을 열고 나오자 복도에서 기다리고 있던 부현이 눈을 휘둥그렇게 뜨며 탄성을 흘렸다.

"우와, 오늘따라 더 예쁜걸?"

여행하는 동안 입어왔던 경장 대신 여성스러운 옷차림으로 바꿔 입은 그녀는 정말로 아름다웠다.

"놀리시면 싫어요."

수줍음으로 얼굴까지 살짝 붉히는 진소희를 보고 있으려니 부현은 뜨거운 무엇이 고개를 번쩍 쳐드는 것을 느낄 수 있었다. 바람 쐬는 것을 포기한 채 당장 침실로 향하고 싶은 생각이 굴뚝같았지만 그러기에는 시간이 너무 일렀다. 초저녁부터 일을 벌였다가는 내일 아침에 일행의 놀림감이 되기 십상이었다.

'나야 어째도 상관없지만, 소희가 놀림받는 건 싫으니까.'

부현은 끓어오르는 본능을 꾹 눌러 잠재운 뒤 진소희의 팔을 잡았다.

"나가자."

그때였다.

짤그랑!

그녀의 팔에서 가볍고도 경쾌한 소리가 울려 나왔다.

"어? 팔찌 했네?"

그녀가 팔에 녹옥 팔찌를 차고 있는 것을 발견한 부현이 반가운 표정으로 물었다.

"당신과 둘만의 시간이잖아요. 내일은 다시 잘 보관해 둘 거예요."

그녀가 자신의 선물을 얼마나 소중히 여기는지 확실하게 느낀 부현은 더 이상 참지 못하고 그녀를 와락 껴안아 버렸다.

"소희!"

부현은 끓어오르는 사랑을 주체할 수 없어 그녀를 안고 방으로 들어가려 하였다. 그런데.

벌컥!

방문이 거칠게 열리는가 싶더니 굵직한(?) 은강의 목소리가 들려왔다.

"니들 거기서 뭐 하냐?"

화닥닥!

부현은 얼른 진소희를 놓아주었고, 부끄러운 장면을 들킨 진소희는 얼굴을 붉게 물들인 채 바깥으로 뛰어나갔다.

"하여튼 저 웬수는 꼭 결정적인 순간에 방해를 한단 말야."

부현이 툴툴거리며 밖으로 향하자 은강이 다시 물었다.

"야, 바람 쐬러 나가냐?"

"그래!"

"그럼 나도 같이 가자. 배가 불러서 운기행공이 안 돼. 잠깐 바람 좀

쐬고 와서 해야겠다."

은강은 환색균주의 효능을 자기 것으로 만들기 위해 요즘 들어 틈만 나면 운기행공을 하고 있었다. 덕분에 내공도 상당히 강해져서 지금은 바람과 거의 맞먹는 수준까지 올라가 있었다. 그러나 이런 것은 은강의 사정이었고, 부현은 자신만의 시간을 방해받고 싶은 생각이 눈곱만큼도 없었다.

"됐네. 바람 쐬고 싶으면 형씨는 따로 가서. 괜히 우리 사이에 끼어들 생각 말고."

부현이 매몰차게 쏘아붙이고 나가자 은강은 어쩔 수 없다는 듯 어깨를 으쓱했다.

"싫으면 말고. 자식이 여자 하나 생겼다고 더럽게 생색내네."

날이 갈수록 굵어지는 음성에 거칠어지는 말투까지, 이제 은강에게는 여자다운 것이 하나도 남아 있지 않았다. 그야말로 완전한 사내가 되어버린 것이다. 물론 가장 중요한 그곳까지 변해 버렸는지는 모를 일이지만.

밖으로 나온 부현과 진소희는 거리를 한가롭게 거닐었다. 큰 도읍은 아니어도 꽤나 많은 가호가 모여 있는 고을이었기에 밤인데도 사람들이 제법 많았다.

조금 걷다 보니 여러 개의 상점이 모여 있는 거리가 나타났다. 문이 닫힌 곳도 있었지만, 등롱을 걸어놓고 아직 장사를 하는 상점도 있었다. 부현은 아직 남아 있는 두 냥의 황금으로 진소희에게 뭐든 사주고 싶었다.

"갖고 싶은 것 없어?"

부현이 묻자 진소희는 가만히 고개를 저었다.

"이 녹옥 팔찌만으로도 충분해요. 바람이나 좀 더 쏘이고 돌아가요."

"이런 기회가 자주 있는 것도 아닌데……."

부현은 그녀의 말과 상관없이 무엇이든 사주기 위해 상점을 이리저리 둘러보았다. 그러던 한순간, 부현의 눈이 강렬하게 빛을 발했다.

'저 여자는?'

그가 발견한 사람은 바로 소수연이었다. 거리 저편으로 멀어지고 있는 뒷모습뿐이었지만 그녀의 의복이 어제 만났을 때와 똑같았기에 부현은 확신할 수 있었다. 그러나 진소희는 소수연의 존재를 전혀 눈치 채지 못한 것 같았다. 부현은 나직한 목소리로 진소희에게 말했다.

"소희는 먼저 돌아가 있어. 나는 잠시 다녀올 곳이 있으니까."

"갑자기 무슨……."

진소희가 의아한 표정을 짓자 부현은 소수연을 손가락으로 가리켜 주었다.

"소수연이야. 뒤를 밟아 그녀의 거처만 알아낸 뒤에 돌아갈 테니 일행에게 준비하고 있으라고 알려줘."

진소희는 왠지 불안한 마음이 들어 부현을 말리고 싶었다. 하지만 그럴 수는 없었다.

"조심하세요."

"걱정 마, 섣불리 싸우지는 않을 테니까."

부현은 말을 마친 뒤 은밀하게 소수연의 뒤를 쫓기 시작했다. 멀어지는 그의 모습을 바라보는 진소희의 눈길엔 불안감이 가득했다.

4장
절규

마을 외곽으로 향하던 소수연은 가옥이 드물어지기 시작하자 갑자기 속도를 내어 달리기 시작했다.

'미행을 눈치 챈 건가?'

의심이 들었지만 부현은 적당한 간격을 두고 그녀의 뒤를 쫓기 시작했다. 계속 뒤를 쫓았지만 소수연은 곧장 달리기만 할 뿐 뒤를 돌아보거나 하지는 않았다. 그런데 너무 멀리 가는 것 같았다.

'이상한걸? 무엇 때문에 마을과 이렇게 먼 곳에 거처를 잡았지?'

이런 생각을 하는 사이 소수연의 모습이 작은 언덕 너머로 사라져 버리고 말았다.

'잘못하면 놓치겠다.'

부현은 진기를 북돋워 힘껏 달려나갔다. 그렇게 고개를 넘어가는 순간이었다.

"크크크… 기다리고 있었다, 전부현."

그때 일단의 인물이 음산한 웃음을 흘려내며 길을 가로막았다.

'함정에 빠진 건가?'

부현이 당황하여 걸음을 멈추자 뒤에서도 일단의 인물이 나타나 퇴로를 막았고, 이어서 좌우 측면에서도 수십 명이 나타났다.

부현은 빠르게 머리를 굴렸다.

'숫자는 많지만 그리 강해 보이는 놈들은 아니다. 그렇다면 문제는 소수연이란 얘긴데…….'

그녀만 처리할 수 있다면 나머지 놈들은 문제가 안 될 것 같았다.

"소수연은 어디로 숨었지?"

부현이 묻자 전면의 인물들 사이에서 한 여인이 모습을 드러냈다.

"나 말이냐?"

그녀는 분명 부현이 쫓고 있던 여자였다. 그런데 소수연이 아니었다. 체형은 비슷했지만 결코 소수연은 아니었던 것이다.

"소수연의 옷으로 나를 속였군. 대체 왜 이런 짓을 한 거지?"

가짜 소수연이 비릿한 미소를 머금으며 대답했다.

"마령께선 긴히 볼일이 있으셔서 내가 잠시 그분의 역할을 맡았지. 그분은 지금 아주 즐거운 일을 하고 계실 것. 너는 우리가 잠시 맡고 있겠다."

그녀의 말을 듣는 순간 부현은 문득 불길한 예감이 들었다.

"나를 이곳으로 유인해 놓고 무슨 짓을 벌이려는 것이냐?"

"글쎄. 마령께서 너를 왜 이곳까지 유인하라고 하셨을까?"

'아무래도 불안해. 빨리 돌아가 봐야겠다.'

하지만 부현을 에워싸고 있는 삼령교인은 적게 잡아도 백 명이 넘었다. 이들 모두를 상대하고 있을 시간이 없었다.

'좋아. 한곳만 집중적으로 공격해서 포위망을 뚫는다!'

계획을 세운 부현이 진기를 끌어올리기 시작하자, 가짜 소수연이 손짓으로 삼령교인들에게 신호를 보내며 말하였다.

"전부현, 네가 어떤 생각을 하고 있는지 알고 있다. 하지만 마지막 한 명까지 쓰러뜨리기 전에는 결코 이곳을 벗어날 수 없을 거다. 마령께서 충분한 시간이 필요하다고 하셨으니까."

"개소리 집어치워!"

부현은 크게 소리치며 쌍장을 휘둘러 냈다.

"현무장!"

어마어마한 내공이 실린 그의 장력이 전면을 향해 쏟아져 나갔다.

진소희는 객점을 향해 발걸음을 재게 놀리고 있었다.

"부디 무사하셔야 할 텐데……."

왠지 불안한 마음이 들어 견딜 수가 없었다. 뭔가 불길한 일이 일어날 것만 같은 예감, 누구나 한 번쯤 겪어봤음 직한 이런 예감 뒤에는 반드시 좋지 않은 일이 벌어지게 마련이다. 진소희는 자꾸만 부현을 다시는 못 볼 것만 같은 생각이 들었다.

'아냐, 그럴 리 없어.'

그녀는 애써 마음을 다잡으며 걸음을 재촉했다. 이윽고 저만치에 객점이 보이기 시작하자 진소희는 한걸음에 달려갔다. 그리고 객점 안으로 막 들어서려는 순간이었다.

"너는 잠시 나와 가줘야 할 곳이 있다."

등 뒤에서 싸늘한 음성이 들리지 않겠는가? 아무런 기척도 느끼지 못하였던 진소희는 흠칫 놀라 고개를 돌렸다.

씨익!

하얀 치아를 가지런히 드러내며 미소 짓는 입술이 눈으로 빨려 들어왔다.

"당신이 여기를 어떻게……?"

진소희는 믿을 수 없다는 표정으로 중얼거렸다. 미소 짓고 있는 여인은 바로 소수연이었기 때문이다. 그렇다면 부현이 뒤를 쫓은 여자는 누구란 말인가? 이런 궁금증이 들었지만 그녀는 물을 수 없었다. 몇 군데의 혈도가 뜨끔거림과 동시에 입을 열 수 없음은 물론이고, 손가락 하나 까닥할 수 없었기 때문이다.

"훌륭한 밤을 보내게 해주지. 너는 물론이고 전부현도 절대 잊을 수 없는 밤이 되도록 해주겠어."

소수연은 제압된 진소희를 들쳐 메고 어디론가 달려가기 시작했다.

"그토록 죽는 게 소원이라면 원대로 해주마! 주작웅비!"

부현은 성난 음성을 토해내며 쌍장을 떨쳐 냈다. 그러자 수십 마리의 주작이 쏟아져 나와 아직 살아 있는 삼령교인들을 쓸어 나가기 시작했다.

"크아아악!"

"커어어억!"

이건 일방적인 도륙이었다. 부현도 이런 싸움은 하고 싶지 않았다. 하지만 그들이 끝끝내 길을 터주지 않으니 어쩔 수 없는 일이었다. 대체 무슨 이유로 자신의 발을 잡아두려는지 몰라도 삼령교인들은 악착같이 덤벼들었고, 속수무책으로 당하면서도 포위망만큼은 절대로 풀지 않았던 것이다. 그래서 결국은 모두 쓰러뜨릴 수밖에 없었다.

마지막으로 펼친 주작옹비를 끝으로 더 이상 그의 길을 막을 자는 없어 보였다. 부현은 처참하게 널브러져 있는 삼령교인들 가운데 가짜 소수연 역할을 했던 여인에게 다가갔다. 공격할 때 죽지 않을 만큼 힘을 조절한 덕에 그녀는 아직 살아 있었다.

"말해라. 내 발을 잡아두려고 목숨을 던진 이유가 뭐냐?"

여인은 금방 숨이 넘어갈 듯 거친 숨을 몰아쉬면서도 부현을 향해 비웃음을 던졌다.

"생각해 봐라, 미련한 녀석! 네가 여기에 오게 되면 누가 혼자 남게 되는지를 말이다."

그녀의 말을 듣는 순간 부현은 커다란 망치로 뒤통수를 한 대 얻어맞은 느낌이었다.

"설마……."

"후회해도 이미 늦었다. 네 여자는 이미 마령님 손아귀에 떨어졌을 테니까."

"이런 교활한 계집!"

부현은 여인의 가슴을 사정없이 짓밟았다.

"아아악!"

"말해! 소수연, 그 계집이 어디에 있는지!"

"끄으윽… 난… 어차피… 죽기 위해… 여기에… 온 것……. 마령님이… 어디 계실지는… 모른다……. 만약… 알아도… 절대… 말할 수 없어… 크억!"

부현은 죽을 만큼 힘을 가한 적이 없건만, 여인은 갑자기 검붉은 피를 한 사발 토해내며 눈을 허옇게 뒤집었다. 각혈에 밀랍 조각들이 섞

여 나오는 것으로 보아 입 안에 숨겨두었던 독단을 깨문 것이 분명했
다.

"지독한 것!"

부현은 분한 표정으로 발을 굴렀다.

"만약 소희에게 손끝 하나라도 댄다면 소수연은 물론이고 삼령교 놈
들은 단 하나도 살아남지 못할 줄 알아라!"

부현은 무시무시한 음성을 흘려내며 왔던 길을 되짚어 달려가기 시
작했다.

"이 짐승만도 못한 계집!"

진소희는 침상에 사지가 묶인 채 악을 쓰고 있었다. 그녀가 이렇게
악을 쓰는 이유는 소수연에 의해서 의복이 하나씩 찢겨 나가고 있었기
때문이다. 그리고 그런 소수연의 뒤에는 눈이 벌겋게 충혈된 사내 십
여 명이 거친 숨을 몰아쉬고 있었다. 상황이 이러니 다음에 어떤 일이
벌어질지는 겪지 않아도 알 수 있는 일이다.

"멈춰! 제발 멈추란 말이야!"

진소희는 울부짖었다. 그러나 소수연의 손은 멈출 기미를 조금도 보
이지 않았다. 아니, 소수연은 오히려 그녀의 비명이 즐거운 듯 미소까
지 머금었다.

"후훗. 꽤나 괜찮은 몸을 지니고 있구나."

"대체 내게 왜 이러는 거야? 이렇게까지 할 이유는 없잖아!"

"이유? 그건 나중에 부현이란 놈에게 물어봐라. 하지만 이승에서는
기회가 없을 테니, 저승에서나 알아보도록."

찌이익!

소수연의 손에 의해 치마가 길게 찢겨 나가자 그녀의 매끈한 허벅지가 그대로 드러났다. 이제 남은 것은 가슴과 국부를 가리고 있는 두 개의 천 조각뿐이었다.

"제발……."

진소희는 눈물을 흘리며 애원하였다. 그러나 그런 것은 아무런 소용이 없었다.

찍! 찌이익!

소수연의 손길에 의해 마지막 남은 두 조각의 천마저 찢겨 나가고 진소희의 나신이 적나라하게 드러났다. 진소희는 수치심을 참지 못하고 혀를 깨물어 자결하려 하였다. 그러나 그것도 여의치 않았다. 소수연이 재빨리 아혈을 점하여 턱을 움직일 수 없었기 때문이다. 진소희는 절망감에 사로잡혔고, 소수연의 입가에는 잔인한 미소가 피어났다.

"이런 일에는 비명이 따라야 제맛인데, 혀를 깨물려고 하니 어쩔 수 없군. 조금 아쉽기는 하지만 보는 것으로 만족하는 수밖에."

그녀는 뒤로 한 걸음 물러나며 사내들에게 명하였다.

"시작해라!"

말이 떨어지기 무섭게 사내들이 진소희에게 달려들었다. 저항할 능력을 잃은 한 여인에게 달려드는 십여 명의 사내는 인간이 아니었다. 그들은 짐승이었고, 그들을 부리는 소수연은 악마였다. 그들에 의해 철저하게 유린되고 있는 가여운 여인의 눈에서 피눈물이 흘러내린다.

객점에 도착할 때까지 부현은 가짜 소수연의 말이 제발 거짓이기만을 간절하게 빌었다. 그러나 객점 어디에도 진소희의 모습은 보이지 않았고, 힘껏 소리쳐도 대답은 돌아오지 않았다. 그 소란에 일행이 모두 뛰어나왔다.

"대체 무슨 일이냐? 진 낭자는 너와 함께 나가지 않았느냐?"

바람이 의아한 표정으로 묻자 부현은 바깥에서 겪었던 일을 설명해 주었다. 얘기를 듣고 난 바람이 경악하여 소리쳤다.

"그럼 진 낭자가 소수연에게 납치됐다는 말이냐?"

"그런 것 같습니다."

"그렇다면 이러고 있을 때가 아니다. 모두 나가서 찾아보도록 하자."

바람의 말에 따라 모두가 객점을 나서려 하는데, 웬 사내아이 하나가 객점으로 들어서며 물었다.

"여기 혹시 전부현이란 손님이 묵고 계시나요?"

이상한 느낌을 받은 부현이 얼른 나서며 말을 받았다.

"내가 전부현인데, 왜 찾는 거냐?"

"어떤 누나가 이 서찰을 전해 드리라고 해서……."

부현의 표정이 무서웠던지 사내아이는 겁먹은 표정으로 대답하며 서찰을 내밀었다. 부현은 얼른 낚아채 서찰을 꺼내보았다.

네 여자를 찾으려거든 마을 북단의 외딴집으로 와라. 나를 모멸한 대가가 어떤 것인지 똑똑히 깨닫게 될 것이다.

소수연.

와락!

부현은 서찰을 구겨 버리며 사내아이에게 물었다.

"이 서찰을 받은 게 언제냐?"

"반 시진쯤 됐어요. 그 누나가 심부름 값을 주면서 근처에서 기다리고 있다가 객점에서 소란이 일면 갖다 주라고 해서……."

이미 반 시진이나 흘렀다면 사내아이에게 얻을 정보는 더 이상 없을 것 같기에 부현은 일행과 함께 마을 북단을 향해 달려갔다.

마을을 약간 벗어나니 서찰에 쓰여 있는 대로 외딴집 한 채가 나타났다. 어쩌면 함정이 준비되어 있을지도 모르건만 부현은 주저하지 않고 안으로 뛰어들어 갔다. 음월도 부현만큼이나 걱정이 컸기에 곧바로 달려들어 갔다.

"소희!"

"문주님!"

이어서 나머지 일행이 만약의 사태에 대비하며 들어갈 때였다.

"아무도 오지 마!"

부현의 외침이 터져 나왔다. 그와 음월은 불이 환히 밝혀진 문 앞에 서 있었는데, 도대체 무엇을 본 것인지 그 자리에 우뚝 굳어 있었다.

일행은 바짝 긴장한 채 두 사람을 바라보았다. 그런데 두 사람 모두 몸을 부르르 떠는가 싶더니 음월이 그 자리에 무릎을 꿇었다.

"어떻게 이런 일이… 으흐흑!"

그녀가 이마를 바닥에 대며 오열하는 것으로 보아 진소희가 이미 일을 당한 것임을 일행은 알 수 있었다. 하지만 그들은 진소희가 어떤 모습으로 죽어 있는지 볼 수가 없었다. 지금 그녀의 처참한 주검을 바라보고 있는 사람은 부현뿐이었다.

"소희… 소희……."

부현은 마치 실성한 사람처럼 그녀의 이름을 반복해서 부르며 방 안으로 들어섰다.

바닥엔 그녀의 의복이었을 천 조각이 갈가리 찢겨 흩어져 있고, 침상 위에는 큰대 자로 사지가 묶인 진소희가 나신으로 누워 있다. 얼마나 우악스럽게 당했는지, 그녀의 가슴에는 수많은 손자국이 시퍼런 멍자국으로 남아 있고, 여인만의 은밀한 그곳은 수많은 남성이 거쳐 갔음을 증명하는 처참함으로 얼룩져 있다.

하지만 그것이 끝이 아니었다. 모진 채찍질을 당한 듯 온몸에 그물 같은 자국이 남아 있고, 얼굴에는 수없는 칼질이 가해져 형태를 알아보기 힘들 지경이었다. 그럼에도 불구하고 부현이 그녀를 한눈에 알아볼 수 있었던 것은 팔에 채워져 있는 옥 팔찌 때문이다. 가녀린 그녀의 팔에 걸린 옥 팔찌가 왜 그리도 서러워 보이는지…….

"소희!"

부현은 목놓아 외치며 그녀의 시신을 부둥켜안았다. 그러나 싸늘하게 식어 있는 주검은 더 이상 그를 반겨줄 수가 없었다. 부현은 목이 매어 제대로 울지조차 못하며 그녀의 결박을 풀어주었고, 시신이나마 자유로워진 그녀를 꼭 끌어안은 채 한참 동안이나 껵껵거렸다. 슬픔이 지나치면 원래 눈물도 쉬 나오지 않는 법이며 울음소리도 목 안에서만 맴도는 법이다.

뒤늦게 마루로 올라온 나머지 일행은 차마 볼 수가 없는지 모두가 고개를 돌렸다. 그들의 발치로 음월의 흐느낌이 맴돌아 흐른다.

일행은 꼬박 하루가 지나서야 부현에게서 진소희의 시신을 떼어놓을 수 있었다. 음월은 슬픔을 딛고 일어나 질 좋은 베를 구해다가 직접 염습(殮襲:죽은 이의 몸에 수의를 입히고, 시신이 흐트러지지 않도록 단단히 동여매는 일)을 하였다. 그러나 부현은 아직도 충격에서 벗어나지 못한 채 모든 잘못을 자신에게 돌리며 괴로워하고 있었다.

"미안하다, 소희. 너 혼자 두고 가는 게 아니었는데……."

염습하여 얼굴조차 볼 수 없는 진소희의 시신을 앞에 두고 부현은 넋두리 같은 혼잣말을 연신 중얼거렸다. 그 슬픔이야 이해할 수 있지만 언제까지나 이러고 있을 수만은 없었다.

"더 이상 시간을 지체하는 것은 소수연을 도와주는 일이 된다. 이제 그만 진 낭자를 묻어주고 움직이도록 하자."

바람이 나직하게 얘기하자 부현이 무서운 눈길로 그를 쏘아보았다. 하지만 부현의 눈빛에 들어 있는 분노는 바람을 향한 것이 아니었다. 그가 말한 '소수연'이란 이름에 대한 반응이었다.

"소수연! 내가 반드시 열 배로 갚아주고 말겠다!"

부현은 진소희의 시신을 들고 벌떡 일어났다.

"형님 말씀이 옳습니다. 이러고 있으면 그 계집만 도와주는 꼴이어서 출발합시다!"

이건 생각지 못한 결단이었다. 부현의 성격으로 미루어 조금 더 시간이 걸릴 것이라 일행 모두가 생각하고 있었던 것이다.

어쨌든 부현이 정신을 추슬렀으니 이제 움직여야 할 때였다. 이미 소수연보다 하루가 늦어졌으니 서둘러야 했다. 그들은 사람의 왕래가 적으면서도 나중에 찾기 쉬운 지형을 택해 진소희를 묻어주었다.

죽은 시신이라도 곁에 있는 것과 땅에 묻어버리는 것에는 큰 차이가 있다. 때문에 시신을 묻을 때는 망자의 주검을 확인했을 때만큼이나 섧게 울게 되는 것이다. 그러나 부현은 더 이상 울지 않았다. 대신 그녀의 시신을 흙으로 덮으며 이 원한을 반드시 갚고 말겠다는 각오를 다지고 또 다질 뿐이었다.

이윽고 봉분이 완성되고, 준비해 온 간단한 음식으로 제를 마치자 부현은 더 이상 미련을 두지 않고 돌아섰다.

"그만 갑시다."

그가 먼저 걸음을 옮기기 시작하자 일행은 놀란 표정으로 서로를 바라보았다. 충격이 크면 사람의 기본 성정이 바뀔 수도 있다고 하더니 부현이 바로 그런 경우인 것 같았다.

저만치 앞서 가는 부현을 가리키며 은강이 나연에게 말하였다.

"저 녀석, 바뀌어도 너무 바뀐 것 같지 않소, 차 낭자?"

"차 낭자? 방금 나에게 한 소리니?"

나연이 어이없는 표정으로 묻자 은강이 아주 당연하다는 듯 대꾸했다.

"내 얼굴을 한번 보시오. 이 얼굴에 언니라고 부르면 어울리겠소?"

나연은 복잡한 심정을 담은 시선으로 은강의 얼굴을 쳐다보았다. 이제는 수염 정도가 아니라 얼굴 윤곽마저 남자처럼 바뀌어가고 있었다. 예쁘장했던 은강의 모습은 어디에도 남아 있지 않은 것이다. 그러니 계속 언니이기를 주장하기에는 무리가 있었다.

"좋아. 네가 남자가 되어간다는 것은 인정하겠어. 하지만 차 낭자라는 말은 용납 못해. 앞으로 깍듯이 누나라고 불러."

요즘 들어 이글거리는 눈빛을 자주 던지는 은강에게 일침을 가할 생각으로 일부러 차갑게 쏘아붙인 말이었다. 그런데,

"누나? 그거 괜찮은데? 그럼 예전처럼 말도 편히 할 수 있겠네? 괜히 무게 잡을 필요도 없고. 그렇지, 누나?"

은강은 오히려 좋아라 하며 나연의 팔을 붙잡는 게 아닌가!

"뭐 하는 짓이니!"

나연은 화들짝 놀라 은강의 팔을 뿌리치려 하였다. 하지만 은강은 꿈쩍도 하지 않을 뿐 아니라 오히려 더욱 바짝 붙으며 말하였다.

"팔 좀 잡는 게 어때서 그래? 누나와 나는 목욕도 같이한 사이잖아. 그땐 몸도 서로… 윽!"

신나게 떠들어대던 은강은 옆구리를 움켜쥔 채 한동안 숨을 못 쉬고 끅끅대야 했다. 나연의 돌주먹에 제대로 얻어맞았기 때문이다.

'못된 녀석, 할 말이 따로 있지 말이야. 바람도 듣고 있는데 이상한 소리를 해대고 있어. 그렇지 않아도 목욕을 같이했던 생각만 떠올리면 지금도 소름이 돋아 미칠 지경인데… 시간만 확 돌릴 수 있다면 목욕을 같이하기 전으로 돌아가서 다시 시작했으면 좋겠네.'

잔뜩 속상해서 혼자 이런 생각을 하고 있던 나연은 갑자기 걸음을 멈추며 고개를 갸웃거렸다.

'가만… 시간을 돌려? 그래! 내가 왜 그 생각을 못했지?'

무슨 생각이 떠오른 것인지 나연은 저만치 앞서 가는 부현을 향해 달려갔다.

"부현아, 잠깐만!"

부현이 걸음을 멈추고 돌아보자 나연이 달려와 손을 덥석 잡으며 소리쳤다.

"시간, 시간을 돌리면 돼!"

"누나, 지금 무슨 말을 하는 거예요?"

"깨몽과 노몽의 힘을 되찾아준 뒤에 진 낭자가 죽기 전으로 데려다 달라고 하면 구해낼 수 있잖아."

쩡!

충격이었다. 물론 이런 충격이라면 하루에 수천 번이라도 좋은 일이지만 말이다.

'맞아! 그러면 소희를 다시 볼 수 있을지도 몰라!'

부현은 우는 것도 웃는 것도 아닌 이상한 표정으로 나연을 쳐다보더니 그대로 와락 껴안고 말았다.

"고마워, 누나! 이런 방법을 생각해 줘서 정말 고마워!"

그런데 얼마나 진하게 껴안았는지 보는 사람이 다 무안할 지경이었다. 그 모습을 은강이 어떻게 그냥 넘기겠는가.

"야! 임마, 누나에게서 떨어져!"

이래저래 놀랄 일 많은 나머지 일행은 은강의 발언에 또 한 번 놀라야 했다.

'누나?'

'방금 누나라고 부른 거 맞지?'

그들은 이렇게 묻는 눈길로 서로를 쳐다봐야 했다. 부현도 뜨악한 표정으로 은강을 바라보았다.

"저거 정말 아랫도리 한번 벗겨봐야지 안 되겠구만."

그때 나연의 조용한 음성이 부현의 귀에 들려왔다.

"이제 그만 놔줄래, 부현아? 나 지금 화가 나려고 하거든?"

나연을 여전히 껴안고 있다는 사실을 그제야 깨달은 부현은 화닥닥 놀라서 떨어져 나왔다.

'바람 앞에서 별 꼴을 다 보여주게 되네.'

나연은 왠지 미안한 심정이 되어 바람을 슬며시 바라보았다. 그도 심기가 그리 편치는 않은 듯 허공을 응시하고 있었다.

'난 몰라……. 은강 녀석은 같이 목욕한 사이라고 떠들어대더니 이번엔 부현이 녀석에게 안겨 버렸으니…….'

속상해하는 나연의 심정을 아는지 모른지 부현은 진소희를 살릴 수 있을지도 모른다는 생각에 마냥 행복해하고 있었다.

"어서 갑시다. 서두르지 않으면 소수연이나 무무자 영감에게 선수를 뺏길지도 모르니까."

어쨌든 부현이 밝은 성격을 되찾아서 다행이었다. 물론 경망스러운 성격까지 되돌아왔으면 문제가 될 수도 있겠지만.

그날 이후 일행은 부현의 성화에 시달리며 강행군을 거듭해야 했다. 덕분에 모두 녹초가 되었지만, 음월만큼은 자신의 주인을 끔찍이 생각하는 부현이 너무도 고마울 뿐이었다.

부현은 단지 서두르기만 하는 것이 아니었다. 잠재된 내공을 끌어내기 위해 틈만 나면 운기행공을 시행하고, 사신투영장을 완벽하게 깨우치기 위해 부단히 연마하며, 바람에게 부탁하여 경신술과 보법까지 전수받고 있었다. 계속해서 요즘같이 무공 연마에 힘을 기울인다면 천하제일이란 칭호를 얻는 것도 시간문제일 것 같았다.

일행은 어느덧 청해를 지나 서장(西藏) 땅에 들어와 있었다. 서장은 하늘에 닿아 있는 땅이라 불릴 만큼 바다처럼 펼쳐진 산봉우리가 가도 가도 끝이 없는 곳이었다. 한여름에도 밤이면 추위를 느낄 만큼 기후가 거칠고, 강수량은 사막만큼이나 적어 토양 또한 척박하기 그지없었다. 그러나 무엇보다 힘든 것은 공기가 희박해서 가슴이 답답하고 쉽게 피로해진다는 사실이었다.

파란나비호수까지는 아직도 닷새 정도는 더 가야 했기에 일행은 잠시 휴식을 취하여 피로를 덜기로 하였다. 때마침 멀지 않은 곳에 고산족들이 살아가는 마을이 나타났기에 일행은 식량도 구할 겸 마을로 향했다.

그런데 마을로 들어서던 일행은 이상한 점을 한 가지 발견하였다.

한낮인데도 불구하고 사람이 하나도 보이지 않았던 것이다. 수렵으로 삶을 영위하는 고산족이니 남자들이야 사냥을 나갔다 쳐도 여자와 아이들은 보여야 하건만 마을은 쥐 죽은 듯 조용하기만 하였다. 그렇다고 다른 부족과 전투를 치렀다거나 하는 격투의 흔적이 있는 것도 아니었다.

"전염병이라도 돌지 않고서야……."

뭔가 의심스러운 생각이 든 일행은 마을 입구에 있는 집으로 들어섰다.

"안에 계십니까?"

큰 소리로 불러보았지만 역시 대답은 없었다. 일행은 조심스럽게 방문을 열어보았다. 그리고,

"헉!"

"몹쓸 짓을 당했군."

방 안에는 다섯 구의 시신이 뒹굴고 있었다. 부모로 보이는 중년 남녀와 십여 세 전후의 아이들 셋이었다. 문제는 그들이 죽었다는 사실이 아니고 그 괴이한 모습에 있었다. 마치 온몸의 수분을 일시에 뽑아낸 듯 바싹 말라 있는 상태였던 것이다.

바람과 음월이 방으로 들어가 시신의 상태를 살펴보았다.

"아무래도 흡정술(吸精術)에 당한 것 같소."

바람이 먼저 의견을 말하자 음월도 고개를 끄덕였다.

"그런 것 같군요. 절대로 익혀서는 안 될 그 사악한 수법이 쓰인 게 틀림없어요."

그 집을 나온 일행은 혹시 생존자가 있는지 마을을 이 잡듯 뒤져 보았다. 하지만 생존자는 단 한 명도 없었다. 심지어는 갓 태어난 아기까지 모두 죽어 있는 상태였다.

바람이 걱정스러운 투로 말을 이었다.

"과거에도 흡정술을 통해 내공을 속성한 마인들이 있다는 얘기를 들어보기는 했지만, 이런 경우는 처음이오. 무공도 익히지 않은 양민들을 상대로 그 사악한 수법을 사용하다니……."

"정말 무서운 일이군요. 비록 무공을 익히지 않은 사람들이라고는 해도 이 많은 사람들의 정기를 흡수했다면 엄청난 내력 증진을 이루었을 거예요."

"더욱 큰 문제는 이런 악행이 이 마을 하나로 끝나지 않을 것 같다는 데 있소. 어쩌면 지금도 어디선가 만행을 저지르고 있을지 모를 일이오."

두 사람의 대화를 듣고 있던 부현이 말하였다.

"이거 혹시 소수연의 짓이 아닐까요? 장안에서 우리를 잡았을 때도 이상한 약을 먹이고 내 내공을 뺏으려고 했었잖아요."

바람이 안색을 더욱 무겁게 굳히며 대답했다.

"실은 나도 그 점을 염려하던 중이다. 이게 정말로 그녀의 짓이라면 우리는 엄청난 적을 상대할 각오를 하고 있어야 할 거다."

부현이 물었다.

"흡정술을 익히면 무한대로 내공을 증진시킬 수 있는 건가요?"

"그렇지는 않다. 타인의 정기를 흡수한다는 것은 생각보다 쉬운 일이 아니다. 이 마을의 경우처럼 단번에 여러 사람의 정기를 흡수할 때는 시전자도 죽을 각오를 하고 있어야 한다. 사람마다 성격이 다르듯 그 기운 또한 다른 법이다. 따라서 여러 사람의 정기를 한꺼번에 흡수할 경우 상충되는 기운들을 잘 다스리지 못하면 진기가 폭주하여 시전자가 오히려 화를 입게 된다. 설사 그 기운을 다스릴 능력이 된다고 해도 내공이 그런 식으로 갑자기 불어나게 되면 혈맥이 감당하기 힘들어지게 된다. 하지만 개개인마다 감당할 수 있는 능력이 다르니 내공을 어느 정도까지 증진시킬 수 있는지 단정 지을 수는 없겠지."

"어쨌든 이 마을 사람들을 다 이 모양으로 만들어놓고도 죽은 것 같지는 않으니 엄청나게 강해진 것은 사실이겠군요."

"아마도 그렇겠지."

일행의 안색이 무거워졌다.

달도 뜨지 않은 밤. 사방은 먹물이라도 뿌려놓은 듯 완벽한 어둠으로 가라앉았는데, 어디선가 고통과 환희가 뒤범벅된 신음성이 연속해서 흘러나오고 있었다.

"흐어어억!"

"아아……."

내장을 온통 도려내는 듯한 처절한 신음성과 절정의 환희를 맛보는 듯한 희열의 소리가 함께 어우러져 들려오고 있으니 참으로 희한한 일이었다.

이 해괴한 소리의 진원지는 완만한 경사지에 자리 잡은 자그마한 마을이었다. 대략 이십여 호가 모여 있는 이 마을은 무슨 일이 있는지 집집마다 불이 밝혀져 있었는데, 신음성은 그중 가운데 위치한 모옥에서 들려오고 있었다.

등잔불이 크게 일렁이고 있는 방 안에서는 차마 눈 뜨고 볼 수 없는 괴사가 벌어지는 중이었다. 겁에 잔뜩 질려 있는 어린아이의 눈길이 지켜보고 있는 가운데, 아이의 부모인 듯한 삼십 대 초반의 남녀가 누군가에게 겁탈을 당하고 있는 것이다.

새하얀 나신이 더없이 아름다운 여인 소수연, 그리고 등에 커다란 혹이 하나 달려 있는 추노. 인간으로서 해서는 안 될 천인공노할 짓을 벌이고 있는 두 사람은 바로 그들이었다.

아이의 아버지를 상대하고 있는 소수연은 현란하게 몸을 놀려 사내를 곧 절정으로 끌어올렸다. 이윽고 사내가 결정적인 반응을 보이기 시작하자 그녀는 손을 빠르게 놀려 사내의 혈도 몇 곳을 빠르게 자극하였다. 그 순간,

"흐어어억!"

사내는 이마에 힘줄이 툭 불거질 정도로 온몸에 힘을 주며 비명을 토해냈고, 소수연은 그와 반대로 희열에 찬 음성을 흘려냈다. 이를 기점으로 사내의 사지가 끝에서부터 급속하게 말라 들어가기 시작했다. 손끝과 발끝에서 동시에 시작된 그 현상은 빠르게 사지를 잠식해 들어갔고, 그에 따라 사내의 비명성도 처절하게 높아졌다. 그러나 비명은 그리 오래가지 않았다. 몸통과 머리가 말라 버린 시신은 더 이상 비명을 지를 수 없기 때문이다.

"흐으음……."

사내를 마른 나무토막처럼 만들어 버린 소수연은 쾌감의 여운을 즐기며 천천히 자리에서 일어났다. 그녀의 쾌감은 아마도 남녀 교합에 의한 것이 아니고 사내의 정기를 흡수할 때 일어나는 몸의 변화에서 오는 듯했다. 그녀는 방금 흡수한 사내의 정기를 하단전에 잘 갈무리한 후 구석에서 떨고 있는 아이에게 눈길을 돌렸다.

"이리 오너라."

그녀는 부드러운 목소리로 아이를 불렀다. 하지만 아이는 그 자리에 얼어붙은 듯 꼼짝도 하지 못했다. 소수연은 아이를 향해 손을 쫙 벌렸다. 그러자 놀랍게도 아이가 허공으로 둥실 떠오르더니 소수연에게 빨려가는 것이 아닌가!

아이의 정수리가 자신의 손아귀에 정확하게 잡혀들자 소수연은 아이를 향해 씩 미소를 지으며 흡정술을 운용하기 시작하였다.

"까아아아아악!"

찢어지는 비명 소리와 함께 자그마한 아이의 몸이 천천히 말라가기 시작했다. 남녀 교합의 방법과 달리 정수리를 통해 정기를 빨아내는 것은 진행이 매우 느렸다. 따라서 아이의 고통은 더욱 클 수밖에 없었다. 그때 추노가 상대하던 여자도 비명을 지르며 사지가 말라 들어가기 시작했다.

"아아아악!"

엄마와 아이가 동시에 질러대는 비명은 처절하기 그지없건만, 소수연과 추노의 입가에 어린 미소는 더욱 짙어만 갔다.

5장
파란나비 호수

서장 땅으로 들어온 지 나흘째 되는 날.

부현 일행은 또 하나의 몰살당한 고산족 마을을 만나게 되었다. 처음 발견한 이후 벌써 다섯 번째 마을이었다.

"생각보다 더욱 심각하군. 이대로 가다간 우리의 힘으로는 도저히 감당할 수 없는 대마인이 탄생할지도 모르겠다."

심각하게 말하고 있는 바람의 우려는 일행 모두가 공감하고 있는 문제였다. 더구나 상대가 소수연일 가능성이 컸기에 더욱 걱정이 되는 것이다. 그러나 침울해한다고 문제가 해결되는 것은 아니다. 부현은 일부러 자신감있는 표정을 지으며 일행에게 큰소리를 쳤다.

"걱정 마쇼, 형님! 나도 날로 내공이 늘어나고 있으니 말이오. 소수연이 아무리 강해진다고 해도 내가 반드시 그 계집을 죽여 버리고 말겠소!"

예전 같으면 허풍으로 들릴 수도 있겠지만, 지금 하는 부현의 말은 충분히 신뢰할 수 있었다. 그만큼 그의 실력이 일취월장하고 있기 때문이다.

그동안의 그가 자신에게 부여된 능력에 의존하고 있었다면, 지금의 그는 스스로가 노력하여 자신의 소질을 찾고 개발해 나가고 있었다. 그런 노력에 의해 아무도 모르고 있었던 그의 소질이 깨어나고 있었다.

부현에게 자신의 경신술과 보법을 전수해 주고 있는 바람은 그걸 절실하게 느끼고 있었다. 부현이야말로 무공을 위해 태어난 사람이라는 사실을 말이다. 자신이 몇 년에 걸쳐 연마한 경신술과 보법을 그는 단 며칠 사이에 자신의 수준만큼 끌어올린 것이다. 엄청난 내공이 뒷받침되고 있다는 사실을 감안하더라도 그의 무공 증진 속도는 믿을 수 없을 만큼 빨랐다.

지난밤에는 자신의 검법에도 관심을 보여 처음부터 끝까지 검로를 한차례 시연해 주었다. 그러자 놀랍게도 초반 세 초식을 그 자리에서 재연해 보였다. 물론 허점이 다소 보이기는 했지만, 만약 섬검자가 이 모습을 보았다면 당장 두 번째 제자로 받아들이겠다고 나서고도 남을 일이었다.

어쨌든 부현이 이렇게 열성을 보이자 나머지 일행도 덩달아 자신의 능력을 다듬기에 여념이 없었다.

은강은 환색균주로 얻은 내공을 이용해 그동안 내력이 모자라 사용하지 못하던 검초들을 다듬어 나갔고, 역리상도 사부에게 배웠던 것들을 되새겨 자기의 것으로 만들어감과 동시에 틈나는 대로 부적도 그려 두었다. 부현 하나로 인해 일행 전체가 바뀌고 있으니, 사람의 일이란 정말 모르는 것이다.

"그래, 요즘의 너라면 충분히 그렇게 할 수 있을 거다."

바람이 대견한 듯 부현을 향해 웃음을 지어 보일 때였다.

쐐애액!

갑자기 날카로운 파공성이 울리는가 싶더니 어디선가 일행을 향해 한 자루의 화살이 날아왔다.

"웬 놈이냐!"

일행은 화살을 피함과 동시에 그것이 날아온 방향을 향해 신형을 날렸다. 사냥꾼 차림의 중년 사내가 산비탈로 도망가는 모습이 시야에 들어왔다.

"서라!"

부현이 소리치며 신형을 쏘아내더니 대번에 사냥꾼의 앞길을 막아섰다. 일행의 손에서 벗어날 수 없음을 느낀 사냥꾼은 재빨리 화살 한 대를 먹이더니 시위를 팽팽히 당긴 채 소리쳤다.

"좋다, 이놈들! 내가 비록 상대는 되지 않을지 몰라도 이대로 무릎을 꿇진 않겠다!"

사냥꾼이 뭔가 오해하고 있음을 간파한 바람이 일행의 대응을 자제시키며 그에게 말을 걸었다.

"우리에게 화살을 날린 이유가 무엇입니까?"

"마을을 저 지경으로 만들어놓고도 내게 이유를 묻는 것이냐!"

원한에 불타오르는 눈빛으로 쏘아붙이는 사냥꾼의 말을 듣고서야 일행은 그가 왜 자신들을 적대시하는지 알 수 있었다.

"그건 오해입니다. 우리가 도착했을 때는 이미 모두가 당한 뒤였습니다."

"흥! 마을 사람들에게도 그런 말로 안심시킨 후 접근했더냐?"

바람이 해명을 해도 사냥꾼이 쉽게 믿으려 들지 않자 부현이 답답하다는 듯 말했다.

"여보슈, 아저씨. 우리가 화살을 가볍게 피하고, 단숨에 아저씨를 따라잡는 걸 봤으면서도 뭔가 좀 느껴지는 게 없수?"

"그래, 네놈들이 대단하다는 것은 익히 알고 있었다!"

"그 아저씨 말귀 되게 못 알아먹네. 생각 좀 해봐요. 그런 능력을 가진 우리가 나쁜 마음을 먹었다면 아저씨에게 왜 해명을 하겠수? 그냥 죽여 버리면 끝이지."

좀 거칠기는 했지만 정곡을 제대로 찌르는 말이었기에 사냥꾼은 잠시 생각을 한 뒤 활시위를 늦추었다.

"처자식을 잃은 슬픔 때문에 내 눈이 잠시 멀었었나 봅니다."

바람이 물었다.

"마을의 참변으로 가족을 잃으셨습니까?"

"그렇습니다. 멀리 있는 친구에게 며칠 다녀와 보니 그만… 그런데 무사님들은 혹시 이번 사건의 흉수를 추적 중이십니까? 만약 그렇다면 죄없이 죽어간 마을 사람들의 원한을 꼭 좀 갚아주십시오."

"알겠습니다. 우리의 예상이 맞는다면 흉수와 우리는 어차피 부딪치게 되어 있으니 반드시 주민들의 원한을 갚아드리겠습니다."

"감사합니다, 무사님! 정말 감사합니다!"

사냥꾼은 벌써 흉수를 처단하기라도 한 듯 연신 허리를 숙여 감사를 표하였다.

"이건 어차피 우리의 일이니 너무 그러실 필요 없습니다. 그런데 혹시 파란나비호수를 알고 계십니까?"

"그야 이 근방 사람이라면 다 알고 있는 곳입니다만……"

"우리가 알고 싶은 것은 파란나비호수 부근 중에 오래전부터 일반인들이 들어갈 수 없는 성역 같은 곳이 존재하는가 하는 것입니다."

사냥꾼은 잠시 기억을 더듬어보고 난 후에 대답하였다.

"성역이라고 할 수는 없지만, 사람들이 가기를 꺼리는 곳은 한군데 있습니다."

"그곳이 어딥니까?"

"파란나비호수의 동쪽 숲 일대입니다. 우리들은 그곳을 도깨비숲이라고 부르는데, 대낮에도 도깨비가 출몰한다고 오래전부터 알려진 곳이라 누구도 그 숲에는 들어가려 하지 않습니다. 그런데 이상하군요. 한 시진 전쯤에도 한 노인이 그곳을 묻기에 가르쳐 주었는데, 무사님들도 물으시니……."

사냥꾼의 말을 들은 일행은 그가 말하는 노인이 무무자임을 알 수 있었다. 이제 파란나비호수까지는 대략 하루 남짓의 거리. 그런데 한 시진의 격차라면 적다고 할 수 없었다.

"말씀 감사합니다. 저희는 급한 일이 있어서 이만."

일행은 사냥꾼과 헤어져 빠르게 길을 재촉했다. 지금까지의 상황으로 보아 자신들이 가장 뒤처진 것이 확실했기에 그들의 마음은 매우 조급하였다.

길을 재촉하다 보니 어느덧 해가 저물어가고 있었지만, 누구도 쉬자고 말하는 사람이 없었다. 이대로 파란나비호수까지 행군을 강행할 생각인 것이다.

이윽고 산 너머로 해가 완전히 떨어지자 곧바로 칠흑 같은 어둠이 몰려왔다. 너무 어두워 걷기가 힘들어지자 부현은 황금 모래를 꺼내 길을 비추었다.

그렇게 쉬지 않고 걸은 것이 얼마나 되었을까?

밤 공기가 제법 쌀쌀해지는가 싶더니 뿌연 안개마저 피어나기 시작했다. 처음에는 옅게 드리운 정도여서 걷는 데 큰 지장이 없었지만, 시간이 약간 흐르자 안개는 코앞을 분간하기 힘들 정도로 짙어졌다. 일행은 어쩔 수 없이 걸음을 멈추어야 했다.

"낭패로군. 이래 가지고는 내일 해가 떠서 안개를 몰아낼 때까지 꼼짝없이 잡혀 있어야 할 것 같으니……."

답답한 심정을 토로하는 바람에게 음월이 말하였다.

"어쩌면 해가 떠도 이 안개는 사라지지 않을지 몰라요."

"무슨 말이오?"

"자연적으로 생성된 안개 같지가 않아요."

"그건 우리가 진에 갇혔다는 뜻이오?"

"아마도……."

두 사람의 대화를 듣고 있던 부현이 물었다.

"뭘 보고 진에 갇혔다는 거예요?"

"안개는 습기로 인해 생기는 현상이에요. 그런데 이곳처럼 기후가 건조한 곳에서 한 치 앞을 보기 힘든 안개가 형성됐다는 게 이상해요. 더구나 이 안개는 완전히 정체되어 조금도 움직이지 않고 있어요. 마치 우리의 길을 막기 위해서 존재하는 것처럼 말이에요."

듣고 보니 음월의 말이 맞는 것 같았다.

"대체 어떤 자식이 이런 곳에 진을 만들어놓은 거야?"

부현이 투덜거리고 있을 때였다. 어디선가 늙수그레한 음성이 들려왔다.

"미안하게 됐네, 어린 친구. 이 늙은이의 힘으로는 소수연 하나를 상대하기도 벅찰 것 같아서 손을 조금 써두었네. 노부가 무사히 천부인을 얻게 되면 돌아가는 길에 파해법을 알려주도록 하겠네. 물론 자네들 스스로 파해할 수 있다면 그럴 필요가 없겠지만."

그 목소리가 누구의 것인지 알아들은 부현이 허공에 대고 소리쳤다.

"당신 무무자 영감 맞지? 이 음흉한 영감! 정정당당하게 대결할 생각은 않고 이따위 치사한 짓을 벌여놓다니! 우릴 한 번 구해준 은혜를 생각해서 나도 한 번쯤은 봐주려고 했는데, 이걸로 무효야! 다음에 나한테 걸리기만 하면 아주 박살을 내주고 말겠어!"

"너무 화내지 말게. 자네들과 무력으로 부딪치는 걸 피하기 위한 행동이었으니까."

"입에 발린 소리 집어치우고 어서 이 진이나 걷어치워!"

"그럴 수는 없지. 나중에 자네의 무시무시한 장력에 혼이 나게 되더라도 오늘은 내가 앞서 가야겠네. 그럼."

"이봐, 음흉한 영감!"

부현이 다시 소리쳐 보았지만 무무자의 음성은 더 이상 들려오지 않았다.

"이런 젠장!"

부현은 분함을 못 참고 발을 굴렀다. 이제 한나절 거리만 더 가면 목적지에 도착하게 되는데, 이곳에서 발이 묶여 버렸으니 어찌 분하지 않겠는가. 만약 소수연이나 무무자의 손에 성고가 넘어간다면 진소희를 살려내겠다던 그의 계획은 완전히 물거품이 될 테니 말이다.

"좋아! 이까짓 진 따위 부숴 버리고 말겠어!"

마음이 조급해진 부현이 장력으로 진을 부수기 위해 진기를 끌어올리기 시작하자 역리상이 놀라서 소리쳤다.

"진 안에서 장력을 잘못 썼다가는 오히려 우리가 당하게 돼!"

부현이 쌍장을 뻗어내려다 말고 물었다.

"그건 또 무슨 말이에요?"

"진을 이루는 것은 별것 아닌 나뭇가지나 돌탑 따위에 지나지 않지만, 일단 진이 완성되고 나면 절대적인 힘이 아니고서는 그 구조물에 직접적인 타격을 가할 수 없어. 진의 기본 원리는 자연에 존재하는 기운의 흐름을 바꾸어놓는 거야. 그래서 계속 앞으로만 걸어나가도 제자리로 돌아오게 되는 것이지. 그러니 한번 생각해 봐라. 네 장력이 앞으로 곧게 뻗어 나가지 못하고 진의 흐름에 따라 이곳으로 다시 돌아오게 된다면 어떤 일이 벌어질지 말이다."

역리상의 말대로라면 앞으로 뻗어낸 장력이 자신들의 뒤를 공격하는 사태가 벌어질 게 분명했다.

"우라질! 이러지도 저러지도 못하면 어쩌자는 거요?"

"잠시 기다려 봐라, 내가 파해법을 한번 찾아볼 테니. 무무자는 우리가 가진 황금 모래의 불빛을 발견하고 진을 급조한 게 분명해. 그렇다면 규모도 그다지 크지 않을 테고 그다지 강력하게 만들지도 못했을 거야."

그동안 부단히 공부한 효과가 있는 것인지 역리상은 일행을 놓아둔 채 혼자 앞으로 전진해 나갔다. 그리고 얼마 지나지 않아 일행의 뒤편에서 그가 나타났다. 걸린 시간은 대략 반 각 정도.

"예상대로 이 진은 급조된 작품이야. 아마도 주변 지형지물에 몇 개의 말뚝을 보강하는 정도로 만들어졌겠지."

"긴 얘기 하지 말고 파해법을 알아냈는지나 말해요."

부현이 조급하게 물었다.

"솔직히 어떤 원리에 의한 것인지는 알아내지 못했어. 하지만 한 가지 방법은 있다."

"그게 뭔데요?"

"네가 아까 쓰려던 방법처럼 장력을 쏘아내는 거야. 단, 한쪽이 아닌 양 방향으로 쏴야 한다."

"아까는 장력을 쓰면 안 된다고 했잖아요."

"진에 갇혔을 때 무리하게 힘으로 해결하려 들면 그 힘에 오히려 내가 당하는 수가 생기기 때문에 그랬던 거야. 그러나 진을 급조한 경우라면 얘기가 달라. 급히 만들다 보면 어딘가 약점이 생기게 마련이지. 따라서 진 내부에서 강한 충격이 일어나면 약한 부위가 그 힘을 견디지 '못하고 무너지게 되지. 그러면 진의 생명은 끝나는 거야."

"그거 확실한 거요? 어째 믿음직스럽지가 않은데."

"물론 확실한 건 아니야. 만약 네 장력으로 생긴 충격이 빠져나갈 길을 찾지 못한다면 그 충격은 고스란히 네게 돌아올 거야. 잘못하면 심각한 내상을 입을 수도 있다는 얘기지."

역리상의 답변에 부현은 고개를 갸웃거렸다.

"그러니까 왼손의 장력에 오른손이, 오른손의 장력에는 왼손이 공격을 받는 형상이 된다는 얘긴가?"

"맞아. 하지만 어딘가 약점이 있어서 그리로 힘이 빠져나간다면 네게는 큰 충격이 오지 않겠지."

"좋아. 한번 해보지 뭐. 이대로 갇혀 있을 수만은 없는 노릇이니까."

부현은 옆으로 돌아서서 양쪽으로 장력을 쏘아낼 준비에 들어갔고, 일행은 그의 등 뒤에 모여서 조마조마한 눈길로 바라보았다.

진기를 한껏 끌어올린 부현은 가슴으로 끌어 모았던 쌍장을 양 옆으로 힘차게 뻗어냈다.

"현무장!"

그러자 그의 양쪽 장심에서 시커먼 현무 형상이 솟아 나와 안개 속으로 쏟아져 나갔다.

콰우우우웅!

대체 내공이 얼마나 증진된 것인지 장력이 쏟아진 양 방향으로 거대한 수평 회오리가 생겨나며 안개를 급속히 빨아들였다. 덕분에 일행이 서 있는 자리는 일시에 반진공 상태가 되어 귀가 멍멍해질 지경이었다. 이윽고 반대 편에서 두 마리의 현무가 충돌하는 듯 엄청난 굉음이 들려왔다.

콰— 콰르르릉!

동시에 땅이 들썩일 정도로 어마어마한 진동이 전해져 왔다. 만약 성공하지 못한다면 부현이 내상을 입을 가능성이 컸기에 일행은 모두 부현을 주시하였다. 충돌이 일어남과 동시에 그의 어깨는 심하게 움찔거렸다. 또한 그 충격으로 인해 그의 발은 정강이까지 땅을 파고들었다. 그때 저 반대 편 쪽에서 강렬한 바람이 나뭇가지를 휩쓸고 지나가는 소리가 들려왔다.

"성공이다!"

역리상의 입에서 환호성이 터져 나왔다. 그리고 일행은 두 눈으로 똑똑히 볼 수 있었다. 부현의 양손에서 뻗어 나간 현무장이 반원을 그리며 양 옆으로 돌아 진 반대 편에서 다시 하나로 합친 뒤 맹렬하게 뻗어 나가는 모습을 말이다. 거대한 수평 회오리를 만들며 안개를 몰아나가고 있는 그 모습은 실로 장관이었다.

이윽고 안개가 모두 걷히자 주변 상황이 한눈에 들어왔다.

일행이 있는 주변은 바위와 나뭇등걸 등이 유난히도 많았다. 그리고 그 사이사이로 팔뚝 굵기의 말뚝 몇 개가 꽂혀 있는 것이 보였다. 역리 상의 말이 증명된 셈이었다.

부현의 장력이 뚫고 나간 자리는 나무가 부러지고 풀이 뽑혀 나가 새로운 길이 하나 생겨 있었는데, 그 한가운데에 부러져 나간 말뚝이 보였다. 가까이에서 살펴보니 속으로 벌레 먹은 자국이 드러나 있었다. 무무자가 미처 예상치 못했던 이 자그마한 변수가 부현 일행을 구한 셈이었다.

어쨌든 부현의 활약으로 진에서 벗어난 일행은 파란나비호수를 향해 다시 움직여 나가기 시작했다.

이제 하루. 그 하루면 서장 땅에서의 승패가 분명히 드러나게 될 것이다. 만약 내일의 경쟁에서 지게 된다면 나머지 두 개의 천부인을 얻게 된다 해도 의미가 없었다. 비밀의 샘을 찾는 열쇠는 세 개의 천부인이 모여야만 얻을 수 있을 테니까.

일행이 진을 벗어나고 얼마 지나지 않았을 때였다. 어둠 속에서 무무자가 모습을 드러냈다.

"휴우… 부현이란 녀석은 정말 하루가 다르게 성장하고 있구나. 이제 내 능력으로는 어림도 없겠어. 아무리 급조한 진이라지만 장력의 힘만으로 부숴 버리다니… 아무래도 다른 방법을 강구해 두어야겠군."

무무자는 부현 일행이 사라진 방향을 바라보며 심각한 고민에 빠져들었다.

콰앙!

커다란 바위 위에 올라 주변을 둘러보고 있던 소수연은 신경질적으로 발을 굴렀다. 그러자 놀랍게도 바위 전체에 금이 쩍쩍 가더니 그대로 허물어져 내렸다. 하지만 소수연의 몸은 허공에 한동안이나 그대로 떠 있다가 깃털이 떨어지듯 천천히 내려왔다. 그녀의 내공이 이미 입신의 경지에 올랐음을 알 수 있는 일이었다.

"추노!"

그녀의 입이 열리고 나직한 음성이 터져 나왔다. 순간 흐릿한 그림자가 일렁이는 듯하더니 그녀의 앞에 곱사등이 추노가 모습을 드러냈다. 그 또한 예전에 비해 월등하게 강해졌음을 알 수 있었다.

"땅의 전사들이 살고 있다는 장소는 아직 찾지 못한 거냐?"

"송구합니다, 마령님. 교인들을 전부 풀어 파란나비호수 주변을 샅샅이 수색하고 있습니다만, 아직 이렇다 할 만한 보고가 들어오지 않고 있습니다."

"조금 있으면 정오가 된다. 전부현과 무무자도 어디선가 찾고 있을 텐데 어째서 그들을 발견했다는 소식조차 없는 것이냐?"

소수연이 분노한 음성으로 소리쳤지만 추노는 마땅히 답할 말이 없는지 고개만 조아리고 있을 뿐이다. 한쪽 숲에서 부스럭거리는 소리가 나며 무무자가 나타난 것은 바로 그때였다.

"전부현 일행은 이제야 도착했으니 볼 수가 없었던 걸세."

"무무자!"

소수연이 날카로운 시선으로 그를 쏘아보며 소리쳤다.

"너무 그렇게 적대시할 필요 없네. 나는 자네들에게 아주 유용한 정보를 하나 알려주려고 온 것뿐이니까."

"음흉한 늙은이! 내가 그 말을 믿을 것 같으냐!"

"믿고 안 믿고는 들어보고 나서 결정해도 늦지 않을 걸세."

적진 한복판에 들어와 있음에도 불구하고 무무자의 입가에는 여유로운 미소가 감돌고 있었다.

정오 무렵.

부현 일행은 드디어 비릿한 물 냄새가 물씬 풍기는 파란나비호수 동쪽에 도착할 수 있었다. 맞은편이 아스라하게 보일 정도로 넓은 호수에는 하늘처럼 파란 물이 가득했는데, 마치 나비가 커다란 날개를 활짝 펴고 있는 형상이었다. 그 모습을 눈으로 직접 보고 있으니 파란나비라는 이름이 왜 생겼는지 알 수 있을 것 같았다.

바람은 등에 메고 있던 아륵의 도끼를 풀어냈다. 이어서 그 도끼를 높이 쳐들며 소리 높여 외쳤다.

"아륵!"

내공을 실어 외친 그의 목소리는 동쪽 숲 일대를 메아리치며 울려나갔다. 자신의 이름을 소리 높여 외치면 부족 사람들이 마중 나올 것이라던 아륵의 말을 믿고 그리 해본 것이다.

그리고 얼마나 지났을까? 마치 공간의 틈새로 빠져나오듯 일단의 인물들이 동쪽 숲에서 모습을 드러냈다. 그들이 바로 천부인의 지도에 적혀 있던 땅의 전사들인 모양이었다.

한결같이 잘 단련된 몸을 지녔으며, 눈에서는 신광이 줄기줄기 뻗어나오는 것으로 보아 그들의 능력이 간단치 않음을 알 수 있었다. 또한 그들의 손에는 도끼가 한 자루씩 쥐어져 있었는데, 그 모습이 아륵의 도끼와 매우 흡사하였다.

그들 중 진한 구레나룻을 기르고 있는 중년 사내가 일행에게 다가와 물었다.

"아륵의 이름을 외친 것이 그대들이오?"

"그렇소."

바람이 나서며 대답하자 그의 손에 쥐어진 도끼를 발견한 중년 사내의 눈이 강렬한 빛을 발했다.

"아륵은 어디 가고 그의 도끼만 돌아왔는가?"

이미 수십 년 전의 일이건만 한눈에 아륵의 도끼임을 알아보는 것으로 보아 그들에게 있어서 도끼는 그 사람을 나타내는 상징물 같은 존재임이 분명했다.

바람은 아륵의 도끼를 손에 넣게 된 사연을 말해 주었다.

"결국 그렇게 되었군."

아륵의 도끼를 발견했을 때 보였던 반응과 달리 그의 사망 소식을 들은 중년인은 담담한 표정으로 받아들였다. 하지만 그의 눈빛 저 안쪽에 진한 슬픔이 일렁이고 있다는 것을 바람은 직감적으로 느낄 수 있었다.

"혹시 아륵과는 어떻게 되십니까?"

바람의 질문에 중년 사내가 짤막하게 대답했다.

"그 못난 녀석의 형이오."

바람은 그에게서 왜 슬픔이 느껴졌는지 이해할 수 있었다.

"아륵은 이 도끼가 고향 땅으로 돌아가길 원하고 있었습니다."

이렇게 말하며 바람이 도끼를 건네자 중년 사내의 눈가에도 물기가 배어나는 듯했다.

"동생을 위하여 이렇게 먼 길을 와줬는데, 나는 당신들에게 따뜻한 식사 한 끼 대접할 수가 없소. 외부인을 들일 수 없는 것이 우리 부족의 오랜 율법이기 때문이니 부디 양해해 주시오."

"저는 아륵과의 약속을 지킨 것으로 만족합니다. 다만 한 가지, 우리가 여기에 온 것에는 또 하나의 이유가 있기 때문이니 부디 입촌을 허락해 주십시오."

"혹시 그 이유라는 것이……?"

"그렇습니다. 저희는 배달의 후손으로서 천부인 중 하나인 성고를 찾기 위해 이곳에 왔습니다."

바람의 입에서 성고에 대한 얘기가 나오자 중년 사내는 그동안과 달리 엄숙한 표정을 지으며 대답했다.

"성스러운 북을 원한다면 먼저 자격이 있는지 알아야 하오."

"그 자격이란 어떤 것입니까?"

"여러분 중 한 사람만 우릴 따라 들어오시오. 그 자격은 안에 계신 장로님들이 시험하실 것이오."

"한 사람밖에 들어갈 수 없는 겁니까?"

"그렇소. 한 번에 단 한 사람. 그게 우리 부족의 원칙이오."

"그렇다면 잠시만 기다려 주십시오. 누가 들어가야 할지 상의를 해 보겠습니다."

중년 사내에게 양해를 구한 바람은 일행을 돌아보며 물었다.

"어떻게 했으면 좋겠나?"

"생각할 거 뭐 있어요? 아륵의 도끼를 가져온 형님이 들어가면 되는 거지."

부현이 먼저 의견을 피력하자 역리상이 고개를 저으며 반대 의견을 내놓았다.

"내 생각에는 부현이나 나연 소저 중 한 사람이 들어가는 게 옳을 것 같아. 두 사람은 시간의 요정에게 선택받은 사람들이니까."

"형님이 웬일로 그런 말을 다 하슈?"

"사실을 얘기했을 뿐이다."

소수연에게 속아 일행을 모두 죽일 뻔한 사건이 있은 이후 역리상은 확실히 바뀌어 있었다.

"어쨌든 듣기 싫은 소리는 아니네. 좋아요. 그럼 나연 누나가 들어가요. 소수연이나 무무자가 언제 이곳에 나타날지 모르니 나는 여기 남아서 그 인간들을 기다릴게요."

부현의 말에 일행이 모두 동의하자 나연은 중년 사내를 따라나섰다. 중년 사내와 그의 부족민들은 나연과 함께 숲으로 들어가더니 처음 나타났을 때처럼 공간 속으로 사라졌다. 그들이 사라지고 나자 역리상이 얼른 가서 숲을 살펴보았지만, 어디가 출입구인지 전혀 알아낼 수가 없었다. 그렇다고 숲이 허상인 것도 아니었고 무무자의 진처럼 사람을 가두는 구조도 아니었다. 그곳에는 그냥 숲이 존재할 뿐이었다. 역리상은 도무지 이해할 수 없다는 듯 고개를 갸웃거렸다.

"정말 신묘한 진이군. 보통은 진으로 보호한다 하더라도 그곳에 진이 존재한다는 것은 알 수 있는 법인데, 이건 출입구를 눈으로 뻔히 보고 달려왔는데도 전혀 이상한 점을 찾아낼 수가 없으니……."

역리상뿐만 아니라 나머지 일행도 이해가 가지 않기는 마찬가지였다. 진으로 눈은 속일 수 있다고 쳐도 입구가 노출된 이상 그 근처를 배회하면 더 이상 들어갈 수 없는 곳이 존재한다거나 허상으로 눈속임한 곳이 발각되거나 해야 했는데, 그냥 평범한 숲이 있을 뿐이니 말이다. 어이없게도 그들이 본 것이 잘못되지 않았다면 중년 사내와 부족민들은 허공 속으로 사라졌다는 결론이었다.

한편, 중년 사내를 따라 들어간 나연은 일행이 출입구 부근으로 다가오는 모습을 보고 그들이 왜 약속을 어기고 들어오려고 하는지 의아한 생각이 들었다. 하지만 그녀는 곧 놀라운 모습을 보게 되었다.

입구 근처로 온 일행은 그 부근을 배회하는 것 같았는데, 이상하게도 좌우나 뒤로 갈 때는 정상적으로 움직이면서도 자신이 있는 곳으로 움직일 때는 입구 부근에서 제자리걸음을 한다는 사실이었다. 그렇게 제자리걸음을 하던 일행은 아주 천천히 방향을 틀어 결국에는 옆으로 걸어나가고 있었는데, 그러면서도 전혀 눈치를 채지 못하는 것 같았다. 아마도 그들은 자신들이 앞으로 걸어나가고 있다고 믿는 모양이었다.

이토록 현격하게 공간을 왜곡시키면서도 사람들이 전혀 눈치 채지 못하게 하는 진법의 위력에 새삼 놀라운 생각이 드는 나연이었다.

진식으로 보호되고 있는 부족의 마을은 제법 넓었다. 왼쪽으로는 호반이 드리워 있고, 오른쪽으로는 상당히 넓은 평지로 이루어진 지역이었는데, 가구는 대략 백여 호에 이르렀다.

호수에서 자맥질을 하거나 숲에서 나무를 타며 천진난만하게 뛰어노는 아이들이 있고, 우물가에 모여 앉아 빨래를 하며 이야기를 나누는 아낙네들도 있었다.

언뜻 보기에는 평범한 마을과 다를 바가 없어 보였다. 다만 조금 특이한 것은 숲 한쪽의 언덕 위에 웅장하게 지어진 하얀 건축물이 존재한다는 점이었다.

하얀 돌로 지어진 그 건물에선 왠지 위엄이 느껴졌다. 아마도 누군가를 모시는 사당이 아닌가 하는 생각이 들었다.

생전 처음 보는 이방인이 마을로 들어서자 아이들이 우르르 몰려와 신기한 듯 바라보았고 어른들도 시선을 모았다.

나연은 중년 사내에 의해 사당으로 안내되었다.

중년 사내는 사당 앞에서 나연을 잠시 기다리게 한 뒤 혼자 안으로 들어갔다. 그리고 잠시 후 흰색 도포 차림의 노인 아홉 명이 중년 사내와 함께 나타났다. 아마 그들이 이 마을을 관장하는 장로들인 것 같다. 그들 중 하얀 수염을 허리까지 드리운 노인이 인사말을 건넸다.

"먼 길을 오느라 고생하시었소, 배달의 후손이여. 우리는 땅의 부족을 이끌고 있는 장로단이며 노부는 수석 장로 석승(石昇)이라고 하오."

나연도 허리를 숙여 정중하게 예를 올렸다.

"여러분께서 오랜 세월 동안 지켜오신 성고를 얻기 위해 동방의 해 뜨는 나라 고구려에서 온 차나연이라고 합니다."

"그렇지 않아도 천기가 급격히 움직이기에 오래지 않아 배달의 후손이 방문할 것이라 예측하고 있었소. 자, 이제 낭자에게 성고가 보관된 곳으로 들 수 있는 자격이 있는지 시험하겠소."

"하문하십시오."

"오랜 옛날 중원의 패권을 놓고 사촌 형제 간에 혈투가 벌어졌소. 형의 군대는 강하여 동생의 군대에 연전연승하였소. 무시무시한 형의 위용에 놀란 동생의 군병은 그를 동두철액(銅頭鐵額)의 괴물이라 부르며 두려워할 정도였소. 하지만 단 한 번의 싸움에 크게 패함으로써 형은 중원의 패권을 상실하였소. 이후 동생의 군대는 형의 수급을 베었다며 떠들고 다녔지만, 실제로 형은 건재하였으며 이곳 서장 땅에 새로운 국가를 건설하였소. 지금도 그 후손들이 이 땅에 살고 있다고 하는데, 그분이 과연 누구이며 후손들은 어디에 있는지 알고 있소?"

수석 장로의 질문이 이어지는 동안 나연은 한 인물을 떠올릴 수 있었다.

동두철액이란 구리로 된 머리에 쇠로 된 이마를 말한다. 그리고 그 말은 황제 헌원과 탁록대전을 벌였던 치우천황을 이르는 말이다. 흔히 황제 헌원을 중국 사람이라 말하지만, 역사가 중에는 그와 치우천황이 사촌 형제 간이며 바로 우리 배달속이었음을 주장하는 사람도 있다. 또한 중국 역사서에는 치우천황이 황제 헌원에게 죽임을 당했다고 서술되어 있지만, 사실은 죽지 않았으며 서장 땅에 들어와 새로운 국가를 건설하여 팔백 년이나 그 명맥을 이어갔다고 주장하는 역사가도 있다.

역사서에서 이런 사실을 읽은 기억이 있는 나연이었기에 문제는 의외로 쉽게 풀 수 있었다. 만약 부현이 먼저 들어왔다면 대답은 고사하고 문제의 뜻도 이해하지 못했을 게 분명했다.

"그분은 치우천황이시며 그 후손은 여러분입니다. 또한 동방의 해 뜨는 나라 고구려의 백성들도 모두 그분의 후손입니다."

나연이 또렷한 어조로 대답하자 수석 장로의 입가에 잔잔한 미소가 번졌다.

"잘 대답해 주었소. 낭자에게는 자격이 충분하니 성고가 보관된 곳으로 안내하겠소. 따라 들어오시오."

일차 관문을 통과한 나연은 두근거리는 가슴을 안고 사당 안으로 향하였다.

6장 신성한 북

부현 일행은 나연이 나오기를 기다리며 물결이 찰랑이는 호수가를 배회하고 있었다. 그때 어디선가 날카로운 호각 소리가 울려왔다.

삐이익— 삑!

처음에는 그 소리가 땅의 전사들이 머무르는 진 안에서 들려오는 것이 아닌가 하고 일행은 생각하였다. 하지만 곧 이어 그 소리에 호응하는 다른 호각 소리가 사방에서 울려오기 시작하자, 일행은 누군가 자신들을 포위하여 압축해 들어오고 있다는 사실을 깨달을 수 있었다.

"소수연이나 무무자가 수하들을 이끌고 오는 모양이다."

바람이 이렇게 말하며 날카롭게 주변을 쓸어볼 때였다.

"호호호! 드디어 다시 만나게 됐구나, 전부현!"

허공에서 소수연의 앙칼진 목소리가 들려왔다. 일행이 놀라서 올려다보니 그녀는 아스라한 나무 꼭대기에 한 발을 디딘 채 일행을 오연히 내려다보고 있었다. 그녀가 체중을 싣고 있는 가지는 산들바람에도 휘청일 만큼 여려 보였다. 그럼에도 불구하고 조금도 휘어지거나 흔들리지 않았다. 그녀가 이미 깃털만큼 몸을 가볍게 할 수 있는 경지에 올라 있음을 알 수 있게 하는 모습이었다.

"무고한 사람들의 진기를 빨아먹더니 실력이 더럽게 는 모양이군."

부현이 비아냥거리는 말투로 쏘아붙이자 소수연도 냉랭한 미소를 지으며 맞받아쳤다.

"내가 준비해 두었던 선물이 네 마음에 들었을지 모르겠구나. 진소희를 좀 더 즐겁게 해주었어야 하는데 시간이 부족해서 말이야."

진소희에 대한 얘기가 나오자 부현의 눈에 불길이 확 타올랐다. 하지만 애써 침착함을 유지하며 말하였다.

"너, 방금 한 말 후회하게 될 거야. 내가 딱 열 배로 갚아줄 테니까."

"후훗! 그게 과연 가능할까? 미안하지만 너희 모두는 오늘 이 자리에서 죽어줘야 할 것 같은데."

"약해 빠진 부하 놈들 몇 명 데리고 왔다고 큰소리치는 모양인데, 어림없다! 그런 놈들은 천 명을 데리고 왔어도 우리를 어쩔 수 없을 테니까."

"그래? 그럼 이 사람들까지 가세하면 어떻게 될까?"

소수연이 손짓을 하자 숲 속에서 일단의 인물들이 모습을 드러냈다.

백의를 걸치고 있는 칠십여 명의 검수들, 그들은 바로 무무자가 이끄는 무화곡의 고수들이었다. 당연히 그들의 선두에는 무무자가 있었다.

"음흉한 늙은이! 붙어먹을 데가 없어서 악귀 같은 계집에게 붙은 거냐!"

부현이 소리를 치자 무무자는 다소 무안한 기색이 되어 대꾸했다.

"노부의 능력으로는 자네들 상대가 되지 않으니 어쩌겠나? 누구하고든 손을 잡을 수밖에."

"당신은 저 계집이 저질러 놓은 만행도 보지 못했어? 수많은 양민들이 처참하게 죽어 있는 모습도 보지 못했난 말야!"

부현의 다그침에 무무자는 더 이상 대답을 하지 못했다. 그도 마을 사람들이 당한 참변을 두 눈으로 똑똑히 보았기 때문이다. 그는 부현의 말을 애써 외면하며 말을 돌렸다.

"한 명이 보이지를 않는군. 어딜 간 건가?"

나연이 없음을 눈치 챈 모양이었다.

"벌써 성고를 찾으러 들어갔지."

"결국 우리가 한발 늦었군. 이럴 것 같아 삼령교와 연합하여 너희를 저지하려 했던 것인데."

"후훗! 걱정할 것 없어요. 이자들을 먼저 해치우고 이곳에서 기다렸다가 나연이란 계집마저 해치우면 되니까."

무무자의 말을 받으며 소수연은 발끝을 살짝 찍었다. 그러자 가지 끝이 휘청 하는 듯하더니 그녀의 몸이 새처럼 솟아올랐다가 천천히 부현 일행 앞으로 내려오기 시작했다.

느릿하게 미끄러져 내려오는 그녀의 모습은 일행에게 충분히 위협적이었다.

'젠장, 아무래도 만만치 않을 것 같은데. 생각보다 너무 강해졌어.'

부현은 내심 조바심이 들었다. 그러나 자신이 패배하여 죽을지도 모른다는 두려움 때문에 드는 조바심은 아니었다. 여기서 패배하면 천부인을 얻어 진소희를 되살려 내는 건 고사하고 처참하게 당한 그녀의 복수조차 못하게 된다는 것이 두려운 것이다.

그사이 소수연과 추노, 그리고 무무자가 그들 앞으로 다가왔고, 그 뒤를 무화곡의 검수들이 에워쌌다. 그에 더해 수백 명이 넘는 삼령교인들까지 가세하니 그야말로 살아서는 도저히 빠져나갈 수 없는 철통 포위망이 형성되었다.

"좋아! 누가 살고 누가 죽는지 한번 해보자!"

부현은 불길이 일렁이는 눈으로 소수연을 쏘아보며 소리쳤다. 혹시 이 싸움에서 지게 되더라도 소수연 하나만큼은 확실하게 죽이겠다는 것이 그의 각오였다.

"그렇지 않아도 환색균주로 얻은 내공을 언제 한번 써먹나 고민 중이었는데, 잘됐다. 저 곱사등이 늙은이는 내가 맡겠어."

은강도 추노에게 당했던 것을 갚아주겠다는 듯 의지를 불태웠다. 하지만 그들의 뜻대로 될지는 의문이었다. 바람과 음월만으로는 무무자와 그의 검수들을 상대하기에 턱없이 부족한 전력이기 때문이다. 역리상이 도술로 뒤를 받쳐 준다 하여도 이건 확실히 밀리는 싸움이었다.

"좋아. 죽을 각오들은 확실히 된 것 같으니 이제 한바탕 어우러질 차례로군."

소수연이 싸늘한 눈빛을 쏘아내며 진기를 끌어올리기 시작하자 추노와 무무자도 싸울 준비를 하였고, 무화곡 검수들과 삼령교인들도 각자의 무기를 뽑아 들었다.

"쳐라!"

이윽고 소수연의 명이 떨어지자 무화곡의 검수단을 비롯한 삼령교인들이 쇄도해 들어왔다. 숫자로 보나 전체적인 전력으로 보나 상대도 되지 않을 싸움이 드디어 시작된 것이다.

"소수연!"

부현은 소수연 하나만을 노리고 달려들었다.

"어림없다!"

뒤에 있던 삼령교인 몇 명이 달려나와 막아보려 했지만 그들은 부현의 상대가 아니었다.

"현무장!"

콰우우우웅!

"크아아악!"

겁없이 덤벼들었던 수하들이 속절없이 휩쓸려 나가는 모습을 본 소수연이 냉소를 흘리며 부현에게 말하였다.

"한동안 안 본 사이 네놈의 실력도 꽤나 늘었구나."

"그러는 너는 실력이 얼마나 늘었지? 양민들의 가랑이를 수없이 전전했으니 꽤나 늘었을 법도 한데 말이야."

비아냥거리는 부현의 말투에 소수연의 미간이 바짝 오므라들었다.

"닥쳐! 그 더러운 주둥이를 계속 놀려대면 반드시 후회하게 될 거다!"

"내 입이 더러워? 그럼 그 수많은 남자를 거친 네 그곳은 얼마나 추저분한 거냐? 어쩔 수 없이 몸을 팔아야 하는 창기보다 천 배쯤 더러운 거 아닌가?"

계속되는 부현의 조롱에 소수연의 분노와 수치심은 극에 달하였다.

"이 찢어 죽일 자식! 죽여도 곱게 죽여주지 않겠다!"

소수연은 허리춤에 차고 있던 보도를 뽑아 던져 냈다.

쐐애애액!

그것은 상상도 할 수 없는 속도로 부현을 향해 쏘아져 나갔다. 지면 괴는 석 자 이상이나 거리가 있건만, 보도가 지나간 자리를 따라 흙먼지가 확 피어오를 정도였다. 대체 얼마만한 힘과 속도를 지녔기에 이런 현상이 일어난단 말인가!

"헉!"

어느 정도 예상을 하고 있었음에도 불구하고 부현은 다급성을 뱉어내며 급히 몸을 피해야 했다.

파아앗!

부현은 빠르게 상체를 틀어 보도를 피해냈다. 분명히 그렇다고 확신했다. 그런데 이상하게도 가슴에서 화끈한 통증이 일었다.

"크윽!"

가슴을 보니 깊은 검상이 길게 생겨나 있었다.

'분명히 다섯 치 이상의 간격을 두고 피해냈는데…….'

부현은 모르고 있었지만, 그것은 예기(銳氣)에 의한 상처였다. 날카로운 칼날을 손 근처에만 가져가도 섬뜩한 느낌이 드는 것처럼, 보도에는 예기가 서려 있게 마련이다. 그런 보도를 소수연 같은 고수가 사용하면 미처 칼날이 닿기도 전에 피부는 쩍 벌어지게 되는 것이다. 검강과는 다소 다르지만 그 효과 면에서는 비슷하다고 할 수 있다. 그러나 당장 당한 부상은 문제가 아니었다. 등 뒤로 멀어졌던 보도가 흙먼지를 가르며 다시 날아오고 있었던 것이다.

쐐애애액!

피하기에는 이미 늦은 상황. 부현은 날아오는 보도를 향해 우장을 힘껏 뻗어냈다.

"백호장!"

카르릉!

백호가 울부짖는 듯한 소리가 울려나며 그의 장심에서 새하얀 기류가 쏟아져 나왔다. 그 기류는 백호의 형상을 만들며 맹렬한 기세로 보도에 부딪쳐 갔다. 그런데,

쩌저저적!

소수연의 보도가 부현의 백호장을 그대로 갈라 버리며 무섭게 쇄도해 오지 않겠는가!

'위험하다!'

순간적으로 판단을 내린 부현은 급히 장을 회수하며 옆으로 몸을 피했다. 하지만 이번에도 무사할 수는 없었다.

서걱!

섬뜩한 느낌과 함께 옆구리에서 불에 데인 듯한 통증이 일었다.

"크윽!"

부현은 옆구리를 부여잡으며 신형을 비틀거렸고, 돌아온 보도를 회수한 소수연은 싸늘한 조소를 흘렸다.

"어찌 된 거냐, 전부현. 조금 전까지만 해도 건방이 하늘을 찌르더니 왜 갑자기 조용해졌지?"

부현은 고통을 참아내기 위해 이를 악물며 대꾸했다.

"걱정 마, 이 정도로 쓰러지진 않으니까."

"후훗. 아직도 입이 살았군. 그럼 이번에는 네 특기인 장력으로 상대해 주지."

소수연은 보도를 갈무리한 뒤 쌍장에 진기를 모으기 시작했다. 그 모습을 보며 부현은 내심 회심의 미소를 지었다.

'잠시 후면 지금의 결정을 후회하게 만들어주겠다.'

부현은 진기를 극성으로 끌어올려 청룡장을 쏘아낼 생각이었다. 소

수연의 능력이 아무리 대단하게 변했다고 해도 청룡장의 위력을 당해 내지는 못할 것이라 그는 믿었다.

"이제 그만 쓰러져라!"

소수연이 날카롭게 외치며 먼저 장을 뻗어냈다. 그러자 진붉은 기류가 해일처럼 일어나며 부현을 덮어왔다. 그 어마어마한 위력에 부현은 기가 질릴 지경이었다.

"좋아. 너 아니면 나, 둘 중 하나가 죽는다. 청—룡—장!"

전력을 다 쏟아 부은 부현의 장심에서 거대한 청룡 한 마리가 솟아나와 진붉은 해일을 향해 달려들었다.

콰— 콰르르르릉!

드디어 두 사람의 장력이 맞부딪치자 거대한 해일이 해안 절벽을 들이받는 듯한 굉음과 함께 어마어마한 경력의 회오리가 일어 주변 사물을 마구 말아 올렸다. 작은 나무들이 뿌리째 뽑혀 나가고 커다란 돌덩이들이 사방으로 휘날렸다. 뿐만 아니라 근처에 있다가 미처 피하지 못한 삼령교인들마저 경력의 회오리에 휘말려들었다.

"크아아악!"

처절하게 비명을 토해내는 그들의 몸은 얼마 버티지 못하고 걸레처럼 찢겨져 날아갔다. 이게 어찌 인간이 만들어낸 광경이란 말인가!

잠시 후 경력의 회오리가 사라지고 높이 치솟았던 흙먼지가 가라앉자 두 사람의 모습이 서서히 드러났다.

소수연이 먼저 답답한 신음성을 흘려냈다.

"으음……."

적지 않은 내상을 당한 듯 그녀의 입가로 선혈이 한줄기 흘러내렸다. 그러나 부현은 그 정도가 아니었다. 옆구리가 베어진 상태에서 무리하게 힘을 쓴 탓인지 상처를 움켜쥐고 있는 그의 손가락 사이로 꿈틀거리는 내장이 기어 나오려 하고 있었다. 뿐만 아니라 내상도 극심한 듯 시커멓게 죽은피를 울컥 토해냈다.

소수연은 진탕된 기혈이 가라앉기를 기다렸다가 천천히 부현에게 다가갔다.

"역시 장법은 제법 쓸 만하구나, 그 지경을 하고서도 내게 내상을 입히다니."

"내가 조금만 더 일찍… 무공 연마에 힘썼으면… 오늘 당할 사람은 바로 너였는데… 쿨럭, 쿨럭!"

한스러운 눈빛으로 중얼거리던 부현은 크게 기침을 해대며 또다시 피를 토해내더니 털썩 무릎을 꿇었다. 더 이상 서 있을 힘조차 없었던 것이다. 그런 부현을 바라보며 소수연은 차가운 미소를 배어 물었다.

"이제 약속대로 네놈을 고통스럽게 죽여주마, 아주 천천히."

그녀의 음성에서 섬뜩한 기운이 느껴졌다.

나연이 안내되어 들어간 사당 내부는 하나의 커다란 대전으로 이루어져 있었다. 맞은편 벽의 중앙에는 높은 단이 만들어져 있고 그 위에 커다란 동상이 세워져 있었다. 평소에 손질이 잘되어 온 듯 구릿빛 특유의 윤기가 흐르고 있는 동상은 매우 위압적인 인물의 모습을 하고 있었다. 철제 투구 아래로 드러난 눈매는 무시무시한 인상을 풍겼고, 장창을 틀어쥔 채 우뚝 버텨 선 자세는 천하를 오시하는 듯했다.

굳이 묻지 않더라도 치우천황의 동상이라는 것을 알 수 있었다.

장로들은 동상에 예를 올린 뒤 나연을 데리고 그 앞으로 나아갔다. 이어서 장로 중 한 사람이 몸으로 가리고 선 채 동상 아랫부분 어딘가를 누르는 듯하자 그 앞의 바닥이 갈라지며 작은 단이 솟아올랐다. 단 위에는 누각을 축소시켜 놓은 듯한 작은 구조물이 지어져 있었다. 모든 준비가 끝난 듯 수석 장로가 나연에게 말하였다.

"성고는 저 안에 모셔져 있소. 낭자가 직접 가서 열어보시오."

나연은 긴장된 표정으로 구조물로 다가가 누각 모형의 문을 천천히 열었다. 이윽고 문이 완전히 열리자 그 안에 들어 있는 북이 모습을 드러냈다. 대략 직경 한 자에 두께 세 치가량 되는 작은 북이 걸려 있고 그 옆에는 북채가 걸려 있었는데, 어디를 보아도 특별한 느낌은 들지 않았다. 이게 정말 성고인가 하는 의구심이 들 정도로 북은 너무나 평범해 보였다.

나연이 약간은 실망한 표정을 짓고 있자니 수석 장로가 말하였다.

"북채로 성고를 두드려 보시오. 그럼 성고가 가르쳐 줄 것이오, 낭자에게 자격이 있는지 없는지를."

나연이 의아한 표정으로 물었다.

"어떻게 가르쳐 준다는 거지요?"

"두드려 보면 알게 될 것이오."

"만약 아무런 변화도 느낄 수 없다면 어떻게 되지요?"

"그럼 낭자에게는 자격이 없는 것이오."

나연은 미미하게 떨리는 손으로 북채를 잡았다. 그리고 성고를 두드리기 위해 천천히 손을 들어 올릴 때였다.

"장로님께 아룁니다."

대전 밖에서 다소 다급해 보이는 중년인의 목소리가 들려왔다.

"무슨 일인데 소란인가? 지금은 성고의 주인을 가리는 신성한 시간이거늘!"

"송구하오나 성고를 얻기 위해 온 낭자의 일행이 수백 명의 무림인들에게 공격을 받아 위태로운 지경에 처해 있습니다."

"우리의 임무는 오직 하나, 주인 된 자가 나타날 때까지 성고를 안전하게 지키는 일이라는 사실을 잊었는가!"

"하오나 그들은 성고를 찾아온 배달의 후손들입니다. 저대로 당하게 놔두기에는……."

"갈! 외부의 일에는 개의치 말라고 그토록 가르쳤거늘!"

수석 장로의 의지는 단호하였다. 그러자 중년인도 더 이상 아무런 말을 하지 못했다. 이렇게 되자 다급해진 것은 나연이었다. 밖에 있는 일행이 삼령교 무리에게 공격당하고 있음이 분명했기 때문이다. 그녀는 성고를 치려던 손을 멈추며 수석 장로에게 부탁하였다.

"밖의 일행이 당해 버린다면 제가 성고를 얻는다 해도 아무런 소용이 없습니다. 고구려까지 성고를 안전하게 운반하기 위해서는 일행의 도움이 꼭 필요합니다. 그러니 여러분께서 일행을 도와주십시오."

"그것은 불가하오. 성고를 지키는 동안은 외부의 어떤 일에도 개입하지 말라는 것이 선조로부터 물려받은 우리 부족의 율법이기 때문이오."

"그러면 저들을 잠시 이 안으로 피신이라도 시켜주십시오."

"그 또한 불가하오. 외부인이 들어올 수 있는 것은 한 번에 단 한 명뿐, 저들을 구하고 싶거든 주인 될 자격이 있는지 어서 성고를 두드려 보시오. 낭자가 성고의 주인임이 확인된 연후라야 우리는 그동안 내려오던 율법을 파하고 그들을 구할 수 있소."

수석 장로를 도저히 설득할 수 없음을 절감한 나연은 북채를 다시 들어 올렸다.

'만약 내가 성고의 주인이 아니라면 어떻게 되는 거지? 바깥에 있는 일행은 모두 죽고 마는 것인가?'

이런 생각을 하고 나니 북을 두드릴 용기가 생기지 않았다. 그렇다고 이대로 있을 수도 없는 일이었다. 나연은 이를 악물며 성고를 내려쳤다.

두웅!

작은 북답지 않게 매우 묵직한 음향이 사방으로 퍼져 나갔다. 커다란 대전이 가볍게 진동을 일으킬 정도였다. 그러나 그것으로 끝이었다. 도대체 무슨 변화가 일어난다는 것인지 나연은 도무지 알 수가 없었다. 그때 수석 장로의 묵직한 음성이 그녀의 고막을 파고들었다.

"낭자는 주인이 아니오."

그것은 밖에서 악전고투를 벌이고 있을 일행에게는 사형 선고나 다름없는 말이었다.

'이대로 물러 설 수 없어!'

나연은 진기를 끌어올려서 성고를 다시 한 번 세차게 내려쳤다.

두웅!

그러나 북소리는 먼저와 다르지 않았다. 보통 북이라면 진기를 못 견디고 터져 나갔을 만큼 엄청난 내력을 실었음에도 불구하고 그냥 친 것과 조금도 다르지 않은 소리가 울려 나왔을 뿐이었다.

절망감에 사로잡혀 있는 나연에게 수석 장로가 위압감 어린 음성으로 명하였다.

"북채를 내려놓으시오!"

퍼어억!

"크어어억!"

부현은 소수연의 발길질에 바닥을 나뒹굴었다. 얼마나 당했는지 온몸이 멍투성이였다. 그럼에도 불구하고 부현은 다시 일어나고 있었다. 하지만 몸을 절반도 일으키기 전에 소수연의 발길질이 가슴을 차 올렸고, 부현은 피를 토하며 저만치 날아가야 했다.

상황이 이럼에도 일행 중 누구 하나 그를 도와줄 형편이 아니었다. 아직 부현처럼 크게 당하지는 않았지만 그들도 쓰러질 시간이 얼마 남지 않은 것 같았다. 문제는 무화곡의 검수들이었다. 바람과 음월은 무무자를, 은강은 추노를 상대하기도 힘겨운 형국인데, 수십 명에 이르는 검수들까지 상대해야 하니 손발이 어지러워지는 것은 당연한 일이었다. 그나마 지금까지 버틴 것도 뒤에 있는 역리상이 가끔 불과 번개를 일으켜 도와주고 있었기에 가능한 일이었다.

하지만 역리상이 지금 쓰고 있는 부적은 자신이 직접 제작한 것이어서 사부에게 받아온 부적에 비해 효력이 형편없이 떨어졌다. 만약 사부의 부적이 몇 장만 남아 있었더라도 상황은 달라졌을지 모를 일이었다.

퍼어억!

부현은 소수연의 발길질에 또 한 번 높이 떠올랐다가 바닥으로 나동그라졌다. 이런 발길질이 벌써 몇 번째인지 기억조차 할 수 없었다. 고통을 참느라 이를 악물고 있으니 신음조차 흘리기 힘들었다. 하지만 옆구리 상처를 움켜쥐고 있는 손만큼은 놓지 않았다. 그 손을 놓으면 내장이 쏟아져 나올 것 같았기 때문이다.

'한 번! 단 한 번의 장력만 날릴 수 있다면……'

이런 생각이 간절했지만, 한 줌의 진기도 모여들지 않았다. 당장 숨을 쉬기도 버거운 판에 무슨 힘으로 장력을 날린단 말인가. 부현은 가물가물해지는 시선으로 소수연을 올려다보았다. 양볼을 깊숙이 파고 들어 간 그녀의 입술이 이토록 증오스러울 수가 없었다.

"소… 수… 연……."

부현은 어떻게든 일어나 보려고 몸을 버둥거렸다. 하지만 이미 혼미해진 정신으로는 어디가 땅이고 어디가 허공인지 구분조차 할 수가 없다.

"끝까지 싸워보려는 그 정신은 훌륭하다만, 이제 그만 가주어야겠다."

소수연은 보도를 뽑아 들었다. 부현을 겨누고 있는 보도에선 쳐다만 보아도 피부가 쩍 갈라지고 말 것 같은 날카로움이 느껴졌다. 그녀는 천천히 보도를 들어 올렸다.

"결국 승리는 내 것이 됐구나, 전부현. 이제 네 수급은 몸뚱이를 떠나 차가운 대지를 뒹굴게 될 것이며, 혼을 잃은 몸뚱이는 들짐승의 먹이가 되겠지. 이 모든 것은 다 네가 자초한 일! 잘 가거라, 전부현!"

파앗!

드디어 그녀의 보도가 부현의 목을 향해 떨어져 내렸다. 부현은 그것을 뻔히 보면서도 손가락 하나 까닥할 수가 없었다.

두웅!

소수연을 묘하게 자극하는 소리가 들려온 것은 바로 그때였다. 하나의 소리가 수십 개의 벽에 부딪친 뒤 동시에 메아리쳐 올 때의 느낌이랄까? 고막을 사정없이 왕왕거리는 그 소리는 도저히 참을 수 없을 만큼 그녀를 자극하였다. 소리를 듣는 순간 정신이 한없이 산란해지며, 마음 깊숙한 곳으로부터 알 수 없는 두려움이 해일처럼 일어났다.

그녀는 부현을 죽이려던 손을 멈춘 채 사방을 둘러보았다. 추노를 비롯한 모든 삼령교인들도 두려운 눈빛으로 주변을 돌아보고 있는 모습이 눈에 들어왔다. 무무자와 그의 검수들도 이상한 느낌을 받은 것 같기는 하였으나 두려워하는 기색은 없었다. 그때 또 한 번의 소리가 울려 나왔다.

두—웅!

이번에는 처음보다 더한 두려움이 소수연을 비롯한 삼령교인들을 휘감았다. 알 수 없는 두려움. 대체 왜 이런 일이 일어난단 말인가.

그러나 그들은 모르고 있었다, 그 소리로 인해 정작 큰 변화를 보이고 있는 것은 부현이란 사실을.

"끄으으으……."

몸 깊숙한 곳으로부터 주체할 수 없이 솟구쳐 오르는 기운들. 잠재되어 있던 내공이 일시에 뿜어져 나오기라도 하는 것일까? 부현은 온몸이 터져 나가는 듯한 느낌에 대항하기 위해 몸을 바짝 웅크린 채 이상한 신음 소리를 흘려내고 있었다.

언뜻 보기에는 그도 두려움에 떨고 있는 것처럼 보였다. 하지만 그는 지금 어마어마한 변화를 겪고 있는 중이었다. 상상할 수도 없는 거대한 기운이 단전으로부터 뿜어져 나와 온몸 구석구석을 돌아다니고 있었던 것이다. 도무지 통제가 불가능한 그 기운이 지나가는 곳에서는 뼈가 부서지고 혈관이 터져 나가는 듯한 고통이 일어났다.

발치에서 들려오는 부현의 신음성을 들은 소수연은 이상한 표정으로 그를 내려다보았다. 처음에는 단지 의아한 생각만 들 뿐이었다. 그러나 오래가지 않아 뭔가 이상한 일이 벌어지고 있다는 것을 눈치 챌 수 있었다.

'놈이 되살아나고 있어!'

이런 생각이 드는 순간 소수연은 문득 불길한 예감이 들었다. 자신을 한없이 두렵게 만들었던 조금 전의 그 소리가 부현의 잠재력을 일깨운 것이 아닌가 하는 예감이었다.

'어쩌면 천육백 년의 공력이 진짜 현실화되는 것일지도……'

소수연은 어서 부현을 죽여야 한다는 생각에 보도를 번쩍 치켜들었다. 바로 그 순간, 부현이 고개를 번쩍 쳐들었다.

지옥을 뛰쳐나온 아수라의 눈이 이러할까? 소수연은 그의 눈빛을 대하는 순간 온몸이 얼어버리는 듯한 공포에 사로잡혔다.

지금 부현은 마지막 단계를 향해 치닫고 있었다. 정수리까지 치고 올라왔던 그 기운이 하단전을 향해 맹렬한 기세로 내리 꽂히고 있었던 것이다.

"끄으으으……."

그것은 아주 짧은 순간이었지만, 부현은 인간이 느낄 수 있는 모든 종류의 고통과 희열을 동시에 느껴야 했다. 이윽고 그 기운이 단전에 도달하는 순간, 부현은 주체할 수 없는 힘의 분출을 참지 못하고 장소성을 토해냈다.

"우— 아아아아아아!"

대지에 무릎을 대고 두 손을 하늘로 향한 채 질러내는 그의 장소성에는 그 누구도 흉내 낼 수 없는 어마어마한 내공이 실려 있었다.

"흐윽!"

바로 앞에 서 있던 소수연은 양손으로 귀를 틀어막으며 매우 괴로운 표정을 짓더니 결국 시커먼 피를 한 사발이나 토해내고 말았다. 장소성을 견뎌내지 못하고 심각한 내상을 입고 만 것이다.

그 밖의 다른 사람들도 괴로워하기는 마찬가지였다. 내공이 달리는 자들은 칠공으로 피를 쏟으며 쓰러져 갔고, 무화곡의 검수들은 귀를 막은 채 내공을 끌어올려 힘겹게 대항하고 있었다.

바람 일행과 무무자 등도 내공을 끌어올려 겨우 견디는 모습이었다. 인간의 목소리만으로 이런 상황을 만들어낼 수 있다는 것은 실로 놀라운 일이었다.

이윽고 장소성이 멈추어지자 무화곡의 검수들은 그 자리에 모두 주저앉아 운기요상을 하기 시작했다. 진탕된 기혈을 가라앉히지 않고서는 조금도 움직일 수가 없었기 때문이다.

삼령교인들은 팔할 이상이 죽거나 실신하였고, 나머지 중 대부분도 무화곡 검수들과 마찬가지로 진탕된 기혈을 가라앉히느라 애쓰는 모습이었다.

부현은 바위라도 녹여 버릴 듯한 신광을 일렁이며 자리에서 천천히 일어났다. 단지 그 한 번의 움직임만으로 추노를 비롯한 삼령교인과 무무자는 그 자리에 얼어붙고 말았다. 자신들의 힘으로는 도저히 상대할 수 없는 절대적인 힘이 느껴졌기 때문이다.

부현은 시선을 천천히 움직여 앞에 서 있는 소수연을 바라보았다. 이미 깊은 내상을 입고 있는 소수연의 눈빛은 절망으로 물들어 있었다.

"하늘이 드디어 내게도 기회를 주는구나."

부현이 잔인한 미소를 머금으며 한 걸음 다가서자 소수연은 자신도 모르게 뒤로 한 걸음 물러섰다. 그러자 부현도 다시 한 걸음 내디디며 말했다.

"절망 속에 죽어간 소희를 위해 너를 철저하게 짓밟아주겠다."

누군가를 지독하게 짓밟아본 사람일수록 자신이 그 입장에 놓였을 때의 공포를 잘 아는 법이다. 단 한 마디의 말에 불과했지만 소수연은 부현의 말이 무엇을 의미하는지 너무도 잘 알고 있었다. 그것만은 받아들일 수 없었다, 차라리 이 자리에서 죽을지언정.

"네 맘대로 하게 둘 것 같아?"

소수연은 벼락같이 보도를 휘둘러 부현의 목을 그어갔다. 코앞에서 행한 급습이었기에 어쩌면 성공할지도 모른다고 그녀는 생각하였다. 그러나 허무하게도 그녀의 손목은 부현에게 간단하게 제압되었다.

"난 소희의 주검을 놓고 분명하게 맹세했다. 그녀가 당했을 고통을 열 배로 갚아주겠다고."

부현은 한 손으로 소수연의 완맥을 제압한 채 다른 손을 천천히 움직여 그녀의 목을 움켜쥐었다.

"끄윽!"

숨통이 막힌 소수연의 얼굴은 금방 흙빛으로 물들어갔다.

"손을 놓아라!"

추노가 크게 외치며 부현에게 달려들려 하였다. 하지만 이번에는 은강이 가만두지 않았다.

"당신은 내 차지야!"

대부분의 삼령교인과 무화곡 검수들이 싸울 능력을 잃은 바람에 상황이 역전되어 버린 것이다. 추노와 은강이 얽혀드는 모습을 일별한 뒤 바람이 무무자에게 말하였다.

"어쩌시겠습니까? 꼭 끝을 보셔야 하겠다면 저희도 양보하지 않고 싸우겠으되, 이제라도 마음을 바꾸시겠다면 곡인들과 함께 돌아가시는 걸 방해하지 않겠습니다."

완곡한 바람의 권유에 무무자는 허탈한 웃음을 흘렸다.

"허허… 하늘의 신물에는 원래부터 정해진 주인이 따로 있는 법이거늘. 이 늙은이가 괜한 욕심을 부렸던 것 같구먼."

무무자는 허허로운 눈길로 하늘을 한 번 올려다보고는 천천히 발길을 돌렸다. 그가 움직이기 시작하자 무화곡 검수들도 하나둘 자리에서 일어나 묵묵히 그 뒤를 따랐다.

이제 남은 것은 삼령교의 무리들뿐이었다. 그러나 은강과 싸우고 있는 추노 외에는 모두가 전의를 상실하여 바람과 음월의 눈치만 보고 있었다.

그때 땅의 부족을 보호하고 있는 진 안에서 많은 사람들이 몰려나오기 시작했다. 도끼를 한 자루씩 틀어쥔 전사들이 먼저 나와 싸움터 주변을 에워쌌고, 뒤이어 아홉 명의 장로들과 함께 나연도 모습을 드러냈다. 일견하기에도 범상치 않아 보이는 그들이 등장하자 삼령교인들은 아예 무기를 내던지고 말았다.

부현은 한 손으로 목을 잡고 소수연을 들어 올린 채 다른 손으로 그녀의 하단전을 강하게 격타했다.

"끄으윽!"

소수연은 눈을 부릅뜨며 사지를 한 번 강하게 뻗어내더니 금방 축 늘어지고 말았다.

그제야 부현은 그녀의 목을 놓아주었다. 그러자 그녀는 맥없이 쓰러지고 말았다. 죽은 것은 아니었다. 부현에 의해 단전이 파괴되어 무공이 완전히 폐지되어 버렸을 뿐이었다.

그녀를 무력화시킨 부현은 은강과 싸우고 있는 추노를 향해 천천히 눈길을 돌렸다.

은강이 비록 많이 강해졌다고는 하지만 추노 역시 그 이상으로 강해진 상태였기에 은강은 승기를 잡지 못하고 연신 밀려다니는 형국이었다.

"그 많은 양민을 해치고도 제 목숨은 아까워서 끝까지 발버둥 치겠다는 것이냐!"

부현이 벼락같이 소리치며 한 손을 쭉 뻗어내자 추노는 갑자기 자신의 목을 움켜쥔 채 괴로워하였다.

오 장이나 떨어진 거리에서 경력만으로 상대의 목을 움켜쥔다는 것은 실로 놀라운 일이었다. 주변 사람들은 눈으로 보고도 믿지 못하겠다는 표정으로 추노와 부현을 번갈아 보았다.

부현이 손을 천천히 들어 올리자 추노의 몸이 허공으로 들려 올라가기 시작했다.

추노는 어떻게든 저항을 해보려 발버둥을 쳤으나 모두 부질없는 짓이었다. 도저히 저항할 수 없는 힘. 지금 부현에게서 뿜어져 나오고 있는 것은 바로 그런 힘이었다.

"네놈의 만행 앞에 짓밟혔을 수많은 원혼들에게 한을 풀 기회를 주기 위해 네놈의 목숨은 잠시 붙여두겠다."

부현은 그를 천천히 자신 쪽으로 끌어당기더니 복부에 일장을 가하였다.

파앙!

"크억!"

추노도 소수연과 마찬가지로 단전이 파괴되어 그녀 옆에 나동그라졌다. 이로써 싸움이 완전히 종식되자, 그동안 지켜보고 있던 수석 장로가 부현에게 다가와 물었다.

"신인께 묻겠습니다."

신인(神人)이라면 하늘이 내린 사람을 말한다. 지금 그들의 눈에 비친 부현은 바로 그런 존재였던 것이다.

부현은 다소 의아한 표정으로 그들을 바라보았다.

"저에게 하시는 말씀입니까?"

"그렇습니다. 혹시 조금 전에 장소성을 터뜨렸던 분이 맞으신지요."

부현에게 묻고 있는 수석 장로의 어투는 매우 공손하였다.

"그렇습니다만."

"어떤 연유로 장소성을 발하였는지 말씀해 주실 수 있겠습니까?"

수석 장로의 물음에 부현은 바닥에 쓰러져 있는 소수연을 가리키며 말하였다.

"저 여자와의 싸움에서 패하여 죽음의 문턱에 거의 닿았을 때였습니다. 어디선가 신묘한 소리가 울려와 제 정신을 일깨우더군요. 동시에 단전에 잠재되어 있던 기운이 일순간에 깨어나기 시작했습니다. 그때 두 번째 소리가 울리더군요. 그러자 단전에 머물러 있던 그 기운이 감당하기 힘든 속도로 온몸을 헤집고 다녔습니다. 이윽고 그 기운이 다시 단전으로 돌아와 자리를 잡자 주체할 수 없는 힘이 솟구쳐 올라 장소성을 울려낸 것입니다. 그러지 않으면 온몸이 터져 버릴 것 같았으니까요."

부현이 얘기를 마치자 수석 장로는 자신의 짐작과 그대로 맞아떨어졌다는 듯 감동의 빛을 노안에 담은 채 고개를 천천히 끄덕였다.

"당신이야말로 하늘이 내린 성고의 주인이십니다."

"무슨 얘깁니까?"

"성고의 울음에 감응하는 사람은 그 주인밖에 없기 때문입니다."

"그럼, 아까 그 소리가……."

"그렇습니다. 신인의 일행께서 성고를 울린 소리였습니다. 잠시 안으로 드시지요. 이곳은 저희 부족의 전사들에게 정리하도록 명해두겠습니다."

"제가 직접 정리해야만 할 일이 한 가지 남아 있으니 잠시만 기다려 주십시오."

부현은 장로 일행을 잠시 기다리게 한 뒤에 역리상을 찾았다. 그런데 역리상의 모습이 보이지 않았다. 대체 어디 숨어 있는 건가 주변을 둘러보다 보니 한쪽에 쓰러져 있는 그의 모습이 눈에 들어왔다. 부현의 장소성에 기혈이 뒤틀려 실신한 것이 분명했는데, 일행 모두 정신이 없어 신경을 못 쓰고 있었던 것이다.

일행은 얼른 달려가 그의 명문혈에 진기를 불어넣어 주었다. 잠시 후 정신을 차린 역리상은 부현의 얼굴을 보자 흠칫 놀라는 표정을 지었다.

"너, 부현이 확실한 거냐?"

"내가 부현이 아니면 요괴라도 된단 말입니까?"

"하지만 소리를 지를 때의 너는……."

일행은 부현이 왜 그렇게 소리를 질렀던 것인지 역리상에게 설명해 주었다. 그제야 역리상은 이해할 수 있다는 표정으로 고개를 끄덕였다.

"그렇게 된 거였구나. 네가 성고의 주인이라서… 가만! 네가 성고의 주인이었다고?!"

"낸들 알겠어요? 그렇다니까 그런가 보다 하는 거지요. 그보다 부탁이 하나 있어요."

"부탁이라니? 그 엄청난 능력을 지닌 네가 무슨 부탁이 있어?"

"귀신을 불러주세요."

"귀신?"

갑자기 무슨 소린가 하는 표정으로 바라보는 역리상을 이끌고 부현은 소수연과 추노가 있는 곳으로 갔다.

"세상에는 용서할 수 있는 죄와 그럴 수 없는 죄가 있어요. 그런데 이들은 도저히 용서받을 수 없는 죄를 지었으니 그 죄과를 받아야 해요."

부현은 부족의 장로들에게 부탁하여 숲 한편에 견고한 진을 하나 만들게 한 뒤 그 안에 추노를 가두었다. 그러자 역리상이 즉석에서 부적 몇 장을 그려진 주변의 땅에 묻어두었다.

"원혼을 불러들이는 부적이 확실하지요?"

부현의 물음에 역리상이 대답했다.

"제령신술에 나온 대로 부적을 그린 뒤 추노의 죄를 적어두었으니 해가 지고 나면 부적이 그에게 당한 마을 사람들의 원혼을 불러들일 거야. 아마 추노는 그 원혼들에게 시달리다가 죽어가겠지. 하지만 그건 시작에 불과해. 추노의 영혼은 부적의 진에 갇혀 이곳을 빠져나갈 수 없을 테니까. 결국 영혼이 된 뒤에도 원혼들에게 끊임없이 시달려야 할 거야."

"좋아요. 그럼 이제 소수연 차례예요."

부현은 아직 깨어나지 못하고 있는 소수연의 품을 뒤져 약병 하나를 꺼낸 뒤 역리상에게 뭔가를 부탁했다. 그러자 역리상은 경면주사(鏡面朱砂:부적을 그릴 때 사용하는 붉은 광물로 이를 곱게 갈아 들기름이나 참기름에 개어 사용한다)를 이용하여 그녀의 이마에 부적을 문신하기 시작했다. 그것은 추노에게 사용한 것과는 조금 다른 성질을 지닌 부적이었다. 비록 피부에 문신하고는 있지만, 그것은 피부가 아닌 그녀의 영혼에 각인되고 있는 것이다. 따라서 그녀는 죽더라도 원혼을 끌어들이는 부적의 법력에서 벗어날 수가 없을 터였다.

역리상이 부적을 문신하는 동안 부현은 살아남은 삼령교도들의 무공을 모두 폐한 뒤 소수연의 품속에서 찾아낸 약병을 열어 그들에게 조금씩 복용시켰다. 약을 복용한 자들은 수십 명에 이르렀는데, 시간이 흐름에 따라 그들의 눈빛이 묘하게 변해가기 시작했다.

이윽고 문신이 완성되자 부현은 소수연의 명문혈에 진기를 불어넣어 정신을 차리게 하였다.

"으음……."

가벼운 신음을 흘리며 깨어난 그녀는 잠시 어리둥절한 표정을 짓고 있더니 곧 실신하기 전의 기억을 떠올리고는 참담한 시선으로 부현을 올려다보았다.

"결국은 네놈 뜻대로 된 것 같구나."

"그래. 네가 지고 내가 이겼다. 그러니 이제 네 죄과를 받아야 하겠지?"

"죄과? 내가 너에게 무슨 죄를 지어서 벌을 받아야 한다는 거지? 너와 나는 천부인을 놓고 쟁탈을 벌였을 뿐이야. 그런데 네가 무슨 권한으로 나를 벌한다는 거야? 너는 천부인을 얻었고 내 무공까지 폐지했어. 그것으로도 모자라 나를 다시 벌하겠다고?"

"너란 인간은 정말 끝까지 반성이란 걸 모르는구나."

"흥! 나는 내가 처한 상황에서 최선을 다했을 뿐이야."

"좋아. 그렇다고 인정해 주지. 하지만 그렇지 않은 사람들도 있을 거야. 절망 속에 죽어간 소희와 수많은 양민들 말이야. 지금부터 너는 내가 아닌 그들에게 처벌을 받는 거야."

말을 마친 부현은 한 걸음 옆으로 물러나며 뒤에 있는 삼령교인들을 바라보았다. 부현이 준 약을 복용한 자들이 앞에 서 있고 나머지 삼령교인들은 그들 뒤에 모여 있었다. 그런데 약을 복용한 사내들의 눈빛이 심상치 않았다. 본능으로 번들거리는 그들의 눈빛을 본 소수연이 흠칫 몸을 떨며 부현에게 소리쳤다.

"무슨 짓을 벌인 거냐?"

"네가 즐겨 쓰던 방법을 한번 써봤지. 그러니까 이건 내 잘못이 아냐, 다 네가 자초한 일이라고."

"이 더러운 자식!"

부현은 소수연의 욕설을 무시한 채 사내들에게 말하였다.

"이제 이 여자는 너희가 두려워하던 마령이 아니다. 영혼까지 썩어 버린 이 여자를 너희에게 줄 테니 죽이든 살리든 알아서 해라."

부현의 말이 떨어지자 약을 복용한 사내들이 우르르 달려들어 그녀를 끌고 가기 시작했다.

"아아악! 안 돼! 제발 나를 이들에게 넘기지 말아!"

그들에게 끌려가며 처절하게 울부짖는 소수연을 향해 부현이 싸늘하게 한마디 하였다.

"소희와 수많은 양민들도 네게 당할 때 그런 소리를 했겠지. 너보다 더욱 참담한 심정이 되어서 말이야."

사내들은 소수연을 끌고 숲 속 깊은 곳으로 사라졌다. 그 뒤를 나머지 삼령교인들이 머뭇거리며 따라갔고, 얼마 지나지 않아 소수연의 처절한 울부짖음이 숲 저편에서 메아리쳐 들려왔다. 그녀는 아마도 꽤 오랜 시간 동안 죄과를 치러야 할 것이다. 이승에서, 그리고 저승에서도……

7장 재회

장로들은 전사들에게 싸움터를 정리하도록 명한 뒤 부현 일행을 부족의 마을로 안내해 들어갔다. 드디어 성고의 주인이 나타났다는 소식이 퍼진 마을은 축제 분위기였다. 아낙들은 손님 맞을 준비에 바빴고, 아이들도 덩달아 신이나 이리저리 뛰어다녔다.

일행은 먼저 싸움에서 얻은 상처를 치료하고 옷을 갈아입은 뒤 장로들과 함께 치우천황의 사당으로 향하였다. 사당에 도착해 보니 갖가지음식으로 성대하게 차려진 제단이 마련되어 있었다.

성고의 주인이 나타났음을 고하는 그 제례는 꽤 오랜 시간 동안 계속되어 날이 어둑어둑해질 무렵에야 끝이 났다. 그동안 부족의 젊은전사들은 바깥을 완전히 정리하고 돌아와 있었다.

부족민들은 성고의 주인을 위한 잔치를 준비하기 시작했고, 부현 일행은 성고를 보기 위해 수석 장로와 함께 사당에 남았다.

수석 장로가 기관을 움직이고, 드디어 성고가 모습을 드러내자 일행은 저 작은 북에서 울린 소리가 어떻게 밖에까지 들렸는지 의아한 표정을 지었다.

　그 속내를 알아챈 수석 장로가 빙그레 미소 지으며 설명해 주었다.

　"크기는 비록 작지만 그 소리가 능히 백 리 밖까지 퍼져 나갑니다. 또한 성고의 주인은 천 리 밖에서도 소리를 느낄 수 있다고 하지요."

　일행은 도저히 믿을 수 없다는 눈치였다. 하지만 부현만큼은 믿을 수 있었다. 성고의 울림을 듣고 잠재된 내공이 깨어난 경험 때문인지는 몰라도 이상하게 성고에게 이끌리는 느낌이었다.

　부현은 자신도 모르게 성고로 다가가 손으로 쓰다듬어 보았다. 그러자 놀랍게도 성고에서 낮은 울림 소리가 울려 나왔다. 부현이 흠칫 놀라 손을 떼자 수석 장로가 말하였다.

　"성고가 주인을 맞이하느라 내는 소리일 테니 이상하게 여기지 마십시오."

　"그런… 거였나요?"

　부현은 다시 성고를 살며시 쓰다듬었다. 그러나 이번에는 아무런 소리도 울려 나오지 않았다.

　'그거 신기하네. 아까는 정말로 첫인사를 하느라고 그런 소리를 낸 건가?'

　고개를 갸웃거리고 있는 부현에게 수석 장로가 다시 말하였다.

　"성고를 한 번 두드려 보십시오. 단, 진기를 넣어서 두드리시면 절대로 안 됩니다."

　그의 말대로 부현은 진기를 넣지 않고 손목 힘으로만 성고를 살짝 두드려 보았다. 그러자 나연이 두드릴 때와는 달리 매우 은은하면서도 정신을 맑게 해주는 소리가 울려 나왔다.

"아까 제가 두드릴 때와는 소리가 다르네요?"

나연이 문사 수석 장로가 내답하였다.

"당연합니다. 성고를 두드려 저런 소리를 낼 수 있는 사람은 하늘이 선택한 단 한 사람뿐입니다."

이번엔 부현이 물었다.

"우리가 듣기로 세 개의 천부인에는 대단한 힘이 숨겨져 있다고 하던데, 성고에는 어떤 힘이 숨겨져 있습니까?"

"신인께서 한번 경험하셨듯이 성고는 그 주인이 지니고 있는 잠재 능력을 일시에 이끌어내게 하는 신묘한 능력이 있습니다. 그리고 또 한 가지 효능은 주인의 힘을 받아 소리로 증폭해 내는 것입니다."

"소리를 증폭해 낸다면 일종의 음공을 구사할 수 있게 된다는 건가요?"

부현이 물었다.

"그렇습니다. 보통 사람이 두드리면 아무리 세게 쳐도 성고는 크게 울리지 않습니다. 하지만 주인이 칠 때는 힘의 가감에 따라 소리의 크기가 달라집니다. 성고의 진동음에 신인의 몸이 감응하였듯이 성고도 주인만이 지니고 있는 특별한 기운에만 감응을 하는 것이지요. 그러나 이는 매우 조심하여 사용하셔야 합니다. 신인처럼 초월적인 내공을 소유하신 분이 온 힘을 다하여 성고를 울린다면 사방 십 리 근방의 생물은 아무것도 살아남을 수가 없을 겁니다. 아마도 내장이 모두 뒤틀려 죽게 되겠지요."

"그렇게 무서워요?"

"그렇습니다. 그러니 평소에 성고와 교감을 계속 나누시며 작은 힘부터 시작하여 다루는 법을 익히십시오. 그렇게 해서 성고와 완벽하게 교감할 수 있게 된다면 원하는 방향을 향해서 음공을 날리실 수 있을 겁니다. 다만 한 가지 명심하셔야 할 것은 생명을 앗는 일을 성고가 좋아하지 않는다는 점입니다. 따라서 인명을 해치는 일에 자주 사용하게 되면 성고 스스로 능력을 폐하게 될 수도 있습니다."

"어떻게 하면 성고 다루는 법을 빨리 체득할 수 있지요? 무슨 비급 같은 건 없나요?"

"그런 것은 없습니다. 수백 년 동안 성고의 주인이 없었으니 가르쳐 드릴 만한 사람도 당연히 없지요. 그러니 그것은 신인께서 직접 체득하시는 방법밖에 없습니다."

'나도 쓸 만한 무기가 하나 생겼나 했더니 말짱 꽝이구만. 이걸 잘못 두드렸다간 수천 수만 명이 한 방에 골로 갈 수도 있다는데, 겁나서 어떻게 써먹냐고. 살살 두드리면서 배운다는 것도 말이 안 되잖아. 매일 살살 두드리는 연습만 해서는 세게 두드리는 방법을 무슨 재주로 체득하겠어? 젠장. 이걸 연습하자고 바다나 사막 한가운데로 나갈 수도 없는 일이고……'

그때 부족민들이 잔치 준비를 마치고 일행이 나오기를 기다린다는 소식을 아륵의 형이 알려왔기에 수석 장로는 성고를 다시 보관해 둔 뒤에 부현 일행과 함께 밖으로 나왔다.

마을 한가운데 푸짐한 먹거리와 향기로운 술이 가득한 잔칫상이 차려져 있고, 그 주위에 부족민들이 모두 모여 있었다. 수석 장로가 성고의 주인인 부현을 필두로 일행을 소개하자 주민들은 뜨겁게 환영해 주었다. 일행은 그들과 함께 어우러져 오랜만에 마음 편한 식사와 술을 즐길 수 있었다.

아직 두 개의 천부인을 더 찾아야 하는 일행은 며칠 더 머물렀다 가라는 부족민들의 권유를 마다한 채 다음날 일찍 길을 나섰다. 원래 땅의 부족은 성고의 주인을 보필하도록 되어 있었으나, 그들을 다 이끌고 다닐 수는 없는 일이었으므로 부현은 그들을 마을에 남아 있게 하였다. 또한 진 안에만 머물러 있어야 한다는 그동안의 금제를 해제해 줌으로써 바깥을 자유로이 왕래할 수 있게 해주었다.

배웅을 나온 부족민들과 함께 진 밖으로 나온 일행은 추노를 가두어 둔 진으로부터 들려오는 처절한 비명 소리를 들을 수 있었다.

"크아아악! 잘못했어. 제, 제발 용서해 줘… 으아아악!"

아침 해가 말갛게 떠 있는데도 추노가 원혼들에게 시달림을 받고 있는 것을 이상하게 여긴 부현이 역리상에게 물었다.

"귀신들은 보통 밤에만 나타나는 거 아니에요?"

"우리가 흔히 말하는 혼백이란 양의 기운을 가진 혼과 음의 기운을 가진 백을 이름인데, 혼은 보통 신적인 존재일 경우가 많고 백은 우리가 흔히 귀신이라 부르는 존재일 경우가 많지. 따라서 음의 기운을 가진 백은 양기가 성한 낮보다는 음기가 성한 밤에 주로 사람들 눈에 띄게 된다. 그 때문에 귀신이 태양을 두려워한다고 알고들 있지만, 그건 잘못된 생각이다. 단지 양기가 성한 낮에는 귀신이 눈에 잘 띄지 않을 뿐이지. 하지만 추노가 갇혀 있는 진 주변에는 음기를 성하게 하는 부적이 묻혀 있기 때문에 대낮에도 귀신이 잘 보이는 것이지."

"한마디로 추노는 밤낮없이 귀신에게 시달려야 된다는 얘기네요?"

"그렇지. 누군가 저 진을 걷어주지 않는다면 영혼이 되어서도 빠져나가지 못하고 계속 시달려야 할 거다."

"무고한 사람들을 수없이 많이 죽였으니 당해도 싸죠 뭐."

이야기를 나누며 숲길을 걸어 들어가던 일행은 소수연이 삼령교도들에게 끌려갔던 숲 근처에 이르렀다. 주변의 풀들이 온통 짓밟혀 있고, 곳곳에 피 흘린 자국이 남아 있는 것으로 보아 소수연이 얼마나 괴롭힘을 당했는지 알 수 있었다. 하지만 그녀의 시신은 어디에도 보이지 않았다. 아마도 삼령교도들에게 노예처럼 끌려간 것이 아닌가 하는 생각이 들었다.

산길을 조금 더 걸어 고갯마루에 이르자 부현이 땅의 부족민들에게 말했다.

"이제 그만들 돌아가세요."

수석 장로를 포함한 부족민들은 자신들의 금제를 풀어준 부현을 보내기가 못내 아쉬운 표정이었으나, 언제까지나 쫓아갈 수는 없는 일이었다.

"저희는 그럼 여기까지만 배웅을 하겠습니다. 부디 장도에 무사하시기를……."

진심 어린 걱정으로 인사말을 한 수석 장로는 뒤에 있던 아륵의 형에게 뭔가를 지시했다. 그러자 그는 품속에서 작은 뿔피리를 하나 꺼내더니 허공에 대고 힘차게 불었다.

삐이이익!

날카로운 소리가 멀리 퍼져 나가고 얼마나 지났을까?

일행은 까마득한 하늘로부터 급속도로 하강해 내려오고 있는 새 한 마리를 발견할 수 있었다. 처음에는 작은 점으로 보였던 새가 점점 가까워지자 일행의 얼굴에는 경악의 빛이 드리웠다. 그 크기가 웬만한 집 한 채와 맞먹을 만큼 거대한 새였기 때문이다.

"놀라지 마십시오. 수백 년 동안 저희 부족과 함께해 온 소붕입니다."

"저게 새인 것은 확실한 건가요?"

부현이 도저히 믿을 수 없다는 듯 묻자 수석 장로가 소붕(小鵬)에 대하여 설명해 주었다. 녀석은 천 년을 산다는 전설의 영조(靈鳥)로 천부인을 지키고 있는 세 곳에 각기 한 마리씩 보유하고 있는 비상 연락 수단이라고 하였다.

오랜 세월 동안 비밀을 유지하기 위하여 천부인을 지키고 있는 수호 부족들끼리는 서로의 위치를 모르게 하였으되, 만약 누군가 한 부족을 힘으로 정복하려 들면 나머지 두 부족에게 도움을 청할 수 있도록 소붕을 전서구로 훈련시켜 놓았다는 것이다.

소붕은 하루에 능히 만 리를 날고, 백 리 밖의 사람을 구분할 수 있는 눈과 사람의 말을 다 알아들을 만큼 영리한 머리를 가졌다고 하였다. 만약 한 부족이 공격을 당할 경우 하루면 그 소식이 다른 부족에게 전해질 수 있는 것이다.

수석 장로의 설명이 끝나자 부현이 혀를 내두르며 말했다.

"정말 대단한 새로군요!"

그때 소붕이 거센 날개 바람을 일으키며 일행 근처에 내려앉았다. 나뭇가지가 온통 부러지고 작은 돌멩이들이 날아다닐 정도로 어마어마한 바람이었다.

잠시 후 흙먼지가 가라앉자 소붕이 그 위용을 드러냈다. 앉은키만 해도 십 척이 훌쩍 넘으며 날카로운 부리는 강철보다도 단단해 보였다. 또한 어른 팔뚝만한 발가락에는 새까만 발톱이 검날처럼 뻗어 나와 있었다.

"소붕, 이분이 바로 성고의 주인이시다. 앞으로 이분을 따르며 보필

하도록 하여라."

수석 장로가 얘기하자 소붕은 알아들었다는 듯 꾸룩거리는 소리를 내며 고개를 끄덕였다. 하지만 부현은 소붕이란 존재가 부담스러운 모양이었다.

"이 커다란 새를 데리고 다니란 말입니까? 사람들이 많은 곳에 나타나면 난리가 날 텐데……."

"걱정 마십시오. 소붕은 한번 하늘을 날기 시작하면 사흘 밤낮을 땅에 내려오지 않고도 비행을 할 수가 있습니다. 그러니 민가에 피해를 주는 일은 없을 겁니다."

"그래도……."

"저희에게 급히 연락하실 일이 생길 경우를 대비하고자 함이니 거두라는 말씀은 하지 말아주십시오."

수석 장로의 의지가 완강했으므로 부현도 더 이상 거부할 수는 없었다. 부현이 마지못해 승낙하자 수석 장로는 소붕을 하늘로 올려 보낸 뒤 부현에게 뿔피리를 넘겨주었다.

"이 피리를 불면 언제든 소붕이 내려올 겁니다."

"알겠습니다."

부현은 뿔피리를 품속에 잘 갈무리한 뒤 수석 장로를 비롯한 부족민들에게 작별을 고하고 일행과 함께 길을 걷기 시작했다. 두 번째 천부인을 찾기 위한 그들의 여행이 다시 시작된 것이다.

부족민들은 부현 일행의 모습이 보이지 않을 때까지 자리를 지키며 그들의 장도가 무사하기를 기원하였다.

섬검자 일행은 힘없는 발걸음으로 산길을 걸어 내려가고 있었다. 그들이 있는 곳은 고구려 북쪽 변경의 북서에서 남서로 수천 리를 뻗어 내려간 대흥안령 산맥 남단 부근이었다.

"왜 하필이면 여자만 된다는 건지… 천부인을 얻는 데 남녀 구분이 왜 필요하냔 말야?"

완완노가 투덜거리고 있는 것은 그들이 어렵게 찾아간 세 번째 천부인의 수호자들에게 쫓겨났기 때문이다.

태산신궁을 빈손으로 나온 뒤 수천 리를 찾아 헤맨 끝에 겨우 찾아낸 세 번째 장소는 대흥안령 산맥 깊숙한 곳에 위치한 계곡이었다. 허공에 입구가 있던 태산신궁과 달리 그곳의 입구는 지하로 통한 동굴 미로였다. 인위적인 진과 달리 천연적으로 생성된 동굴 미로는 일정한 법칙이 없는 법이다. 그로 인해 일행은 미로 안에서 무려 열흘이나 헤매야 했다. 그러고도 결국은 출구를 찾지 못해서 이제는 죽었나 보다 하고 있을 때 한 노파가 일단의 중년 여인들을 이끌고 그들 앞에 나타났다. 그들이 바로 세 번째 천부인인 신경(神鏡:신의 거울)의 수호자들이었다.

만물을 얼려 버릴 듯한 눈빛을 가진 노파는 대모파파(大母婆婆)라고 하였다. 섬검자 일행은 자신들이 그곳에 오게 된 이유를 설명하였고, 대모파파는 여인만 안으로 들어갈 수 있다며 질심선녀를 데리고 갔다. 그러나 얼마 지나지 않아 질심선녀는 다른 여인 한 명과 함께 돌아왔다. 신경의 주인이 될 자격이 없다는 것이다.

그렇게 그들은 허무하게 물러나야 했다. 그나마 다행인 것은 질심선녀와 함께 나온 여인이 미로의 입구까지 안내해 주어 무사히 빠져나올 수 있었다는 점이었다.

완완노가 기운없는 목소리로 중얼거렸다.

"이럴 줄 알았으면 녀석들이 올 때까지 기다릴 걸 그랬어. 괜히 고생만 사서 한 셈이잖아."

대흥안령의 천부인은 원래 부현 일행과 합류해서 찾아보기로 약속이 되어 있었다. 하지만 그들과 만나기로 한 날까지 시간이 너무 많이 남아서 먼저 찾아 나선 것인데, 이렇게 허탕을 치고 보니 후회가 되는 모양이었다.

"그래도 천부인의 보관 장소는 확실히 파악해 뒀으니 시간은 단축한 셈입니다."

섬검자가 이렇게 말하자 완완노도 조금은 기분이 풀리는 표정이었다.

"하긴 그래. 그 녀석들 올 때까지 아무것도 안 하고 있는 것보다는 나은 일이지."

"그런데 그 아이들이 성공했는지 궁금하군요."

"그야 미리 추측할 거 뭐 있나? 특별한 사정이 없다면 지금쯤 계성(薊城)을 향해 오고 있을 테니 만나보면 알겠지. 그보다 녀석들 중 하나가 천부인의 주인으로 확정되면 우리도 그곳에 들어가 볼 수 있을까?"

"그곳이라니요?"

섬검자가 말을 얼른 알아듣지 못하는 듯하자 질심선녀가 옆에서 한마디 하였다.

"몰라서 물어요? 여자들만 모여 사는 동굴 미로 안쪽의 마을을 말하는 거잖아요. 아니, 오라버니는 아마도 그 마을이 아니라 대모파파에게 관심이 있을걸요?"

질심선녀의 입에서 대모파파란 얘기가 나오자 완완노의 표정이 당혹감으로 물들었다.

"무, 무슨 말이냐? 내가 왜 그 할망구에게 관심을 가져?"

"괜히 감추려 하지 말아요. 그날 내가 돌아 나올 때도 오라버니는 천부인 소식보다 왜 대모파파는 함께 나오지 않았냐고 물었던 사람이에요."

"그, 그야 그 무섭게 생긴 할망구가 안 나오는 편이 오히려 편해서……."

"우리를 동굴 입구까지 안내해 준 여자에게 대모파파가 몇 살인지도 슬쩍 물어보지 않았던가요?"

'젠장, 귀도 밝네. 아주 조그맣게 물어봤는데 그건 언제 들었대?'

대답이 궁해진 완완노는 얼른 말을 돌렸다.

"계성까지 사흘이면 갈 수 있겠지?"

"왜 말은 돌려요? 대모파파에게 관심있는 거 맞지요?"

질심선녀가 다시 몰아붙였지만 완완노는 이번에도 대꾸를 하지 않았다.

"바람이 선선해지는 걸 보니 벌써 가을인 게로구먼?"

괜한 계절타령만 하며 휘적휘적 앞서 걸어갈 뿐이다. 고집 센 노인에게도 때로는 춘풍은 불어오는 법인가 보다.

콰앙!

알키루스는 몹시 화가 난 표정으로 밟고 있던 바위를 발로 내리찍었다. 그러자 바위는 산산이 부서져 내렸다.

"이 근처인 건 분명한데, 어째서 입구가 보이질 않느냔 말이다!"

알키루스가 이렇게 화를 내고 있는 건 태산 일대를 수색한 지 벌써 두 달이 넘었는데도 천부인의 보관 장소를 못 찾았기 때문이다. 섬검자 일행이 그랬던 것처럼 그도 태산 전체를 관찰하던 중 아지랑이가 일렁이는 지역을 발견할 수 있었다. 그곳에 뭔가 있을 것이라 판단을 내린 그는 수하들을 총동원시켜 그 일대를 이 잡듯 수색했지만 아직까지도 입구를 발견하지 못한 것이다. 그것은 동양의 음양 사상에 대한 이해가 부족한 데서 온 결과였지만, 알키루스는 그 점을 아직 깨닫지 못하고 있었다. 어쩌면 서양의 마법이 동양의 도술보다 우월하다고 생각하는 그의 편견이 이런 결과를 초래한 것일지도 몰랐다.

"기껏해야 도사 놈들이 만들어놓은 진 따위일 뿐인데, 벌써 두 달이나 허비하고 있다니……."

알키루스는 무서운 눈길로 주변을 확 쓸어보았다.

주변에 있던 그의 수하들은 감히 눈을 마주치지 못한 채 목을 바짝 움츠렸다. 한데 그들의 모습이 참으로 기괴했다. 눈은 주먹만하고, 귀는 손바닥보다 크며, 사지는 이상할 정도로 길고 가늘게 발달되어 있는 모습이었다. 그들은 체이서라는 이름을 가진 종족으로 보통 사람에 비해 시력은 열 배, 청력은 백 배에 이르며, 손끝의 감각은 모래알의 크기를 구별해 낼 만큼 예민하였다. 뿐만 아니라 가늘고 긴 팔다리는 나무나 건물을 자유자재로 기어오를 수 있었다. 한마디로 신체의 모든 기관이 무엇인가를 찾고 추적하는 데 적합하도록 발달된 종족이었다.

"너희 체이서 족의 능력을 믿고 있었는데, 겨우 이 정도였더냐?"

알키루스가 노한 음성으로 소리치자 체이서 중 한 명이 겁에 질린 목소리로 대답했다.

"면목이 없습니다, 알키루스님. 하지만 이번 일은 시각이나 청각으로 해결될 일이 아닌 듯합니다."

"그러면 뭐가 더 필요하다는 거냐?"

"저희보다는 오히려 동양의 도술을 익히고 있는 자들이……."

"시끄럽다! 내 앞에서 지금 도사 놈들의 능력을 칭송하자는 거냐?"

"아, 아닙니다. 저는 다만……."

"됐다! 변명할 시간이 있거든 주변이나 한 번 더 탐색해 보도록!"

"알겠습니다!"

체이서들은 알키루스의 분노가 자신들에게로 향할까 두려워 얼른 사방으로 흩어져 나갔다. 그때 매 한 마리가 나타나 알키루스의 머리 위를 두어 바퀴 선회하더니 빠른 속도로 하강해 내려왔다. 매가 지상에 거의 인접해 오자 알키루스가 시선을 던지며 말하였다.

"왔느냐, 오르무스."

그 순간 매는 허공에서 몸을 한 바퀴 뒤트는가 싶더니 사람의 모습을 갖추며 땅에 내려섰다.

"알키루스님을 뵙습니다."

한쪽 무릎을 꿇으며 인사를 올리는 오르무스에게 알키루스가 물었다.

"서쪽으로 갔던 일은 어떻게 됐느냐?"

"삼령교의 궤멸로 끝났습니다."

자신이 준비한 함정에서 부현 일행이 살아 나갔다는 사실은 알키루스도 이미 알고 있었다. 그렇기에 수하들을 서쪽으로 보내 돌아가는 상황을 파악해 오도록 명해두었던 것이다.

"천부인 중 하나는 결국 부현이란 놈의 손에 들어갔겠군."

"그렇습니다. 그리고 그는 지금 북방으로 향하는 중입니다. 태행산을 지나는 것까지 보고 왔으니 계성 부근에 도착했을 겁니다."

"좋아. 어차피 천부인 중 하나가 놈의 손에 들어갔으니 대흥안령 쪽의 천부인도 놈이 찾도록 놓아둔다. 그리고 우린 여기서 기다렸다가 한꺼번에 세 개를 모두 차지하면 되는 거지. 그런데 소수연은 어떻게 됐느냐?"

"그녀를 끌고 다니던 삼령교인들에게 명하여 이쪽으로 이송하도록 조치해 두었습니다. 그들의 이동 속도가 저보다 느리다고 해도, 저는 태행산으로 길을 돌아왔으니 지금쯤 근방에 거의 도달했을 겁니다."

"제대로 일 처리를 하지 못하는 놈들에게 좋은 본보기가 될 수 있겠군."

담담하게 던지는 알키루스의 말에 오르무스는 가볍게 몸을 떨었다. 그 처벌이 얼마나 혹독한 것인지 잘 알고 있기 때문이다.

"함께 갔던 카르니안은 놈들의 뒤를 계속 쫓고 있겠지?"

과거에 보았던 혹독했던 처벌 장면을 잠시 떠올리고 있던 오르무스는 알키루스가 다시 묻자 흠칫 놀라며 대답했다.

"카르니안 특유의 장점을 살려 효과적으로 임무를 수행하고 있습니다."

"그래? 카르니안이 장점을 살리고 있다면 놈들의 움직임은 이 손안에 있는 거나 다름없군. 좋아. 수고했다. 오늘은 그만 가서 쉬도록."

"알키루스님께 영광이!"

오르무스는 한쪽 무릎을 꿇어 인사한 뒤 허공으로 몸을 솟구쳤다. 그리고는 매의 모습으로 다시 변환하여 숲 저 너머로 사라져 갔다.

그가 사라지고 얼마나 지났을까? 알키루스는 일단의 무리가 자신을 향해 다가오고 있음을 감지하였다. 시야에 들어오는 거리는 아니었지만 그들이 누구인지 짐작이 가는 표정이었다.

"움직임이 둔한 걸 보니 쓸모없는 놈들이 드디어 도착한 모양이군."

쓸모없는 놈들이란 소수연을 끌고 오는 삼령교인들을 지칭하는 말이었다.

잠시 후 그의 예상대로 십여 명의 삼령교인들이 소수연을 끌고 나타났다. 수천 리 길을 끌려오는 동안 얼마나 시달렸는지 소수연의 몰골은 말이 아니었다.

"알키루스님!"

알키루스를 발견한 소수연은 구세주를 만난 듯한 표정으로 소리 높여 외쳤고, 삼령교인들은 두려움이 가득한 눈빛으로 그 자리에 무릎을 꿇었다.

"삼령의 지배자 알키루스님을 뵙습니다."

소수연은 무릎으로 달려와 알키루스의 발치에 엎드리며 눈물을 쏟아냈다.

"너무 뵙고 싶었습니다, 알키루스님. 오직 그 희망 하나로 지금까지 버텨왔어요. 만약 알키루스님을 뵐 수 있다는 희망마저 없었다면 저는 벌써 목숨을 끊었을 거예요. 제발 제게 다시 한 번만 힘을 주세요."

그녀는 기대하는 바가 큰 모양이었지만 알키루스의 반응은 냉랭하기 그지없었다.

"전부현 녀석에게 형편없이 당했다지?"

그의 목소리에서 섬뜩한 한기를 소수연은 몸을 부르르 떨며 고개를 조아렸다.

"그, 그건 놈이 엄청나게 강해지는 바람에… 제 능력의 한계를 뛰어넘는 일이었습니다."

"그래서 네 잘못은 없다는 얘기냐?"

"아, 아닙니다. 죽을죄를 졌습니다. 하지만 한 번만 더 기회를 주신다면……."

"쓸모없는 것들은 항상 그런 얘기를 하지. 기회가 한 번만 더 주어지면 잘할 수 있다고. 하지만 기회를 더 줘도 결과는 마찬가지야. 이기는 놈과 지는 놈 사이에는 근본적인 차이가 있는 법이니까."

"제발 만회할 수 있는 기회를 한 번만 더……."

알키루스는 필사적으로 애원하는 소수연을 향해 오른손을 쭉 뻗었다. 순간 그의 손에서 무형의 기운이 뻗어 나와 소수연의 몸을 옭아맸다. 그리고 그녀의 몸을 천천히 들어 올리기 시작했다.

도저히 항거할 수 없는 힘을 느낀 소수연은 절망의 눈빛으로 알키루스를 바라보았다. 언제 꺼냈는지 그의 한 손에는 자그마한 금속 통이 쥐어져 있었다. 그는 금속 통의 마개를 열며 나직하게 말했다.

"이 안에는 헬비틀이란 놈이 들어 있다. 앞으로 며칠 동안 네 친구가 되어줄 놈이니 인사나 하도록."

알키루스는 금속 통을 소수연의 얼굴에 대고 거꾸로 기울였다. 그러자 새빨간 무엇이 굴러 떨어지더니 소수연의 콧잔등에 들러붙었다. 그것은 엄지손가락만한 딱정벌레였는데, 피를 흠뻑 뒤집어쓴 듯한 모습이었다.

생선 가시처럼 빳빳한 다리를 가진 벌레가 얼굴을 기어다니는 느낌, 당해보지 않은 사람은 그게 얼마나 소름 끼치는 일인지 모른다. 그 소름 끼치는 느낌에 왠지 모를 공포감까지 더해진 소수연은 더 이상 커질 수 없을 만큼 눈을 부릅뜬 채 숨을 멈추고 있었다.

"이제부터 너는 이놈의 먹이가 되는 거다. 짧으면 이틀, 길면 사흘 정도 걸릴 테지. 비명은 지르고 싶은 만큼 질러도 좋다. 발가락부터 아작아작 먹어 들어갈 때의 고통은 네 인내력으로 견딜 수 있는 것이 아닐 테니까. 특히 뼈를 갉아 먹힐 때는 지옥의 고통이 어떤 것인지 절감하게 될 거다."

"저는 최선을 다해서 명령을 수행하려 했습니다! 그러니 제발 자비를⋯⋯!"

　소수연은 눈물을 흘리며 한 번 더 애원했다. 하지만 콧잔등에 뜨끔한 통증이 느껴지는 순간 온몸이 마비되어 더 이상 말조차 할 수가 없었다. 말을 하려고 아무리 노력해도 벙어리의 그것처럼 이상한 소리만 흘러나올 뿐 말로 만들어지지를 않았다.

　헬비틀의 마비 독에 의해 혀가 굳어버린 것이다. 그리고 독이 서서히 퍼져 나가면서 의지로 움직일 수 있는 모든 기관이 마비되어 갔다. 의지와 상관없이 움직이는 내장의 기능을 제외하면 모든 신체가 무기력 상태에 빠진 것이다. 그런데 마비가 되었음에도 불구하고 감각은 그대로 살아 있었다. 얼굴을 타고 내려가 가슴을 지나는 헬비틀의 움직임이 고스란히 느껴질 정도로 감각은 생생했다. 그러니 이보다 더 잔인한 일이 어디 있겠는가. 모든 감각이 생생한 채 벌레에게 갉아 먹혀야 한다니 말이다.

　헬비틀은 아주 천천히 움직였다. 배를 지나고 다리를 거쳐 가는 놈의 움직임이 이처럼 소름 끼치고 공포스러울 수가 없었다. 이윽고 놈이 발끝에 이르자 알키루스는 그녀를 옭아맸던 힘을 풀어 천천히 땅에 내려놓았다. 그러자 헬비틀은 제 덩치의 두 배는 됨 직한 입을 쩍 벌리더니 그녀의 발가락을 한입 깨물었다.

　콰득!

　톱니처럼 날카롭고 촘촘한 녀석의 이빨은 아주 간단하게 그녀의 살점을 떼어냈다.

　"끄어어어으⋯⋯."

　혀가 굳어버린 소수연의 입에서 듣기 거북한 신음성이 흘러나왔다. 그런데 이상한 일은 헬비틀이 물어뜯은 그녀의 상처에서 피가 흘러나

오지 않는다는 점이었다. 금방 생긴 상처인데도 피가 더 흘러나오지 못하도록 잔뜩 엉겨붙어 있었다. 아마도 놈의 침에 피를 굳게 만드는 물질이 들어 있는 것 같았다.

괴로워하고 있는 소수연의 얼굴을 들여다보며 알키루스가 말했다.

"헬비틀이 지옥의 딱정벌레라고 불리는 이유는 바로 녀석의 독과 침 때문이다. 녀석의 독은 상대를 꼼짝 못하게 만들면서도 오감은 그대로 살려두지. 또한 녀석의 침에는 피를 빨리 멎게 하는 물질과 생명을 활성화시키는 물질이 함유되어 있어서 상대가 쉽게 죽어버리는 것을 방지한다. 한마디로 먹이를 신선하게 유지하며 아주 천천히 뜯어먹는다는 얘기지. 아마도 심장이 뜯겨 나가기 전에는 죽을 수 없을 것이다."

실로 잔혹한 처사였다. 작은 벌레 한 마리가 몸을 온통 뜯어먹을 동안 죽을 수조차 없다니 말이다.

헬비틀은 소수연의 발가락을 계속해서 뜯어먹었고, 소수연의 입에서는 기이한 신음이 연신 흘러나왔다.

삼령교인들은 차마 그 모습을 볼 수 없어 시선을 외면한 채 진땀을 흘리고 있었다. 하지만 눈으로 보지 않는다고 공포감이 사라지는 것은 아니었다. 발가락뼈를 갉아먹을 때마다 콰드득, 콰드득 하고 들려오는 소리가 소름을 돋게 만들었다. 보통 사람의 간담으로는 정말이지 견디기 힘든 일이었다.

"으아아악!"

드디어 한 명이 이성을 잃고 달아나기 시작했다. 그러자 알키루스가 날카로운 눈빛을 쏘아내며 손을 쭉 뻗었다. 그것으로 끝이었다. 달아나던 자의 목이 기이하게 꺾이는가 싶더니 뼈 부러지는 소리가 울림과 동시에 그 자리에 거꾸러졌던 것이다. 나머지 삼령교인들은 형용할 수 없는 공포를 느끼며 몸을 와들와들 떨었다.

알키루스는 마치 귀찮은 벌레를 쳐다보듯 그들을 흘깃 바라보더니 아무렇지 않게 손을 휘저었다. 그러자 그의 손에서 붉은 운무가 쏟아져 나와 그들을 휘감았다. 그것은 불환동부에서 도격문 사람들의 피를 말려 죽였던 바로 그 수법이었다.

"끄으으으……."

억눌린 비명을 흘려내고 있는 삼령교인들의 모공에서 거미줄처럼 가는 핏줄기가 뿜어져 나와 붉은 운무와 뒤섞여 들어갔다. 운무가 점점 붉어질수록 그들의 몸은 수척해져 갔고, 종내에는 한 줌의 수분도 남지 않은 미라가 되어 쓰러지고 말았다. 그리고 그들의 생명력을 함유한 붉은 운무는 알키루스의 손으로 다시 빨려 들어갔다.

"쓸모없는 것들."

차가운 말과 함께 손을 거두던 알키루스는 근처에 누군가 와 있음을 눈치 채고는 시선을 돌렸다. 체이서 한 명이 두려운 눈으로 바라보고 있다가 얼른 고개를 조아렸다.

"차, 찾은 것 같습니다, 알키루스님!"

"입구를 찾았단 말이냐?"

"아직 확실치는 않지만, 그림자가 이상하게 변하는 지점을 발견하고 집중 수색 중입니다. 태양의 기울기와 무관하게 그림자가 변하는 것으로 보아 그 지점에 뭔가 있음이 분명합니다."

"겨우 가능성을 얘기하고 있는 거냐?"

"죄, 죄송합니다. 저는 다만 그동안 간과하고 있던 것을 새롭게 발견한 것이 기뻐서 그만……."

"돌아가서 확실한 입구를 찾아라. 만약 내일까지 찾지 못하면 하루에 한 명씩 너희도 저런 꼴을 당하게 될 것이다."

그때 헬비틀은 소수연의 왼발을 절반쯤 먹어치운 상태였다. 눈이 허옇게 돌아간 채 기이한 신음성을 흘리고 있는 소수연의 모습을 일견한 체이서의 얼굴에서 핏기가 싹 사라졌다.

"반드시 오늘 중으로 찾겠습니다!"

"물론 그래야지."

알키루스의 입가에 모처럼 미소가 피어났다.

계성(薊城)은 화북 대평원과 북방의 산간 지대를 잇는 교통의 요충지로 훗날 북경이란 이름을 얻게 되는 도읍이다.

부현 일행은 오랜 여행 끝에 계성에 도착하였다. 섬검자 일행과 헤어지기 전에 일차 약속 장소로 정해둔 곳이 바로 이곳 계성이었다. 하지만 뜻밖의 일을 당해 시간이 지체될 경우를 대비하여 대홍안령의 천부인 보관 장소를 두 번째 약속 장소로 정해두는 것도 잊지 않았다.

"삼령교의 방해로 시간이 조금 지체되기는 했지만 크게 늦어지진 않았으니 섬검자 아저씨와 고집쟁이 할아버지, 욕쟁이 할머니가 모두 이곳에서 기다리고 있겠지요?"

부현이 묻자 바람이 대답하였다.

"어쩌면 그분들이 먼저 대홍안령에 다녀오셨을지도 모를 일이다. 그러고도 남을 만큼 시간은 충분했을 테니까."

"섬검자 아저씨라면 몰라도 그 고집쟁이 할아버지와 욕쟁이 할머니가 누구 편하라고 그런 고생을 했겠어요? 태산의 일이나 제대로 처리하고 왔으면 다행이겠네."

부현의 대꾸에 바람은 쓴웃음을 지었다. 부현의 말투로 보아 완완노와 만나는 순간부터 시끄러워질 게 분명해 보였다.

"너도 이제는 예전과는 좀 달라져야 한다."

"갑자기 그게 무슨 말이에요?"

"지금 네 능력은 천하제일이라 해도 이상할 게 없다. 그런 능력을 가졌으니 좀 더 대범하게 생각을 해야 한다는 얘기다. 강할수록 겸손해지지 못하면 그 강함이 오래가지 못하는 법이다."

"혹시 내가 형님에게 건방지게 굴었나요? 난 그런 적이 없는 것 같은데."

"그런 얘기가 아니다. 이제부터는 완완노 어른께도 좀 공손하게 행동하라는 얘기다. 헤어지기 전까지만 해도 네 능력이 이렇게까지 강하지 않았으니 농담으로 이해해 줄 수 있었겠지만, 월등하게 강해진 네가 자칫 말 한마디라도 잘못하게 되면 그 어른이 마음에 상처를 입을 수도 있기에 하는 말이다."

"걱정 마세요. 다른 사람이라면 몰라도 그 고집쟁이 할아버지는 절대로 그럴 일이 없을 테니까. 남매는 용감하다고, 욕쟁이 할머니도 내가 조금 강해졌다고 주눅 드는 일은 절대로 없을 테고요."

"그래도 네가 조심하는 편이 서로를 위해서 좋을 거다."

"알았어요. 두 노인네가 먼저 긁지만 않으면."

이렇게 말을 하고 있던 부현은 왠지 뒤통수가 자꾸 따가워서 견딜 수가 없었다. 그것은 아주 오랜만에 느끼는 기분이었다.

'이건 고집쟁이 노인네가 노려볼 때 느껴지는 현상인데… 설마……'

부현은 왠지 불안한 생각이 들어서 뒤를 슬그머니 돌아보았다. 그

순간,

"이 육시랄 놈아! 뭐가 어쩌고 어째!"

"저 우라질 놈 아가리를 확 찢어버려요!"

완완노가 무서운 눈으로 쏘아보며 고함을 쳐대는 것이 아닌가! 언제부턴가 뒤에 사람이 따라오고 있다는 것을 느끼고는 있었지만 특별한 살기 같은 것은 감지되지 않았기에 행인이려니 생각하고 그냥 걷고 있던 중이었다. 그 사람이 완완노일 것이란 생각은 꿈에도 하지 못하고 말이다.

그런데 이상한 것은 웬 아름다운 삼십 대 여인이 완완노와 함께 욕을 해대고 있다는 사실이었다. 그녀는 이제 질심선녀로 별호를 바꾼 질심파파였지만, 이렇게 바뀐 모습을 처음 보는 부현으로서는 알아볼 도리가 없었다.

"오랜만에 만나서 조금은 반가운 마음을 가지려 했더니 고집쟁이 영감이 뭐 어쨌다고?"

"사흘간 기름에 튀겨서 똥물에 데쳐 내도 시원치 않을 녀석아! 나 욕하는 데 네놈이 보태준 거 있냐!"

연이어 계속되는 두 사람의 고함 소리에 부현은 물론이고 나머지 일행조차 정신이 없을 지경이었다.

낙양에서 헤어진 이후 근 석 달여 만에 만나는 일행의 첫 만남은 이렇게 시작되었다. 험한 욕설이 난무하는 그들만의 방식으로 말이다. 세 사람을 제외한 나머지 일행은 앞으로의 여정이 절대로 순탄치 않으리란 불길한 예감에 사로잡혀야 했다.

요란한 재회 의식(?)을 치른 일행은 가까운 음식점에 자리를 잡고 그간의 일을 서로에게 이야기해 주었다. 지난 이야기를 하는 동안 그들은 서로에게 일어난 일에 대해서 기쁨과 환희, 슬픔과 안타까움을 함께 느꼈다. 특히 진소희가 죽은 일에 몹시 슬퍼하였고, 부현이 성고의 도움으로 잠재력을 각성한 대목에선 큰 탄성이 흘러나왔다.

서로의 이야기를 모두 마쳤을 때는 어느덧 해질 무렵이 되어 있었기에 일행은 묵어갈 객점을 찾기 위해 음식점을 나섰다. 그런데 입구를 나서자 웬 원숭이 한 마리가 일행을 졸래졸래 따라왔다. 녀석은 아까부터 입구 근처를 배회하며 음식점 안을 기웃거리고 있었는데, 품 안에 쏙 들어올 만큼 작고 귀여운 모습에 목에는 짧은 줄이 묶여 있었다.

"네 주인을 찾아가라니까 왜 자꾸 우리를 쫓아오는 거니?"

나연이 녀석을 알아보고 말을 하였다. 나머지 부현 일행도 녀석을 알아보는 눈치였다. 녀석은 이틀 전 산길을 지나다가 만났는데, 며칠 동안 배를 주린 듯하여 나연이 점심으로 지니고 있던 음식을 나눠 주었다. 그랬더니 그때부터 계속 일행을 따라오고 있는 것이었다. 목에 줄이 묶여 있는 것으로 보아 주인이 있는 것이 확실했기에 쫓아버리려 했지만, 소리를 지르면 잠시 멀어졌다가 얼마 지나고 보면 저만치에서 쫓아오기를 반복하고 있었던 것이다.

"밥 한 끼 줬다고 계속 쫓아오는 걸 보면 주인이 없는 게 아닐까?"

부현의 말에 나연도 긍정하는 표정을 지었다.

"그러게? 주인이 있다면 이렇게 먼 곳까지 우리를 쫓아올 리는 없는데… 내가 그냥 데리고 다닐까?"

"귀찮을 것 같은데."

"불쌍하잖아. 사람에게 길들여져서 야생에서는 살아가지도 못할 것 같고, 저렇게 놔두면 이상한 사람들이 잡아다가 원숭이 요리를 해버릴지도 몰라."

"그 유명한 원숭이 골 요리? 그거 몸에 되게 좋다고 하던데."

"하여간 남자들이란… 몸에만 좋다고 하면 환장을 한다니까. 그게 어디 인간이 할 짓이니? 산 채로 묶어놓고 골을 파먹는 사람들도 있다고 하던데."

"그러는 누나는 육식 전혀 안 하우? 멸치 같은 건 통째로 잘도 먹잖아?"

"그건 경우가 다르잖아."

"다르긴 뭐가 달라? 멸치도 머리는 있다고. 머리가 있으니 그 안에 골도 당연히 들었을 테고. 불쌍하기로 따지면 멸치가 더 불쌍하지. 한 젓가락에 수십 마리씩……"

"전부현, 너 조용히 안 할래?"

"왜?"

"니 얘기 듣고 보니 멸치도 못 먹을 것 같단 말야."

"잘됐네. 그럼 오늘부터 채식만 하면 되겠구만."

"어쨌든 저 원숭이는 내가 키울 거야."

"마음대로 하슈. 대신 나를 귀찮게 하면 요릿집에다 넘겨 버릴 테니 알아서 해."

"그러기만 해봐! 내가 니 골을 파먹어 버릴 테니까."

나연은 쌀쌀맞게 한마디 쏘아붙이고는 원숭이를 향해 팔을 벌렸다.

"이리 와, 원숭아. 이제부터 누나가 보살펴 줄게."

그녀의 말을 알아들었는지 원숭이는 조심조심 근처로 다가오더니 나연의 품 안으로 폴짝 뛰어들었다.

"아유, 귀여워. 이럴 줄 알았으면 처음부터 데리고 다닐걸."

나연은 원숭이를 품에 꼭 안았다. 그러자 녀석도 그녀에게 찰싹 달라붙은 채 얼굴을 비벼댔다. 사람의 정이 몹시도 그리웠던 모양이었다.

일행은 이후 객점을 찾아 여장을 푼 뒤 곧바로 잠자리에 들었다. 아직 자기에는 이른 시간이었지만 다음날 동틀 무렵부터 서두르기 위해 일찍 쉬기로 한 것이다.

다음날 일찍 객점을 나선 일행은 섬검자와 완완노의 길 안내를 받으며 대흥안령을 향해 출발하였다. 길이 바쁘다 보니 서로 주고받는 대화조차 없었다. 그렇게 한나절을 이동한 일행은 준비해 온 음식으로 간단하게 점심 식사를 하며 휴식을 취하였다. 모두들 피로한 모습이었지만 나연만큼은 원숭이와 놀아주느라 신이 난 표정이었다.

"넌 어쩌면 그렇게 말도 잘 듣니? 오는 내내 말썽 한번 피우지 않고."

그녀가 원숭이 머리를 쓰다듬으며 이렇게 말하자 부현이 옆에서 한마디 던졌다.

"내가 오늘 아침에 알아듣게 얘기해 놔서 그럴 거야."

"무슨 말을 했는데?"

"까불면 머리 뚜껑을 확 따서 숟갈로 퍼먹는다고 했지."

"전부현!"

"아이구, 깜짝이야. 왜 소리는 지르고 난리야?"

"얘가 뭘 잘못했다고 괜히 미워하니?"

"몰라, 그냥 마음에 안 들어."

"하여튼 내가 안 볼 때 못살게 굴기만 해봐!"

"그럴 틈이나 있겠수? 항상 누나 품에 안겨 있는걸."

"어쨌든!"

"알았어. 나한테 엉겨붙지만 않으면 괴롭히지 않을 테니 교육이나 잘 시키슈. 웬만하면 이름도 좀 지어주고."

"이름? 아, 그러고 보니까 아직 이름을 안 지어줬구나?"

나연은 육포 한 조각을 우물거리면서 곰곰이 생각에 잠겼다. 그런데 한동안 머리를 굴려도 좋은 이름이 떠오르지 않는 듯 고개를 갸웃거리고 있더니 부현에게 조심스럽게 물어보았다.

"뽀미라고 하면 좀 유치하겠지?"

"왕유치하다."

"그럼, 귀욘은 어때?"

"그게 무슨 뜻이야?"

"귀엽다는 뜻으로……."

"귀여운 이름 지난겨울에 다 얼어 죽었나 보네."

"말을 해도 꼭……."

"고집쟁이 할아버지하고 욕쟁이 할머니와 같이 다니다 보니까 전염됐나 봐."

"그래, 아주 좋은 거 배운다."

두 사람의 대화를 듣고 있던 완완노와 질심선녀의 눈빛이 날카롭게 변했다.

"너희들 방금 뭐라고 했냐?"

"저 우라질 녀석이 말끝마다 우리를 걸고넘어지네?"

"너, 오늘 고집쟁이 늙은이 맛 좀 한번 볼 테냐?"

"잠깐만 기다리세요, 오라버니. 내가 요절을 내버릴 테니까."

분위기가 험악하게 돌아가는 것 같자 부현은 얼른 도망갈 채비를 하며 말했다.

"자, 잠깐만요. 뭔가 오해가 있으신 모양인데, 저는 두 분의 말투와 행동이 마음에 들어서 따라 배웠다고 한 것뿐이라고요. 그걸 이상하게 해석한 것은 나연 누나……."

부현의 변명이 미처 끝나기도 전이었다.

"이놈 자식! 잘도 놀려대는 그 아가리를 확 찢어놓고야 말 테다!"

질심선녀가 뾰족하게 모은 손끝으로 부현을 공격해 왔다.

"왜 나한테만 이래요?"

부현이 얼른 몸을 피하며 소리치자 이번에는 완완노가 조각도를 쏘아냈다.

"너 생긴 게 마음에 안 들어서 그런다, 요 녀석아!"

쐐애액!

이건 장난이 아니었다. 정말 죽이기로 작정이라도 한 듯 두 사람은 최상의 절기로 부현을 핍박해 들어왔다. 그렇다고 쉽게 당할 부현은 아니었지만, 주변에서 보는 사람들은 불안해서 견딜 수가 없었다.

"그만두십시오, 형님! 질심선녀 당신도 그만 해두시오!"

섬검자가 나서서 말려보려 했지만 두 사람은 들은 척도 하지 않았다.

"저 쥐꼬리 녀석이 얼마나 강해졌기에 이렇게 안하무인인지 한번 봐야 되겠네!"

"우리 남매를 우습게 보면 어떻게 되는지 확실히 보여주고 말 거예요!"

"으히힉! 날 정말 죽이려고 작정했어요?"

부현의 말에 두 사람이 동시에 외쳤다.

"그래, 이놈아!"

"자꾸 이러면 나도 못 참아요!"

부현은 더 이상 도망치지 않겠다는 듯 걸음을 멈추며 반격할 채비를 갖추었다. 그런데 무엇 때문인지 완완노와 질심선녀가 공격을 멈춘 채 하늘을 올려다보고 있었다.

"저, 저, 저, 저놈이 우리를……!"

"피해요, 오라버니!"

그들이 몹시 당황한 이유는 소붕이 무서운 속도로 쏘아 내려오고 있었기 때문이다. 소붕의 존재에 대해 얘기는 들었지만, 부현을 조금 괴롭힌다고 공격까지 가해올 줄은 예상치 못한 일이었다. 그렇다고 맞서 싸울 수도 없는 노릇이니 피할 밖에 다른 도리가 없었다.

"우아아앗!"

완완노와 질심선녀는 급히 양 옆으로 몸을 날려서 바닥에 납작 엎드렸다.

슈우우웅!

소붕은 어마어마한 바람을 일으키며 그들을 간발의 차이로 빗겨 지나갔다. 그러나 거대한 몸집에 어울리지 않게 날렵하게 공중제비를 돌아 다시 쏘아 내려왔다. 이번에는 먹이를 낚아채려는 매처럼 발톱을 잔뜩 웅크리고 있었는데, 그 발톱에 걸렸다가는 온몸이 갈가리 찢겨 버릴 것만 같았다.

"소붕을 멈추게 해!"

나연과 바람이 동시에 소리쳤지만 부현은 여유만만이었다.

휘이잉!

소붕은 곧 지상에 다다랐고, 완완노와 질심선녀는 바닥을 뒹굴며 녀석을 겨우 피해냈다. 이대로 더 놔두면 일행이 정말로 화를 낼 것 같았기에 부현은 허공을 향해 소리쳤다.

"그만둬, 소붕! 이분들은 내 친구야. 장난을 좀 쳤던 것뿐이라고."

그의 목소리를 들은 소붕은 다시 내려오려던 방향을 틀어 허공을 유유히 비행하기 시작했다. 그러나 완완노와 질심선녀에 대한 의심을 완전히 지우지는 않은 듯 낮은 하늘에서 일행의 머리 위를 맴돌며 두 사람의 행동을 지켜보고 있었다.

장난 좀 치려다가 험한 꼴을 당한 완완노와 질심선녀는 잔뜩 화난 표정으로 일어나 부현을 쏘아보았다.

"이 못된 녀석! 우리를 골탕 먹이려고 일부러 늑장 부렸지!"

"네 녀석이 얼마나 강해졌는지 한번 보려고 장난 좀 했더니 괴상한 날짐승으로 우리를 핍박해?"

"하하… 또 오해를 하신 모양인데, 이건 어디까지나 소붕이 알아서 한 행동이라고요. 난 시킨 적 없어요."

"시끄러워, 이 녀석아!"

"이번에는 제대로 요절을 내주마."

두 사람이 살벌한 눈길로 쏘아보며 다시 공격해 올 태세를 갖추자 부현이 얼른 하늘을 가리키며 말했다.

"그러면 소붕이 또 공격해 오지 않을까요? 저 커다란 부리에 쪼이면 머리에 구멍나게 생겼던데……."

한 번 놀란 경험이 있는 두 사람은 움찔하며 하늘을 올려다보았다. 수십 척이나 되는 날개를 쫙 편 채 머리 위를 맴돌고 있던 녀석의 눈길이 예사롭지 않아 보였다.

"우라질 날짐승 같으니… 생각 같아서는 확 잡아먹어 버렸으면 좋겠지만, 땅의 전사들을 불러내는 중요한 연락 수단이라니 그럴 수도 없고……."

결국 완완노와 질심선녀는 손을 거두었고, 한바탕 난리를 치른 일행은 다시 길을 가기 시작했다. 소붕 덕분에 위기(?)를 넘기기는 했지만 당분간 완완노와 질심선녀 근처에는 가지 않는 게 좋겠다고 판단한 부현은 바람, 나연과 함께 뒤에서 움직였다.

나연은 이동하는 동안에도 계속 뭔가를 고민하는 듯하더니 이윽고 결심한 표정으로 부현에게 말하였다.

"원숭이 이름을 지었어."

"뭐라고 할 건데?"

"치치."

"내가 알고 있는 모든 이름 중에서 제일 유치한 것 같네."

"그래, 네가 그렇게 말할 줄 알았어. 그래서 치치라고 한 거야. 유치하고 유치하다는 뜻으로. 이제 속이 시원하니?"

나연은 기다렸다는 듯이 쏘아붙이고는 앞으로 가버렸다. 그러자 바람도 무의식적으로 그녀를 따라 움직였고, 결국 부현만 홀로 뒤처지게 되었다.

'젠장. 졸지에 외톨이가 돼버렸네. 그런데 저 원숭이자식이 왜 이렇게 마음에 안 들지? 귀엽게 생기긴 했는데, 이상하게 정이 안 간단 말이야.'

부현은 고개를 갸웃거리며 일행의 뒤를 좇았다.

천령이 보관되어 있는 태산신궁 일대는 온통 붉은 안개로 뒤덮여 있었다. 그리고 그 안개의 중심에는 알키루스가 서 있었다.

"고집스러운 늙은이들… 나와 끝까지 해보겠다는 건가?"

알키루스는 분노가 일렁이는 눈길로 태산신궁을 쏘아보았다. 주변이 온통 붉은 안개로 뒤덮여 있음에도 불구하고 거대한 규모의 태산신궁만큼은 붉은 안개가 침범하지 못하고 있었다. 마치 무형의 막이 밀어내고 있는 듯 붉은 안개들은 건물과 일 장 정도 되는 거리에서 일렁이고 있을 뿐 더 이상 전진을 못하였다.

그것은 풍백을 비롯한 태산신궁의 도사들이 진을 형성하여 방어하고 있기 때문이었다. 알키루스의 뒤에는 부현 일행의 소식을 가져왔던 오르무스를 비롯하여 열두 명의 인물이 늘어서 있었다. 그들은 알키루스가 가장 신임하는 열세 명의 지옥전사 중 한 명을 제외한 전원이었다. 매로 변환이 가능한 오르무스처럼 그들 또한 동물의 형상으로 변환하는 능력을 지니고 있었다. 또한 각자에게 부여된 특징을 극대화시켜 전투에 임할 때는 어마어마한 파괴력을 발휘하는 자들이었다.

"너희들에게 맡기겠다, 지옥전사들이여. 가서 도사 놈들을 거꾸러뜨려라!"

"알키루스님의 명을 받습니다!"

동시에 복명한 뒤 천천히 앞으로 나서고 있는 지옥전사들의 몸에 변화가 일어나고 있었다. 오르무스의 등에는 커다란 매의 날개가 돋아났으며, 손발에는 강철 발톱이 솟아 나왔다. 그 옆에 있는 자는 온몸의 근육이 무섭게 발달하며 머리에 거대하고 날카로운 두 개의 뿔이 솟아오르고 있었다. 그것은 전투에 최적화된 황소의 모습이었다.

그 밖의 전사들도 호랑이와 곰 등 갖가지 동물의 장점이 극대화된 모습으로 바뀌어가고 있었다.

"크르릉!"

그들은 짐승의 포효를 터뜨리며 태산신궁을 향해 돌진해 들어갔다.

쉬지 않은 강행군 끝에 부현 일행은 드디어 세 번째 천부인이 보관되어 있는 동굴 미로 앞에 도착해 있었다. 그곳은 대흥안령 산맥 깊숙한 곳에 위치하며 험난한 계곡으로 둘러싸여 쉽게 찾을 수 있는 지형이 아니었지만, 섬검자 일행이 지리를 정확히 기억하고 있었기에 힘들이지 않고 찾아올 수 있었다. 하지만 동굴 미로만큼은 그들도 자신이 없었다.

"지난번에도 열흘이나 헤매다가 굶어 죽는 줄 알았는데, 또 들어갈 생각을 하니 앞이 캄캄하구먼."

완완노가 근심스러운 표정으로 중얼거리자 섬검자가 말을 받았다.

"이번에는 식량과 물을 넉넉히 준비했으니 큰 문제는 없을 겁니다."

"그건 모르는 걸세. 이번에도 그 여자들이 열흘 만에 우릴 찾아올 것이란 보장은 없으니까."

"만약 그렇게 된다면 어쩔 수 없는 일이지요. 천부인을 찾는 일인데 이 정도 역경도 없다면 오히려 이상한 일 아니겠습니까?"

"하긴 그렇구면."

완완노가 섬검자와 함께 껄껄 웃으며 동굴로 들어가려 하자 부현이 다급하게 불렀다.

"잠깐만요. 미로 안에 있는 마을엔 여자들밖에 들어가지 못한다고 하지 않았나요?"

"그게 어쨌다는 게냐?"

완완노가 물었다.

"그렇다면 우리 중 가능성있는 사람이라곤 나연 누나와 음월뿐인데 굳이 다 같이 들어갈 필요가 있겠어요?"

"그러니까 나머지는 고생할 필요 없이 여기서 기다리자, 이 말이냐?"

"바로 그거예요. 두 사람만 하면 될 고생을 굳이 함께할 필요는 없다는……."

신이 나서 떠들어대던 부현이 슬며시 말꼬리를 감춘 것은 '네가 그러고도 사내자식이냐?' 라고 소리치는 듯한 눈빛으로 모두가 쳐다보고 있었기 때문이다.

"하하… 뭐 그렇기는 하지만, 그래도 여자 둘만 보내는 것은 아무래도 문제가 있을 것 같으니 대표로 바람 형님이 따라가시는 게……."

끄느름.

"하하… 역시 모두 함께 가는 게 낫겠네요."

"그걸 말이라고 하냐!"

모두가 동시에 외치자 부현은 머쓱한 표정이 되어 하늘을 올려다보았다. 그런데 아무 생각 없이 하늘을 올려다보던 부현의 눈에 의아한 빛이 떠오르기 시작했다. 높은 하늘 위에 두 마리의 새가 나란히 날고 있었기 때문이다.

"얼래? 소붕이 왜 두 마리로 늘었지? 그새 애인이라도 생긴 건가?"

부현의 말에 모두가 하늘을 올려다보았다. 그의 말대로 두 마리의 소붕은 서로 인사라도 나누듯 한동안 나란히 선회 비행을 하더니 그중 한 마리가 지상을 향해 쏜살같이 내려왔다. 그러자 소붕에게 한 번 당한 기억이 있는 완완노가 바짝 긴장하며 소리쳤다.

"저 녀석이 왜 또 내려오는 거냐?"

"저도 모르겠는데요?"

부현이 대답하는 사이 지상에 거의 도착한 소붕은 날갯짓을 크게 하며 일행과 약간 떨어진 곳에 내려앉았다. 그리고는 매우 경계하는 눈빛으로 일행을 바라보았다. 그리고 보니 녀석은 파란나비호수에서 데려온 소붕과는 약간 다른 모습이었다. 또한 녀석의 목에는 작은 대나무 통 하나가 걸려 있었다.

"어? 우리 소붕이 아니네?"

부현이 고개를 갸웃거리며 중얼거리자 녀석도 부현을 뚫어지게 바라보며 고개를 갸웃거렸다. 그때 하늘 위에서 부현의 소붕이 긴 울음을 토해냈다.

구우우억!

그러자 녀석도 하늘을 향해 긴 울음을 토해냈다. 아마도 둘 사이에 뭔가 의사 소통이 이루어지고 있는 게 분명했다. 울음을 교환하고 나자 녀석은 일행에 대한 경계의 눈빛을 다소 누그러뜨리며 동굴 입구로 향하였다. 그리고는 동굴 안을 향해 긴 울음을 토해냈다.

구어어억!

녀석의 울음소리는 긴 메아리가 되어 저 안쪽으로 퍼져 들어갔다. 그 모습을 보고 있던 일행은 문득 한 가지 생각이 떠올랐다. 소붕은 천부인의 보관 장소에서 각기 한 마리씩 보유하고 있는 비상 연락 수단이라는 사실이 말이다.

"혹시 태산신궁에 무슨 일이 벌어진 것일지도 모르겠습니다."

섬검자가 먼저 말하자 완완노도 심각한 표정으로 고개를 끄덕였다.

"나도 방금 그런 생각이 들었네."

두 사람뿐 아니라 나머지 일행도 같은 생각을 하고 있었다. 그리고 만약 누군가에게 공격을 당하고 있는 것이 확실하다면 공격자는 아마도 알키루스일 것이라 생각하였다.

소붕의 울음이 울려 퍼지고 얼마나 지났을까? 동굴 입구에 일단의 인물이 모습을 드러냈다. 대모파파와 십여 명의 중년 여인들이었다. 그녀들은 부현 일행을 무시한 채 소붕에게로 다가가 목에 걸려 있는 대나무 통을 열었다. 일행의 예상대로 그 안에는 전서 한 통이 들어 있었다.

대모파파는 전서를 한차례 훑어본 뒤에야 일행에게로 시선을 돌렸다.

"지난번에 자격이 없음을 확인했을 텐데, 무슨 일로 다시 왔나요?"

그녀의 음성에선 차가움이 느껴졌다.

"우리가 아닌 저 아이들에게 자격이 있는지 알아보고자 함이니 부디 입동을 허락해 주십시오."

섬검자가 나서서 정중하게 말하자 대모파파는 나연과 음월을 한 번 훑어보았다.

"좋아요. 저 두 사람에게 자격이 있는지 한번 보도록 하지요."

결정을 내린 대모파파는 나연과 음월을 데리고 곧바로 동굴로 들어가려 하였다. 그러자 완완노가 얼른 물었다.

"혹시 소붕이 가지고 온 전서에 태산신궁의 위급을 알리는 내용이 들어 있지 않소?"

동굴로 들어가려던 대모파파가 획 돌아서며 매서운 눈빛을 쏘아냈다.

"그건 당신들이 신경 쓸 일이 아니에요."

그녀는 차갑게 한마디를 쏘아붙이고는 동굴 안으로 들어가 버렸다. 그러자 중년 여인들도 나연과 음월을 데리고 동굴 안으로 모습을 감추었다.

완완노는 쌀쌀맞은 대모파파의 응대에 몹시 화가 난 듯하면서도 한동안 아무 말도 못하고 있다가 그녀들이 완전히 사라지고 난 연후에야 조그맣게 투덜거렸다.

"그 할망구 더럽게 쌀쌀맞네."

그 모습을 보고 있던 질심선녀가 장난기 어린 미소를 지으며 말했다.

"사랑이란 원래 톡톡 쏘는 맛이 있어야 하는 법이에요."

"뭐야!"

완완노가 눈을 부라렸지만 질심선녀는 전혀 개의치 않고 말을 이어 나갔다.

"사내가 달려들려 하면 가시로 한 번 콕 찌르고, 심드렁해진 것 같으면 달콤한 향기로 유혹하는 게 바로 여자의 본능이니 너무 의기소침해 하지 마세요. 대모파파가 겉으론 저래도 속으로는 오라버니를 흠모하고 있을지도 모르니까요."

"조용히 못하겠느냐!"

"어머? 우리 오라버니가 부끄러우신 모양이네? 하긴… 그쪽 방면으론 누구 못지않은 숙맥이니 부끄러움을 탈 만도 하지요."

"너, 정말……."

완완노가 정말로 화를 내려고 하는 순간 부현이 두 사람의 대화에 끼어들었다.

"완완노 할아버지가 아까 그 무섭게 생긴 할머니를 좋아하는 거예요?"

부현은 정말 아무런 사심 없이 궁금해서 물은 것이었다. 하지만 때가 좋지 않았다.

쐐애액!

등골이 섬뜩해지는 파공성이 이는가 싶더니 완완노의 소매에서 날카로운 조각도가 쏟아져 나왔다.

"히익!"

완완노 어깨 너머로 고개를 쭉 빼고 있던 부현은 화들짝 놀라 얼른 목을 움츠렸다. 그 순간 서늘한 기운이 코를 스치며 하늘로 솟아올랐다.

"휴우우… 턱 밑에 바람구멍 생길 뻔했네. 갑자기 그런 흉기를 던지면 어떻게 해요!"

안도의 한숨을 몰아쉰 부현이 버럭 소리를 질렀다.

"그러게 어린 녀석이 왜 어른들 일에 끼어들어?"

완완노가 무섭게 소리치며 다시 조각도를 날렸다. 하지만 이미 준비를 하고 있던 부현에게는 아무런 위협도 되지 않았다.

"흥! 굼벵이처럼 느려터진 조각도에 내가 당할 줄 알아요?"

부현은 바람에게 사사받은 보법을 펼치며 아주 여유롭게 조각도를 피해냈다.

"이놈이!"

완완노가 다시 조각도를 던져 냈지만, 이번에도 부현은 힘들이지 않고 피해냈다. 너무 느려서 졸려 죽겠다는 듯 하품까지 하면서 말이다. 이쯤 되면 완완노도 오기가 발동할 수밖에 없다.

"좋다, 이놈! 누가 이기는지 끝까지 한번 해보자!"

완완노는 양 소매 속에 숨겨두었던 조각도를 번갈아 쏘아내었고, 부현은 그 사이로 춤을 추듯 피해 다녔다. 틈틈이 완완노를 놀려주는 것도 잊지 않고 말이다.

"어이구, 이래 가지고 달팽이나 잡겠어요?"

"이 우라질 녀석!"

주변을 쉴 새 없이 뛰어다니며 티격태격하고 있는 두 사람을 보며 일행은 한심스러운 표정을 짓고 있어야 했다. 영웅이란 소리를 들어도 이상할 게 없는 능력을 지니고도 틈만 나면 장난이나 하려 드는 부현이나, 일찍 혼인을 했다면 그만한 손자를 두고도 남았을 완완노나 철이 없기는 마찬가지였으니 말이다.

그런데 섬검자의 눈빛이 이상했다. 부현의 발놀림에 고정되어 있는 그의 눈에는 경악의 빛이 드리워져 있었다.

"배운 지 얼마나 됐다고……."

섬검자도 부현이 바람에게 보법을 배웠다는 얘기는 전해 들은 바 있었다. 하지만 이렇게 빠른 시간에 완벽에 가깝도록 시전할 줄은 꿈에도 생각지 못하였다. 그도 그럴 것이 부현이 보법을 전수받은 것은 두 달이 채 안 되었기 때문이다.

'저 녀석 혹시 바람에게 전수받은 검법도 나보다 능숙한 것은 아니겠지?

이런 생각이 들 정도로 부현은 완벽한 보법을 구사하고 있었던 것이다.

대모파파 일행을 따라 들어간 나연과 음월은 거미줄처럼 얽힌 동굴 미로를 드디어 빠져나와 땅속 마을 입구에 도달하였다. 입구는 어마어마하게 큰 철문으로 막혀 있었는데, 그곳에는 대모궁(大母宮)이란 글씨가 크게 양각되어 있었다.

끼드드득!

두께만 해도 두 자 가까이 되는 철문이 힘겹게 열리자 그 안에서 환한 빛이 흘러나왔다. 그런데 어두운 동굴을 한동안 걸어왔음에도 불구하고 그 빛은 눈을 시리게 만들지 않았다. 상당한 밝기를 가졌으면서도 은은하게 느껴질 뿐이었다. 그 빛이 몸에 닿는 순간 나연은 왠지 포근한 생각이 들었다.

철문 안쪽에는 여기가 과연 지하인가 싶을 정도로 광대한 공간이 펼쳐져 있었다. 반대 편이 까마득해 보일 정도로 넓은 공간에 수십 채의 전각이 방사형으로 늘어서 있었으며, 그 한가운데에는 원형의 단을 중심으로 수백 개의 거울이 배열되어 있는 장소가 존재했다. 그리고 수십 장은 족히 될 듯한 천장 한가운데에는 태양처럼 찬란한 빛무리가 매달려 있었다. 이 지하 마을을 지탱하는 빛의 원천은 바로 그것임이 분명했다.

대모파파는 마을로 들어서자마자 중년 여인들에게 명하여 마을의 모든 여인들을 중앙에 있는 장소로 모이도록 지시했다.

나연과 음월은 거울이 배치되어 있는 중앙의 원형 단 위에 섰고, 그 바깥으로는 백여 명에 가까운 여인들이 모여들었다. 그런데 그들의 모습에선 왠지 모를 비장감이 느껴졌다. 그리고 보니 그들은 모두 각자의 병장기를 휴대한 상태였다. 큰 전투를 앞두고 있는 듯한 그들의 행동이 태산신궁에서 보내온 소봉과 무관치 않음을 나연은 직감적으로 알 수 있었다.

잠시 후 대모파파는 중년 여인들의 호위를 받으며 옻칠이 된 나무 상자 하나를 들고 단 위로 올라왔다.

"두 사람 중 한 분이 신경의 주인이기를 이 늙은이는 진심으로 바라오."

나직한 어조로 이렇게 말한 대모파파는 경건하고도 조심스럽게 나무 상자를 열었다. 나연은 마른침을 꿀꺽 삼키며 드디어 모습을 드러내고 있는 신경을 바라보았다. 성고를 보았을 때와 마찬가지로 그다지 신비스러운 모습은 아니었다.

그것은 길이 이 척에 폭이 일 척쯤 되는 장방형이었는데, 방패처럼 약간 휘어 있는 데다가 탁한 검은색을 띠고 있어서 도저히 거울의 기능은 할 수 없을 것 같았다. 그럼에도 불구하고 나연은 그것이 거울임에 분명하다는 확신이 들었다.

나연은 뭔가에 이끌리듯 신경에 다가갔다. 그러자 대모파파가 물었다.

"무엇이 보이나요?"

"몇 사람이 쓰러져 있어요. 하지만 안개가 낀 듯 흐릿해서 어떤 사람들인지는 확실히 알 수 없어요. 몇 명이지? 여덟… 아니, 아홉 명이군요. 그 앞에 한 사람이 서 있고 주변에는 사람도 짐승도 아닌 이상한 자들이 여럿 둘러서 있군요. 앗! 저 사람은 알키루스예요! 우리가 천부인을 얻지 못하도록 방해했던 그자 말이에요!"

나연은 신경을 뚫어지게 쳐다보며 이렇게 말하였다. 하지만 주변에 있는 다른 사람들의 눈에는 아무것도 보이지 않았다. 지금 나연이 보고 있는 것은 신경에 비친 모습이 아니라 그녀의 뇌리에 그림처럼 떠오르는 영상이었던 것이다.

"쓰러져 있는 사람들은 모두 죽었나요?"

대모파파가 물었다.

"모르겠어요. 하지만 움직이지는 않아요. 어쩌면 죽었을지도……."

"알키루스란 자의 손을 살펴보세요. 뭔가를 들고 있지 않나요?"

"네, 있어요! 아주 이상하게 생긴 물건이에요. 짧은 막대에 몇 개의 가지가 뻗어 있고, 그 끝에 방울 같은 게 달려 있어요."

"음… 태산신궁의 도사들이 당한 것이 확실하군요."

두 사람의 대화를 듣고 있던 음월은 도무지 무슨 말을 하는 것인지 알 수가 없었다. 아무것도 보이지 않는 거울을 들여다보며 중얼거리는 나연도 그렇고, 그 얘기에 맞장구치고 있는 대모파파도 이해할 수가 없었다.

그때 나연이 갑자기 신음을 흘리며 맥없이 쓰러져 버리고 말았다.

"나연 소저!"

음월이 그녀를 부축해 안으며 다급히 소리치자 대모파파가 나무 상자를 다시 닫으며 말하였다.

"그분은 신경과 교감을 하느라 심기를 소모해서 잠시 정신을 잃은 것뿐이니 크게 걱정하지 않아도 괜찮아요. 잠시 쉬고 나면 깨어나실 겁니다."

"그 말씀은 나연 소저께서 신경의 주인임이 확인되었다는 얘긴가요?"

"그래요. 방금 그분은 태산신궁에서 일어난 일을 보고 말씀하신 겁니다. 주인이 아니었다면 신경이 비추는 모습을 절대로 볼 수가 없지요."

"어떻게 그런 일이… 여기서 이천 리나 떨어진 곳을 볼 수 있다는 것은 믿을 수가 없어요."

"믿고 안 믿고는 낭자의 생각에 달린 것이고, 중요한 건 태산신궁에 변고가 생겼다는 겁니다. 신경의 주인께서 깨어나시는 즉시 우리는 태산으로 가봐야 합니다. 주인 될 자격이 없는 자에게 천부인이 넘어가는 것은 어떤 일이 있어도 막아야만 하니까요."

완완노와 부현은 아직도 일행 주위를 맴돌며 지루한 추격전을 벌이고 있었고, 일행은 부근의 바위에 앉아 한심한 표정으로 두 사람을 바라보고 있었다.

"너 이놈, 거기 안 서?"

"서면 조각도로 찌르려고요?"

부현은 아직도 생생한 반면 완완노는 지친 기색이 역력한 모습으로 어렵게 부현의 뒤를 쫓고 있었다. 이건 누가 보아도 상대가 되지 않는 경쟁이건만 완완노는 포기할 생각이 조금도 없어 보였다. 그렇다고 부현이 져줄 것 같지도 않으니 뭔가 조치를 취하지 않으면 두 사람의 철없는 짓은 내일까지라도 이어질 것 같았다.

"혹시 신승이 어디 계신지 알아요?"

끄느름한 눈으로 두 사람이 노는 꼴을 바라보며 질심선녀가 묻자 섬검자가 같은 표정으로 대답했다.

"그건 갑자기 왜 묻소?"

"혹시 그분을 만나거든 오라버니를 또 못 본 척해달라고 부탁하려고요."

"그러면 이번엔 불상을 십만 개쯤 깎겠다고 덤벼드실 텐데."

"차라리 그게 낫지 않겠어요? 손자뻘 되는 녀석과 저러고 있는 것보다는."

"하긴……."

두 사람이 맥빠진 음성으로 대화를 이어 나가고 있을 때였다.

"어? 나연 누나! 성공했어요?"

동굴 앞을 지나고 있던 부현이 안쪽을 바라보며 소리치고는 완완노를 피해 다시 달아났다. 그러고 나자 동굴 안에서 나연과 대모파파를 비롯한 대모궁의 여인들이 줄줄이 나오기 시작했다. 그런데 나연은 아직도 몹시 힘든 기색이었다.

그녀가 동굴로 들어가 있는 내내 몹시 불안한 기색으로 입구 주변을 어슬렁거리던 치치가 제일 먼저 그녀의 품으로 뛰어들었고, 곧 이어 일행도 달려갔다.

"무슨 일이라도 있었습니까? 안색이 좋지 않습니다."

바람이 걱정스러운 말을 건네자 나연이 엷은 미소를 지으며 대답했다.

"조금 피로한 것뿐이니 걱정 마세요. 그리고 신경은 얻었어요."

그녀의 대답에 일행 모두는 환한 미소를 지었다.

"결국은 네가 해냈구나. 그래, 그럴 줄 알았어. 너라면 충분히 그럴 자격이 있으니까."

질심선녀가 그녀의 어깨를 토닥이며 격려하고 있을 때였다.

"성공했다고요? 그런데 신경은 어디 있어요?"

부현이 휙 지나가며 물었고, 곧 이어 완완노가 숨을 헐떡이며 뒤를 쫓아갔다. 나연과 음월은 그 모습을 보며 피식 실소를 지었지만, 영문을 모르는 대모파파와 대모궁의 여인들은 어리둥절할 뿐이었다.

"무슨 일인가요?"

대모파파가 묻자 일행은 자신들의 허물인 것처럼 민망한 표정을 지었고, 질심선녀가 한숨을 내쉬며 대답했다.

"별일 아니니 신경 쓰지 마세요."

그때 쐐애액, 하는 파공음이 날카롭게 울려오자 대모파파가 흠칫 놀라 경계의 눈빛을 쏘아냈다. 완완노가 조각도를 날리는 소리였다. 물론 부현은 여유있게 피했지만 대모파파의 눈은 휘둥그레질 수밖에 없었다. 그러자 질심선녀가 다시 안심시키며 말하였다.

"원래 저런 사람들이니 걱정 마세요. 그보다 태산신궁에서 보내온……."

그때 부현이 일행 가운데를 휙 스쳐 지나가며 떠들어댔다.

"그만 포기하세요, 영감님!"

곧 이어 완완노가 스쳐 지나갔다.

"너 이놈, 정말 안 설 테냐!"

질심선녀는 이 어수선한 상황을 도저히 더 이상 참을 수가 없었다.

"두 사람 다 그만두지 못해요!"

그녀의 입에서 귀가 멍멍할 정도의 고함이 터져 나왔지만 완완노는 추격을 포기하지 않았다. 그가 멈추지 않으니 부현도 멈출 수 없는 것은 당연한 일이었다.

"이 영감님부터 그만두라고 하세요. 그래야 나도 멈추죠."

"어림없다, 이놈!"

"이 우라질 인간들이……!"

질심선녀도 드디어 성질이 폭발한 듯 소매를 걷어붙이기 시작했다.

그러자 섬검자가 얼른 만류했다.

"당신이 끼어들면 일만 더 커지게 되니 참으시오. 그보다 태산신궁의 소식부터 들어봅시다."

섬검자의 말을 거역하고 싶지는 않은 듯 질심선녀는 어렵게 화를 눌러 내렸고, 그 틈을 타서 섬검자가 대모파파에게 물었다.

"나연이 신경의 주인이 된 이상 우리는 이제 한식구라고 봐도 무방할 것입니다. 아까 소붕이 가져온 전서의 내용을 알고 싶은데 말씀해 주실 수 있겠습니까?"

사실 그가 묻지 않았더라도 대모파파는 그 사실을 알려줄 생각이었다. 그런데 부현과 완완노가 정신을 빼놓는 바람에 시기를 놓쳐 버렸던 것이다.

"당연히 말씀드려야지요. 소붕이 가져온 전서에는 알 수 없는 자들의 공격을 받아 태산신궁이 위기에 처했다는 내용이 적혀 있었습니다. 그런데 신경의 주인께서 하시는 말씀을 들어보니 태산신궁은 이미 당한 듯합니다."

대모파파는 나연이 신경과 교감을 가지면서 보았던 것에 대해서 말해 주었다. 그러자 일행은 신경의 신비스러움에 경탄을 하는 동시에 태산신궁의 소식에 안타까움을 토해냈다.

"알키루스라는 자가 결국 일을 저질렀군요. 그렇다면 더욱 서둘러야겠습니다."

섬검자는 아직도 뛰어다니고 있는 부현과 완완노를 그대로 둔 채 나머지 일행을 추슬러 떠날 준비를 하였다. 그사이 대모파파는 대모궁에서 보유하고 있던 소붕에게 전서를 넣어 파란나비호수로 날려 보냈다.

이윽고 모든 준비가 완료되자 섬검자가 진지한 표정으로 완완노에게 소리쳤다.

"이제 그만 하십시오, 형님! 태산신궁이 알키루스에게 당한 모양이니 당장 가보아야 합니다!"

그러자 완완노가 헐떡거리는 목소리로 대답하였다.

"내 걱정 말고 출발들해. 난 저 녀석을 혼내주고 바로 뒤쫓아갈 테니까."

정말 질리는 고집이었다. 섭검자가 이번에는 부현에게 소리쳤다.

"네가 먼저 멈추거라!"

"멈췄다가는 저 영감님 조각도가 목에 박히게 생겼는데 어떻게 멈춰요? 그러지 말고 일단 출발하세요. 저도 태산 쪽으로 달려갈게요."

섭검자는 한숨을 몰아쉬었다.

"두 사람 말대로 일단 출발해야겠습니다. 부현은 물론이고 완완노 형님도 간단한 능력의 소유자는 아니니 충분히 따라올 겁니다."

대모파파는 이 상황을 도무지 이해할 수 없었지만 딱히 뭐라고 할 수 있는 처지도 아니었기에 대모궁의 여인들을 인솔해서 움직이기 시작했다. 이어서 일행도 움직이기 시작하자, 저만치 멀어졌던 부현이 쌩 달려와 그들 곁을 스쳐 지나가며 소리쳤다.

"먼저 갈게요!"

"저놈 잡아서 혼내주고 있을 테니 천천히들 와!"

곧 이어 완완노가 지나갔고, 일행은 멀어지는 그들을 바라보며 심각하게 고민을 해야 했다.

'저런 사람들과 함께 이번 일을 무사히 해낼 수 있을까?'

9장
격돌, 알키루스!

대모궁의 여인들과 부현 일행은 긴 여정 끝에 태산에 당도하게 되었다. 거리로만 따진다면 파란나비호수에 비해 절반에도 못 미쳤지만, 이번 여정은 유별나게 길게 느껴졌다. 그것은 나연 때문이었다. 무슨 이유 때문인지는 몰라도 그녀는 여정 내내 악몽에 시달렸고 가끔은 넋 나간 사람처럼 멍하게 있는 일이 많았던 것이다.

그녀의 악몽에는 항상 인간도 짐승도 아닌 괴물들이 나타났다. 정말이지 상상도 할 수 없을 만큼 무시무시한 힘을 지닌 놈들이었다. 하지만 그녀를 가장 두렵게 만드는 것은 마지막에 나타나는 알키루스였다.

그는 항상 붉은 안개와 함께 나타나서는 알 수 없는 주문을 외우곤 하였는데, 그때마다 나연은 머리 속이 텅 비는 느낌을 받곤 하였다. 어쩌면 하루에도 몇 번씩이나 멍하게 변하는 것도 그 꿈의 영향일지 모른다고 나연은 생각하였다.

일행은 태산으로 접어들기에 앞서 잠시 이동을 멈추고 상의에 들어 갔다. 파란나비호수에서 오는 땅의 전사들이 도착하려면 앞으로도 여러 날이 더 필요했기에 그들을 기다릴 것인지 아니면 지금 있는 인원만으로 태산신궁에 진입해야 하는지를 결정하기 위함이었다.

땅의 전사들이 합류하면 알키루스와 싸움이 붙었을 때 큰 힘이 될 것은 분명하였다. 그러나 문제는 시간이었다. 그들이 올 때까지 기다리기에는 태산신궁의 상황이 너무 급박했기 때문이다.

천령에 어떤 힘이 숨겨져 있는지 알고 있는 사람들은 현재 태산신궁의 도사들밖에 없었다. 때문에 알키루스는 그들을 쉽게 죽이지는 않았을 것이다. 또한 도사들은 어떤 고초를 받더라도 천령을 강탈한 알키루스에게 천령의 비밀을 알려주지는 않을 터였다. 그러나 불안한 것은 그들도 인간이라는 점이었다. 알키루스의 강압이 계속되고 고통이 심하다 보면 누군가 한 명은 흔들릴 수도 있는 것이다. 만약 천령의 비밀이 알키루스에게 알려진다면 사태는 더욱 심각해질 수밖에 없었다.

부현 일행이 보았을 때만 해도 그는 측량키 어려운 힘을 지니고 있었다. 그에 더해 천령의 신묘한 힘까지 얻게 된다면 그가 얼마나 더 막강해질지는 아무도 모를 일이었다. 만약 천령이 그를 거부하여 힘을 발휘하지 않는다 하여도 문제는 있었다. 그렇게 되면 알키루스는 천령을 부숴 버리고 말 것이기 때문이다. 그리고 그 위험성은 시간이 흐름에 따라 더욱 커질 수밖에 없었다.

이런 모든 가능성을 놓고 일행은 열띤 논쟁을 벌였다. 섬검자, 완완노, 질심선녀, 대모파파 등 나이가 있는 사람들은 땅의 전사들이 도착할 때까지 기다리자는 의견이었다. 그들은 알키루스의 능력을 눈으로 본 적이 없지만, 태산신궁의 도사들이 그에게 당했다면 자신들도 당할 수 있다는 것을 염려하는 것이다.

반면에 태산신궁으로 당장 가야 한다고 강력하게 주장하는 사람은 부현이었다. 그가 걱정하는 것은 만에 하나라도 알키루스가 천령을 부숴 버리는 경우였다. 그렇게 된다면 노몽과 깨몽의 힘을 되찾아줄 수 없고, 그것은 진소희를 다시 살려낼 수 없음을 의미했다. 그렇기에 그는 필사적이었다. 그와 함께했던 바람과 나연 등은 이런 심정을 잘 알기에 그의 의견에 동조했다.

"우리도 이야기를 들어 네 사정은 대강 알고 있다만, 지금은 좀 더 차분히 생각해야 할 때이다. 만약 우리가 지금 알키루스와 싸워 패하게 된다면 그것으로 끝이다. 두 번째 기회는 없단 말이다. 그러니 마음이 급하더라도 조금 참거라."

나직하게 타이르는 섬검자의 말은 분명히 옳았다. 서두르다 일을 그르치면 두 번째 기회는 오지 않을 것이다. 뿐만 아니라 지금 부현과 나연이 간직하고 있는 두 개의 천부인마저 알키루스에게 빼앗기는 결과를 초래하게 된다. 그러나 이런 것은 부현에게 조금도 중요하지 않았다.

"만약 알키루스가 천령의 힘을 얻을 수 없다고 판단하여 그것을 부숴 버리면 어떻게 하죠? 그때는 놈을 잡아 죽여도 아무런 소용이 없게 돼요."

격한 반응을 보이고 있는 부현의 말도 옳았다. 천부인은 세 개가 모여야 진정한 힘을 발휘하게 된다. 그런데 하나가 사라져 버린다면 천부인은 영원히 그 힘을 발휘하지 못하지 않겠는가?

두 사람의 대화를 듣고 있던 바람이 조심스럽게 의견을 내비쳤다.

"여기서 이럴 것이 아니라 일단 태산신궁부터 살펴보는 것이 옳지 않겠습니까? 나연 낭자가 신경에서 본 것이 사실이라면 태산신궁이 알키루스의 손에 넘어간 것은 벌써 보름 전의 일입니다. 그러니 그가 아직 태산신궁에 있는지, 있다면 어느 정도나 되는 수하들을 거느리고 있는지부터 살피는 것이 순서라고 생각됩니다."

그의 의견은 아주 훌륭한 중재안이었다. 알키루스와 싸울지 말지는 그의 세력을 먼저 확인해 본 뒤에 결정해도 늦지 않기 때문이다. 일행은 그 의견에 모두 동조하였다.

적진을 살피는 데 모두 움직일 수는 없었으므로 대모파파와 대모궁의 여인들은 일단 그곳에서 기다리기로 하고 나머지 일행만 태산신궁으로 향하였다. 그리고 혹시라도 접전이 벌어지면 소붕을 보내 연락하기로 하였다.

일행이 있던 곳에서 태산신궁까지는 대략 삼십여 리 정도였다. 태산신궁이 가까워지자 일행은 매우 조심스럽게 입구로 접근해 갔다. 그런데 입구가 먼저 봤을 때와는 많이 다르게 변한 모습이었다. 진이 모두 해체되어 입구가 훤히 드러나 있었던 것이다. 산기슭에서 길게 뻗어나온 나무다리가 허공에 덩그러니 걸려 있는 모습이었다. 그것을 진으로 위장해 놓아 입구가 허공에 존재할 수 있었던 모양이다.

드러나 있는 것은 입구뿐이 아니었다. 근처에 설치된 진이 모두 해체되어 태산신궁 또한 적나라하게 드러나 보였다. 산기슭에 위치한 태산신궁은 이제 입구를 통하지 않아도 들어갈 수 있는 상태였다.

그런데 부근을 아무리 살펴보아도 사람의 그림자를 찾을 수 없었다. 그렇다면 가능성은 두 가지였다. 이미 모두 떠났거나 아니면 태산신궁 안에 모여 있을 터였다.

"제가 잠시 살펴보고 올게요."

부현이 자진해서 나서자 역리상이 말하였다.

"왠지 좋지 않은 기운이 느껴지니까 조심해라."

"걱정 말아요, 알키루스든 뭐든 나를 어떻게 할 수는 없을 테니까."

부현은 자신감에 가득 찬 말로 대꾸하고는 민첩한 몸놀림으로 태산신궁으로 접근해 갔다.

산 중턱을 반듯하게 깎아 만든 태산신궁의 터는 제법 넓은 규모였다. 사방 오십여 장에 이르는 대전 주변에는 인공의 흔적이 가미되지 않은 듯하면서도 잘 절제되어 있는 정원이 가꾸어져 있었다. 지금처럼 긴장된 순간이 아니라면 매우 평온한 느낌을 받을 수 있을 것 같았다. 하지만 지금은 스산한 기운만 느껴질 뿐이었다.

'이상하게 기분이 더럽네? 양지바른 정원이 왜 이렇게 스산하게 느껴지지?'

혹시 매복이라도 있지 않나 하는 생각에 부현은 잠시 걸음을 멈추고 주변을 면밀히 살펴보았다. 그러나 이상한 낌새는 발견할 수 없었다.

부현은 다시 대전으로 움직여 나갔다. 입구의 문은 활짝 열려진 상태였다. 벽에 몸을 기대고 조심스럽게 안을 들여다보았지만, 여전히 사람의 모습은 보이지 않았다.

'이미 모두 떠난 건가?'

이런 생각이 들자 부현의 행동이 조금 대담스러워졌다. 그는 굳이 몸을 숨기지 않은 채 구석구석을 돌아보았지만 끝내 아무도 발견하지 못하였다.

이곳에는 알키루스와 그의 부하들이 없다고 판단되자 긴장이 풀어짐과 동시에 허탈한 감정이 솟아났다. 이제 그를 어디에서 찾아낸단 말인가?

부현은 대전 입구에 걸터앉으며 멀리서 보고 있는 일행을 향해 소리쳤다.

"이미 모두 떠났어요!"

그의 말을 들은 일행도 맥이 빠지는지 힘없는 걸음걸이로 그에게 다가오기 시작했다. 그러던 어느 순간이었다. 무엇을 본 것인지 일행의 움직임이 일시에 멈추어졌다. 그들의 눈길은 부현이 앉아 있는 대전 입구로 집중되어 있었는데, 부현은 아무것도 모른 채 고개를 숙이고 앉아 있을 뿐이었다. 그의 등 뒤에 서서히 드러나고 있는 한 인물의 존재를 알아채지 못한 채 말이다.

"네 뒤에 알키루스가 있어!"

누군가 소리쳤고, 부현은 흠칫 놀라 뒤를 돌아보았다. 붉은 운무에 뒤덮여 있는 인물. 그는 분명 알키루스였다.

"헉!"

경악한 부현은 퉁겨 일어남과 동시에 신형을 뒤틀며 알키루스를 향해 장력을 발출했다. 하지만 등 뒤의 위치를 점한 알키루스의 움직임이 먼저였다.

"가거라, 애송이 녀석!"

그의 손끝에서 검은 뇌전 같은 것이 쏘아져 나왔다.

"백호장!"

대응이 다소 늦기는 하였지만 부현도 장력을 쏘아냈고, 그것은 부현의 코앞에서 작렬하였다.

파파파팟!

기이한 음향이 울려 나옴과 동시에 허공에서 하얗고 검은 기운이 사방으로 튀어 나갔다. 두 기운이 충돌하며 부서져 나가고 있는 것이다.

그러던 한순간,

"크윽!"

부현이 짧은 신음을 흘려내며 뒤로 비칠비칠 물러났다. 앞섶이 너덜너덜해진 것으로 보아 상당한 타격을 입었음을 알 수 있었다. 반면 알키루스는 아무런 손해도 보지 않은 것 같았다. 알키루스의 급습이 성공한 셈이었다. 그렇다고 부현이 얻은 게 전혀 없는 것은 아니었다. 한 번 손을 섞어봄으로써 알키루스의 능력이 얼마나 되는지 가늠할 수 있었으니 탐색전으로는 충분한 셈이다. 물론 이번 격돌에서는 자신이 손해를 보기는 했지만, 느껴지는 기운으로 보아 자신과 엇비슷한 수준인 것 같았다. 그렇다면 한번 해볼 만한 싸움이었다. 알키루스가 단 한 번만 실수를 해준다면 단번에 거꾸러뜨릴 자신이 있었다.

부현이 이런 생각을 하고 있는 동안 일행이 그의 곁으로 모여들었다.

"크크킄! 도사 놈들의 능력도 제법 쓸 만한 모양이구나. 코앞에 우릴 두고도 전혀 발견하지 못한 것을 보니 말이다."

대전을 천천히 빠져나오며 말하고 있는 알키루스의 손에는 천부인 중 하나인 천령이 쥐어져 있고, 그 뒤로 태산신궁 도사들의 모습이 보였다. 무슨 일을 당한 것인지 도사들의 눈빛은 정상이 아니었다. 어둡게 물들어 있는 데다가 사악한 기운마저 물씬 풍기는 눈빛이었다.

"그들에게 무슨 짓을 한 거냐?"

부현이 묻자 알키루스가 음침한 미소를 흘리며 대답하였다.

"도무지 말을 듣지 않기에 혼백을 제압해 두었지. 그제야 천령을 순순히 찾아내더군. 그리고 너희들의 방문을 환영하기 위한 진도 아주 훌륭하게 설치하고 말이다."

그는 말을 마치며 휘파람을 한 번 불어냈다. 그러자 일행 주변의 공간이 이상한 뒤틀림을 보이더니 열두 명의 지옥전사들이 모습을 드러냈다. 그들의 손에 긴 말뚝이 하나씩 쥐어져 있고, 땅에는 그것이 뽑혀 나온 자국이 있는 것으로 보아 도사들이 만든 진 안에 모습을 숨기고 있었던 것이 분명했다.

일행은 알키루스의 심리 전술에 휘말린 꼴이었다. 기존에 있던 태산 신궁의 진이 사라짐으로 인해 일행은 더 이상 진이 존재하지 않을 것이라 생각하고 있었다. 알키루스는 그 점을 이용하여 새로운 진으로 일행을 유인하여 포위해 버린 것이다.

열두 명의 지옥전사들은 나연이 악몽에서 보았던 바로 그들이었다. 그들을 보는 순간 나연은 자신이 왜 그런 악몽을 꾸었는지 알 수 있을 것 같았다. 그것은 아마도 신경이 그녀에게 보내는 경고였을 것이다. 인간도 짐승도 아닌 괴물들의 존재와 알키루스에게 혼백을 제압당한 도사들의 상황을 알리기 위한 경고 말이다.

나연은 자신도 모르게 등에 메고 있던 신경을 손으로 더듬어보았다. 함에 담겨 있어 신경을 직접 만질 수는 없었지만 묘한 기운이 손끝으로 전해져 왔다. 그 기운은 나연에게 또 다른 경고를 던져 주고 있었다. 머지않아 무서운 일이 일어날 것이라는 경고를 말이다.

나연은 너무 두려웠다. 그녀의 마음이 전해졌던 것일까? 품에 안겨 있던 치치도 두려움에 몸을 떨며 그녀의 몸에 찰싹 달라붙었다.

괴이한 형상을 하고 있는 지옥전사들의 모습은 나연뿐 아니라 나머지 일행에게도 충격이었다. 덩치는 사람의 두 배가 넘으며 각 동물의 장점을 극대화시킨 그들에게선 인간이 가질 수 없는 강력한 힘이 느껴졌다.

그러나 문제는 그들이 전부가 아니라는 사실이었다. 일행은 이미 포위된 상태인데, 태산신궁 바깥쪽에서 또 다른 무리가 나타나 이중 포위망을 형성하고 있었던 것이다. 그리 강해 보이는 자들은 아니었다. 하지만 그 숫자가 장난이 아니었다. 적게 잡아도 오백 명은 족히 넘을 것 같았다.

　이 상황만 놓고 봐도 부현 일행 쪽이 너무 기울어지는 싸움이었다. 그런데 알키루스가 뭔가 알 수 없는 말을 중얼거리자 그의 뒤에 서 있던 도사들마저 움직이기 시작했다. 그들은 알키루스 뒤에서 반원형의 진을 형성하더니 작은 목소리로 주문을 웅얼거렸다. 그러자 눈에 보이지 않는 무형의 기운이 알키루스 주변으로 아지랑이처럼 모여들었다. 그 모습을 보고 역리상이 침울하게 중얼거렸다.

　"도사들이 자연의 기를 모아 알키루스의 능력을 증폭시켜 주고 있어. 저렇게 되면 알키루스는 도사들의 법력까지 합쳐진 힘을 보유하게 될 텐데……."

　부현이 답답한 심정으로 물었다.

　"그럼 알키루스가 도사들의 능력만큼 더 강해졌다는 말이에요?"

　"그런 셈이다."

　"도사들을 제정신으로 돌아오게 하는 방법은 없어요?"

　"그러려면 알키루스보다 더 강한 법력을 가진 사람이 있어야 해. 아니면 그들의 혼백을 제압한 알키루스를 죽여 버리던가."

　"젠장, 둘 다 불가능한 얘기네."

　"그렇지. 내 능력으로는 꿈도 꿀 수 없는 일이니까."

　"최소한 알키루스를 도와주지 못하게 할 수 있는 방법이라도 생각해 봐요."

"도사들을 죽이지 않는 한 혼백이 제압되어 있는 그들은 알키루스의 명에 따를 수밖에 없어."

"산 너머 산이네."

기회만 잘 잡으면 알키루스를 거꾸러뜨릴 수도 있다고 여겼던 부현의 생각은 이로써 거대한 벽에 부딪치게 된 것이다.

그때 알키루스가 두 팔을 번쩍 치켜올리며 지옥전사들에게 명하였다.

"때가 도래했도다, 지옥전사들이여! 저들을 거꾸러뜨리고 천부인을 내게 가져오라!"

"알키루스님의 명을 받습니다!"

지옥전사들의 복명성이 터져 나오는 순간이었다. 치치를 안고 있던 나연은 팔에 갑작스러운 무게감이 느껴지는 것을 감지하고는 흠칫 놀라 바라보았다. 그 순간 그녀는 볼 수 있었다. 기괴하고도 무시무시한 형상으로 변화되고 있는 치치의 모습을 말이다.

"까아악!"

나연이 비명을 지르며 손을 놓아버리는 순간, 놈은 그녀의 등에 메어져 있던 신경 보관함을 낚아채며 허공으로 몸을 솟구쳤다.

고릴라라고 해야 할까, 원숭이라고 해야 할까? 놈은 단 한 번의 도약으로 십여 장이나 되는 높이를 도약하여 알키루스 앞에 내려섰다.

길고도 강인해 보이는 팔다리와 고릴라보다도 듬직한 가슴을 지녔으며, 털은 강철처럼 빳빳하고, 눈에서는 붉은 안광이 연신 흘러나오고 있는 모습. 귀엽고 작은 원숭이 치치가 그런 모습으로 변했다는 것을 도저히 믿을 수가 없었다. 하지만 이건 엄연한 현실이었다. 그리고 그 현실은 또 하나의 천부인이 알키루스의 수중에 들어갔음을 알려주고 있었다.

"이 우라질 원숭이 새끼! 잘도 우리를 속였구나!"

아직도 충격에서 벗어나지 못하고 있는 나연 대신 부현이 분한 외침을 토해냈다. 그러나 지금은 분개하고만 있을 때가 아니었다. 원숭이 전사까지 합류한 십삼 인의 지옥전사들이 본격적인 움직임을 보이기 시작했기 때문이다.

"캬오오!"

그들은 짐승의 포효를 터뜨리며 일행에게 쇄도해 왔다.

일행은 둥그렇게 원진을 형성하며 그들을 맞아 싸울 준비를 하였다. 그러나 그들과 무력을 겨룰 능력이 되지 않는 역리상은 원진 안에 몸을 숨긴 채 도술로 일행을 지원할 준비를 하였고, 부현은 자유로운 공수 전환을 위하여 원진 바깥에 위치했다.

"좋다, 이 못된 짐승 새끼들! 모조리 지옥으로 보내주마!"

부현의 투지는 누구보다도 강해 보였다. 그것은 국가와 민족의 미래라는 거창한 목표에서 나온 것이 아니었다. 그의 투지는 오직 하나, 진소희를 다시 살려내겠다는 의지에서 비롯된 것이다. 그렇다고 그를 나무랄 사람은 아무도 없었다. 단 한 사람을 위한 삶이라고 해서 국가를 위한 삶보다 못하다고는 말할 수 없으며, 자신의 사랑을 위해 모든 것을 내던질 수 있는 용기도 그리 흔한 것은 아니기 때문이다.

부현은 자신의 모든 능력을 양손에 집중시켰다. 아직 알키루스가 여유를 부리고 있을 때 지옥전사 서너 명을 거꾸러뜨리겠다는 것이 그의 계산이었다.

그렇게만 된다면 나머지 지옥전사는 일행이 충분히 상대할 수 있을 것이다. 그러면 그는 마음 놓고 알키루스와 일전을 벌일 생각이었다.

높은 하늘을 맴돌고 있던 소붕의 모습이 언제부터인가 보이지 않는 것으로 보아 대모궁의 여인들을 부르러 간 것이 분명했다. 그녀들이 올 때까지만 버티면 외곽을 에워싼 무리와 지옥전사들은 충분히 제압할 수 있을 터였다. 그러면 남는 것은 알키루스였다. 그런데 과연 자신이 알키루스를 제압할 수 있을지에 대해서는 자신이 없었다.

'만약 나 혼자의 힘으로 놈을 이길 수 없다면 시간이라도 최대한 끌어줘야 한다. 대모궁의 여인들이 와서 놈의 부하들을 다 쓸어버릴 때까지만 버텨내면 승산은 우리에게 있을 테니까.'

그때 지옥전사들이 지척까지 다가왔으므로 부현은 자신의 공격권에 들어오는 지옥전사 두 명을 맞아 어우러져 들어갔다.

대모파파는 부현의 소붕이 날아오는 것을 보는 순간 좋지 않은 일이 일어났음을 직감할 수 있었다. 대모파파는 긴장한 눈길로 하늘을 올려다보았다. 서찰을 쓸 수 없는 위급 상황이 벌어졌을 때는 소붕이 미리 약속된 문양을 하늘에 그려냄으로써 이를 알려주게 되어 있었기 때문이다. 예상대로 소붕은 부현 일행이 위험에 직면했음을 알려왔다.

"모두 준비해라."

대모파파는 부현 일행을 돕기 위해 대모궁의 여인들을 이끌고 태산신궁으로 향하려 하였다. 그때 일대의 숲에서 갑자기 어지러운 움직임이 일어났다. 부근에 누군가 매복해 있는 것을 전혀 감지하지 못하고 있던 대모파파의 놀라움은 이만저만이 아니었다. 자신의 이목을 숨길 수 있을 정도라면 간단한 상대는 아닐 것이기 때문이다. 그런데 더욱 놀라운 일이 벌어졌다. 마치 땅을 뚫고 솟아오르듯 돌무더기서 여기저기서 불쑥불쑥 일어나고 있었기 때문이다.

"대체 이것이……!"

사람의 형상을 이루어가고 있는 돌무더기를 보며 대모파파와 대모궁의 여인들은 경악을 금치 못했다. 그것이 마법에 의해 만들어지는 골렘이라는 사실을 아는 사람이 아무도 없었기에 놀라움은 더욱 컸다.

주변은 순식간에 골렘으로 가득 찼다. 키가 십오 척에 이르는 중형 골렘이었는데, 그 수가 적게 잡아도 오십여 기는 넘어 보였다.

"아무래도 알키루스라는 자가 술수를 부려놓은 것 같다. 모두들 정신 바짝 차리도록!"

대모파파는 여인들을 독려하며 진기를 끌어올렸다. 하지만 돌인간을 어떻게 상대해야 하는지는 그녀도 아는 바가 전혀 없었다.

'막막하구나. 도대체 저 괴물들을 어떻게 상대해야 한단 말인가.'

부현 일행을 구해주러 가는 것은 고사하고 당장 이 자리를 벗어날 수 있을지가 걱정되는 대모파파였다.

부현이 상대하고 있는 두 명의 지옥전사는 황소와 호랑이의 장점을 극대화시킨 자들이었다. 부현은 전면으로 쇄도해 오는 그들을 향해 전력을 다한 쌍장을 뻗어냈다.

"현무장!"

기합성이 터져 나옴과 동시에 그의 양쪽 장심에서 시커먼 현무 형상이 쭉 뻗어 나와 두 명의 지옥전사에게 쇄도해 갔다. 어마어마한 내공이 실린 그의 현무장은 마치 살아 있는 현무를 보는 듯한 착각을 불러일으켰고, 그 격한 꿈틀거림에 휩쓸리면 무엇이든 부서져 나갈 것만 같았다.

콰우우웅!

무시무시한 기세로 쏘아져 나가는 현무를 보며 부현은 지옥전사들이 곧 갈가리 찢겨 날아갈 것이라 믿어 의심치 않았다.

그런데 현무가 들이닥치자 황소전사는 바닥에 납작 엎드려 강인한 어깨로 현무를 퉁겨냈고, 호랑이전사는 갈고리처럼 세운 양손으로 현무를 빠르게 때리며 그 반동을 이용해 옆으로 몸을 날렸다. 그들만의 특성을 살려 현무장을 잘 피해낸 것이다.

물론 그들이 전혀 충격을 받지 않은 것은 아니었다. 황소전사는 어깨가 피로 물들어 있었고 호랑이전사도 양팔에 받은 충격이 적지 않은 듯 고통스러운 표정으로 손을 흔들어대고 있었다. 하지만 그 정도 피해로 부현의 장력을 견뎌냈다는 것은 의미하는 바가 컸다.

"바위조차 가루로 만들어 버릴 수 있는 현무장을 몸으로 퉁겨내다니… 대체 저 괴물들은 거죽이 뭐로 돼 있는 거야?"

부현은 걱정스러운 표정으로 일행을 흘깃 돌아보았다. 마침 섬검자가 곰의 형상을 한 자에게 일검을 떨쳐 내고 있었다.

"섬검뇌전!"

귀신조차 베어버린다는 그의 검에서 새파란 검강이 쏘아져 나갔다. 그러자 곰전사는 쇠꼬챙이처럼 단단한 손톱이 솟아 있는 손을 휘둘러 검강을 그대로 받아쳤다. 마치 곰이 거대한 앞발을 휘둘러 공격하는 듯한 모습이었다. 순간 빠지직, 하는 굉음이 울려 나오며 커다란 경력의 파동이 사방으로 퍼져 나갔다.

섬검자는 그 반동으로 어깨를 크게 흔들며 뒤로 두 걸음이나 물러나야 했다. 반면 곰전사는 조금도 물러나지 않은 채 그 자리에 우뚝 버티고 서 있었다. 검강을 맨손으로 받아칠 때의 충격으로 손에서 피가 흐르고는 있었지만, 상처가 그다지 깊어 보이지는 않았다. 정말 터무니

없을 정도로 질긴 거죽을 소유한 자들이었다.

'젠장, 섬검자 아저씨의 검이 먹혀들지 않을 정도면 바람 형님이나 음월은 더 힘들단 얘기잖아. 이거 잘못하면 대모파파가 오기 전에 우리가 먼저 몰살당하겠는걸?

부현은 초조한 표정으로 자신에게 다가오고 있는 두 명의 지옥전사를 바라보았다. 부현의 능력을 한 번 경험한 탓인지 그들은 다소 조심스러운 움직임을 보이고 있었다.

'좋아! 거죽이 질기다면 청룡장으로 내장을 으스러뜨려 주마!'

부현은 다시 마음을 다잡으며 양손에 진기를 끌어 모았다. 그러자 그의 양손이 푸르스름한 기운으로 물들기 시작했다. 청룡장을 극성으로 연마했을 때 일어나는 현상이었다.

"청룡장!"

부현은 그들을 향해 쌍장을 쏘아냈다. 순간 그의 장심에서 거대한 청룡 두 마리가 빠져나오며 지옥전사들에게 쇄도해 갔다. 이번에는 그들도 위험을 직감했는지 정면으로 부딪치지 않고 재빨리 몸을 피했다.

호랑이전사는 몸의 유연성을 이용해 재빨리 피해낸 반면 황소전사는 움직임이 다소 둔하여 완전히 피하지 못하고 한쪽 어깨를 청룡에게 쏠리고 말았다.

"크으윽!"

황소전사는 고통스러운 비명을 지르며 당한 어깨를 움켜쥐었다. 뼈가 으스러진 듯 그의 한쪽 팔은 축 늘어져 있었다. 거죽을 투과해 내부로 스며 들어가는 청룡장의 성질이 먹혀든 것 같았다.

"좋아! 이대로 모두 쓸어버린다!"

자신감을 얻은 부현은 다시 청룡장을 쏘아내기 위해 쌍장에 진기를 모았다. 그때 호랑이전사가 양손을 휘둘러 위력적인 공격을 가해왔다. 스치기만 해도 뼈가 으스러져 버릴 듯한 힘이 실려 있었다. 그러나 부현의 상대는 아니었다.

"그만 찌그러져라, 이 괴물아!"

부현은 지척에 이른 호랑이전사의 가슴에 청룡장을 박아 넣었다.

"카르릉!"

섬뜩한 울부짖음과 함께 쏘아져 나온 청룡이 호랑이전사의 가슴을 그대로 투과해 들어갔다. 순간,

"우어억!"

호랑이전사는 달려오던 속도 그대로 무릎을 꺾으며 바닥에 나동그라지고 말았다. 가슴이 움푹 꺼진 것으로 보아 내장과 뼈가 온통 으스러진 것이 분명했다. 드디어 한 놈을 처치한 것이다.

그 모습을 보고 있던 알키루스가 중얼거렸다.

"역시 지옥전사들만으로는 저 녀석을 상대할 수 없다는 건가?"

그는 자신이 직접 움직이는 것이 매우 귀찮다는 듯 인상을 찌푸리며 몸을 살짝 띄워 올렸다. 등에 달린 날개를 전혀 움직이지 않고 있음에도 불구하고 그의 몸은 지상에서 한 자쯤 떠올랐고, 그 상태 그대로 부현에게 미끄러져 나아갔다.

"네놈은 참으로 끈질기게도 나를 귀찮게 하는구나."

그가 다가오자 부현은 긴장의 고삐를 바짝 조이며 소리쳤다.

"아까는 잘도 나를 속였다만, 이제 속임수는 통하지 않을 거다!"

"크큭. 내가 속임수를 써야만 너를 이길 수 있다고 생각하는 거냐? 어리석은 놈. 네가 다소 강한 것은 사실이지만, 아직 내 상대는 아니야."

"그거야 한번 붙어보면 알겠지!"

부현은 사신투영장의 마지막 초식을 머리에 떠올리며 진기를 끌어올렸다. 이것은 연마만 했을 뿐 아직까지 단 한 번도 사용해 본 적이 없는 초식이었다. 현무, 주작, 백호, 청룡장의 장점들이 조합되어 상승작용을 일으키도록 만들어진 이 초식은 그 위력이 너무 가공스러워 창안자조차 단 한 번도 사용해 보지 않았다고 비급에 적혀 있었다. 그 가공할 위력에 부현의 내공이 더해진다면 그야말로 경천동지의 장법이 발휘될 것임에 분명했다.

마지막 초식을 준비하는 부현의 몸에서는 기이한 현상이 벌어지고 있었다. 그의 몸 상하 좌우에 네 가지의 각기 다른 기운이 일렁이기 시작한 것이다.

가슴 위쪽은 흑색, 다리 부분은 적색, 상체 좌측은 백색, 상체 우측은 청색으로.

그 기이한 모습에 알키루스도 다소 당황하는 표정이었다. 하지만 정말 놀라운 변화는 그 뒤에 일어났다. 그 네 가지 기운이 그의 단전 부근에서 작은 소용돌이를 이루며 은은한 금광을 만들어내고 있었던 것이다.

이것은 사실 동양 사상의 근본이 되는 오행에 관하여 아는 사람이라면 쉽게 알 수 있는 변화였다.

오행의 목(木)은 동(東)쪽 방향과 푸른색, 화(火)는 남(南)과 붉은색, 토(土)는 중앙과 노란색, 금(金)은 서(西)와 하얀색, 수(水)는 북(北)과 검은색에 해당된다. 그러니 지금 부현의 몸에서 일어나고 있는 변화는 동서남북을 관장하는 사신(四神:북현무, 남주작, 동청룡, 서백호)의 기운이 중앙의 단전에서 하나로 융합되는 과정을 보여주고 있는 것이다.

단전 부근에 은은하게 어려 있던 금광은 시간이 흐름에 따라 점점 찬란한 광채를 쏟아냈다. 그리고 드디어,

"사신혼원장(四神混元掌)!"

부현은 천지를 가를 듯한 기합성과 함께 쌍장을 쭉 뻗어냈다. 순간 그의 쌍장에서 형용하기 힘든 오색 광채가 쏟아져 나왔고, 그 어마어마한 힘의 반작용으로 그의 몸은 정강이까지 땅속에 묻혀 들어갔다.

구우우우!

오색 광채 안에서는 현무와 주작이 춤을 추었고, 청룡과 백호가 포효하고 있었다. 하지만 그것은 결코 따로 존재하는 넷이 아니었다. 현무인가 하면 주작이고, 청룡인가 하면 백호가 되어 무시무시한 힘으로 알키루스를 휩쓸어갔다.

부현의 공격에는 태산신궁을 통째로 날려 버릴 만한 파괴력이 담겨 있음에도 불구하고 알키루스는 조금도 동요하는 기색을 보이지 않았다.

"하늘 위에 또 다른 하늘이 있음을 네놈이 알게 해주마! 궁극의 힘!"

알키루스는 여유로운 미소까지 머금으며 양손을 앞으로 쭉 뻗어냈다. 그러자 마치 맑은 물과도 같은 힘의 기류가 쏟아져 나오며 부현의 사신혼원장을 감싸 들어갔다.

촤아아아!

부현의 사신혼원장이 알키루스의 궁극의 힘을 가르며 들어가자 마치 물보라가 일듯 힘의 기류가 사방으로 흩어져 나갔다. 언뜻 보기에는 사신혼원장의 승리가 확실할 것 같았다. 하지만 부현은 자신의 공격이 제대로 먹혀들지 않음을 확실하게 느낄 수 있었다. 사신혼원장이 궁극의 힘을 파고드는 순간, 물속에서 주먹을 뻗어내는 것처럼 힘이 사

방으로 분산되는 느낌을 받았기 때문이다.

역시나 사신혼원장의 위력은 급격히 감소하고 있었다. 찬란하게 빛나던 오색 광채는 힘을 잃었고, 궁극의 힘을 갈라 치던 속도 또한 뚝 떨어진 상태였다. 그리고 부현은 온몸을 옥죄는 듯한 압박감에 시달려야 했다.

끝없이 깊은 바다 속에 빠지면 이런 기분이 들까? 산더미만한 바위가 온몸을 짓누르는 듯한 중압감, 그리고 빛이 없는 세계에 빠진 듯한 좌절감이 부현을 억눌러왔다.

'안 돼! 여기서 무릎을 꿇으면 다시는 소희를 만날 수 없어!'

부현은 사랑스러운 여인 진소희의 얼굴을 떠올리며 필사적으로 힘을 끌어올렸다.

"우아아아아압!"

순간, 사신혼원장이 다시 오색 광채를 뿌려내기 시작했다. 그리고 궁극의 힘을 다시 갈라 쳐 들어갔다.

알키루스의 얼굴에 순간적으로 당황하는 기색이 드러났다. 만약 태백신궁 도사들이 뒤를 받쳐 주지 않는 상태였다면 이번 공격에 그대로 무릎을 꿇을 뻔했기 때문이다.

'놈, 생각보다 강한 힘을 지녔구나. 하지만!'

그는 도사들에게서 전해오는 기운에 혼신을 다한 자신의 힘을 더해 궁극의 힘을 가일층 강화시켰다. 그러자 사신혼원장은 다시 빛을 잃었고 부현은 어마어마한 압력에 의해 허벅지까지 땅속에 묻혀 들어갔다.

"크으윽!"

부현의 입술을 비집고 신음이 흘러나오는 순간, 두 사람의 대결은 종말을 맞이했다. 사신혼원장이 소멸되며 궁극의 힘이 빠른 속도로 부현의 전신을 감싸 버린 것이다.

"끄으윽!"

맑은 물처럼 출렁이며 부현을 감싸고 있는 그 힘에선 정말 상상도 못할 만큼 가공할 힘이 느껴졌다. 온몸이 콩알만큼 작게 오그라지는 듯한 압박감이라니…….

부현은 내공을 끌어올려 최대한 저항해 보았지만 태산신궁 도사들의 도움까지 받고 있는 알키루스의 힘을 감당하기에는 무리였다. 지극한 압박감이 숨통을 조여오자 귀가 멍멍해지면서 정신이 아득해져 왔다. 저 뒤에서는 분명 일행이 지옥전사를 맞아 싸움을 벌이고 있을 터인데, 아무런 소리도 들리지 않았다. 아니, 부현은 지금 우주 공간에 홀로 떠 있는 듯한 착각에 빠져 있었다. 끝없이 계속되는 압박의 틀에 갇힌 채 홀로 우주를 떠돌고 있는 듯한 착각 속에…….

'이대로 끝인가?'

점점 아득해지는 의식을 잡기 위해 무진 애를 썼지만, 그의 능력으로는 더 이상 버텨낼 재간이 없었다.

"커억!"

부현은 결국 한 사발이나 되는 선혈을 토해내며 몸을 늘어뜨리고 말았다. 지나친 저항으로 인해 진기가 역류하고 만 것이다.

10장
아, 천부인!

심각한 내상을 입은 채 양팔을 축 늘어뜨리고 있는 부현에게 알키루스가 천천히 다가왔다. 부현의 주변을 감싸고 있던 궁극의 힘은 이미 거두어진 상태였다.

"이로써 마지막 천부인까지 얻게 되었군."

알키루스는 서두르는 기색 없이 부현의 등에 메어져 있던 성고 보관함을 풀러냈다. 결국 천부인 세 개가 그의 손에 모두 들어가는 순간이었다. 나머지 일행은 이를 뻔히 알고 있으면서도 도무지 손 쓸 방법이 없었다. 그들로서는 지옥전사들을 상대하기도 벅찬 상황이었으니 말이다.

허벅지까지 땅속에 파묻혀 있는 부현은 가까스로 정신을 유지하고 있었다. 기혈이 온통 뒤틀려 전신의 맥과 심장이 제멋대로 놀았고, 호흡은 금방이라도 멎을 듯 턱턱 막혀왔다. 만약 예전의 부현이었다면 벌써 삶을 포기했을지도 모를 일이었다. 하지만 지금의 부현은 절대로 그럴 수가 없었다. 꼭 해야만 할 일이 한 가지 있기 때문이다.

그는 한 가닥 정신을 가까스로 유지하며 제멋대로 날뛰고 있는 기혈을 가라앉히기 위해 무진 애를 썼다. 단 한 줌의 진기라도 모을 수 있다면 알키루스에게 마지막 일장을 날려볼 생각이었다. 하지만 기혈은 좀처럼 가라앉지 않았고 진기는 전혀 모여들 기미를 보이지 않았다.

알키루스는 부현의 일행과 싸우고 있는 지옥전사들의 모습을 힐끔 바라보고는 부현과 나연에게서 빼앗은 천부인 보관함을 차례로 열어보았다.

"아무리 보아도 그다지 신묘해 보이지 않는 이 물건들 속에 천하를 좌우할 수 있는 힘이 숨겨져 있다는 건가?"

그다지 믿음이 가지 않는 눈길로 신경과 성고를 바라보고 있던 알키루스는 품속에서 천령을 꺼내며 부현에게 물었다.

"말해 봐라, 이 세 개의 천부인을 어떻게 해야 신묘한 능력을 발휘하는지."

부현은 힘겹게 눈꺼풀을 들어 올리며 대답했다.

"너 같은 괴물은 무슨 짓을 해도 천부인의 힘을 얻을 수 없을 거다."

"이런 건방진 녀석!"

알키루스는 손가락을 갈고리처럼 모아 부현의 울대를 움켜쥐었다.

"커억!"

알키루스는 숨이 막혀 괴로워하는 부현에게 얼굴을 가까이 들이밀며 낮고도 위압적인 음성을 흘려냈다.

"고통없이 죽고 싶다면 순순히 털어놓는 게 좋아."

말을 마치며 알키루스가 울대를 놓아주자 부현은 한동안 막혔던 숨을 힘겹게 몰아쉬며 대답했다.

"천부인에는… 따로 주인이 있어. 그러니 너는 헛고생을 한 거야."

"네놈이 아무래도 지옥의 맛을 보아야 바른말을 늘어놓을 모양이구나."

"내 말을 못 믿겠으면 성고를 한번 두드려 봐. 너 같은 괴물은 아무리 세게 두드려도 소리가 나지 않을걸? 성고의 주인은 나니까 말이야."

부현은 일부러 알키루스를 자극하여 성고를 세게 두드리게 만들 셈이었다. 어쩌면 성고가 자신의 내상을 치유해 줄지도 모른다는 생각이 들었기 때문이다. 그렇게만 된다면 방심하고 있는 알키루스를 급습하여 순식간에 상황을 역전시킬 수도 있는 일이었다.

"그래?"

알키루스는 선뜻 성고를 두드리지 않은 채 미덥지 않은 눈길로 부현을 바라보았다.

"신경과 천령의 주인은 따로 있어서 잘 모르겠지만 성고만큼은 확실해. 그건 주인인 내가 두드리지 않으면 절대로 소리를 내지 않아. 특히 너처럼 사악한 족속에게는 절대로 반응하지 않지."

부현은 초조한 내심을 감추며 다시 한 번 알키루스를 자극했다. 그 말이 먹혔든 것인지 알키루스가 북채를 천천히 들어 올렸다.

'제발 내려쳐라! 내게 성고의 소리를 한 번만 들려달란 말이다!'

부현은 속으로 이렇게 외쳤고, 알키루스는 그의 바람대로 성고를 힘껏 내려쳤다.

두웅!

나연이 그랬던 것과 마찬가지로 성고는 그다지 크지 않은 소리를 울려냈다. 그 순간 알키루스는 매우 섬뜩한 기운이 전신을 훑고 지나가는 것을 느낄 수 있었다. 왠지 힘이 쭉 빠지며 이유를 알 수 없는 불안 감마저 느껴졌다.

반면에 부현은 성고의 울림이 전신을 훑고 지나는 순간 매우 상쾌한 느낌을 받았다. 덕분에 마음이 어느 정도 안정을 되찾는 것 같았다. 그러나 그 이상의 효과는 나타나지 않았다. 내상이 완전히 치유되기를 희망하고 있던 부현으로서는 실망이 클 수밖에 없었다.

'겨우 마음이 안정되는 정도로는 아무것도 할 수 없어. 이래 가지고는 알키루스를 거꾸러뜨릴 수 없단 말이야.'

알키루스는 무서운 눈길로 부현을 쏘아보았다. 소리가 나지 않는다던 그의 말은 거짓이었을 뿐 아니라, 그 소리가 신경을 극도로 자극하기까지 했기에 알키루스는 대단히 분노하고 있었다.

"그 따위 말장난으로 나를 우롱하려 들다니… 지옥의 고통이 무엇인지 처절하게 느끼도록 해주마!"

알키루스는 손가락을 꼿꼿이 세워 부현을 겨누었다. 그리고 알아들을 수 없는 주문을 잠시 외운 뒤 소리쳤다.

"지옥의 발톱!"

그 순간 그의 열 손가락 끝에서 시커먼 무엇이 불쑥불쑥 쏘아져 나와 부현에게 날아들었다. 엄지손가락만한 그것은 먹이를 낚아채는 매의 발톱처럼 바짝 독이 오른 모습이었다. 모두 열 개에 이르는 지옥의 발톱은 부현의 몸 여기저기에 찰싹찰싹 달라붙었다. 그리고 알키루스가 손을 오그리자 그 모습 그대로 바짝 오그라들며 부현의 살갗을 파고들었다.

"크어억!"

그것은 단순히 살갗이 찢어지는 고통이 아니었다. 마치 영혼의 일부까지 떼어내는 듯 엄청난 고통과 공포가 동시에 느껴졌다.

"나 알키루스는 너희 멍청한 인간들과는 다른 존재라는 걸 알았어야지. 네놈은 이제 육체와 함께 영혼까지 갈가리 찢겨 저승조차 가지 못하는 원혼으로 남게 될 것이다."

말을 하는 동안에도 알키루스는 양손을 쉬지 않고 오므렸다 펴기를 반복하였고, 그 움직임에 따라 지옥의 발톱은 부현의 몸과 영혼을 야금야금 찢어발기고 있었다.

"크으윽… 나는… 거짓말한 게 아니야……. 성고는… 정말로… 나에게만 반응한단… 말이다……. 네가… 아무리 세게 쳐도… 성고는… 절대… 크게 울리지 않아……. 조금 전과… 같은 소리밖에… 나지 않을 거야……."

부현은 알키루스가 성고를 다시 한 번 울려주기를 기대하면 말하였다. 성고의 울림을 다시 한 번 들으면 내상이 치유될지도 모른다는 실낱같은 희망으로 말이다.

"좋아. 네놈 말이 맞는지 한번 확인해 보도록 하지."

알키루스는 부현을 괴롭히던 손을 잠시 멈추고 북채를 다시 집어 들었다. 그리고 상당한 힘을 가하여 성고를 두드렸다.

두웅!

부현의 말대로 성고에서 조금 전과 똑같은 소리가 울려 나오자 알키루스의 표정이 잔뜩 일그러졌다.

"네놈 말이 맞는 모양이군."

부현은 성고의 소리가 자신의 내상을 치유해 주기를 간절히 원하고 있었다. 그러나 이번에도 정신을 조금 맑게 해주었을 뿐 내상이 회복될 기미는 보이지 않았다. 그렇다고 이대로 주저앉을 수는 없었다. 부현은 흩어진 진기를 끌어 모으기 위해 마음을 가라앉히며 애써 운기를 시도해 보았다. 하지만 뒤틀린 혈맥으로 인해 고통만 심할 뿐 진기는 좀처럼 모이지 않았다. 그래도 포기하지 않고 노력을 계속하자 실낱같은 진기의 흐름이 느껴지는 듯했다. 바늘구멍만한 틈으로 물이 흘러나오듯 매우 적기는 하지만 단전으로 진기가 모여들고 있었다. 그러나 이 정도로는 알키루스를 상대하기에 턱없이 부족하다는 걸 부현은 너무나 잘 알고 있었다.

그때 알키루스는 뭔가 심각한 고민에 빠진 모습이었다. 대체 무슨 생각을 하는 것인지 세 개의 천부인을 뚫어지게 바라보고 있던 그가 천천히 입을 열었다.

"주인에게만 반응하는 물건이라면 도무지 쓸모가 없겠군."

그 말에서 뭔가 불길한 예감을 받은 부현이 소리쳤다.

"무슨 짓을 하려는 거냐!"

알키루스의 입가에 징그러운 미소가 걸렸다.

"나에겐 소용이 없고 적에게만 크게 이로운 물건이라면 너는 어떻게 하겠느냐?"

"서, 설마……."

"그래. 그런 물건은 없애 버려야 하는 거다. 내가 루비욘님의 명을 어기면서까지 천부인을 모으려 했던 것은 그 안에 숨겨진 힘을 내 것으로 하기 위함이었지. 그런데 이제야 알겠어, 루비욘님이 왜 천부인을 욕심 내지 않고 없애려고만 했던 것인지."

알키루스는 한 손으로 성고를 들어 올리며 다른 손을 꼿꼿이 세워 칼처럼 겨누었다.

"네놈의 물건부터 없애주마."

"안 돼!"

부현이 절망적으로 소리쳤다. 천부인이 파괴되면 그의 꿈은 영원히 이룰 수 없기 때문이다.

"오늘로써 천부인은 영원히 사라진다!"

알키루스의 손끝이 성고를 강하게 찔러 들어갔다.

파앗!

칼날과도 같은 손끝이 성고의 표면에 닿는 순간이었다. 알키루스는 거대한 힘에 가로막혀 더 이상 손끝을 밀어낼 수 없었다.

'이런 어처구니없는… 겨우 북 따위가 나 알키루스에게 대항하다니!'

간단히 파괴할 수 없으리란 점은 예상하고 있었지만 이렇게까지 강하리라고는 생각조차 해보지 못한 알키루스였다.

'좋다! 천부인이 얼마나 대단한 물건인지 한번 보겠다!'

알키루스는 자신이 가진 모든 힘을 끌어올렸다. 거기에 태산신궁 도사들의 힘까지 끌어 모아 손끝에 집중시켰다. 그러자 그의 손끝과 닿은 성고의 표면에서 격렬한 힘의 마찰이 일어나기 시작했다. 그렇게 얼마나 시간이 흘렀을까?

부우우우…….

성고에서 기이한 울음소리가 흘러나왔다. 알키루스의 힘을 더 이상 버티기 힘든 모양이었다. 그러고 보니 그동안 잘 버텨오던 성고의 표면이 조금씩 밀려들어 가고 있었다. 이대로 조금만 더 밀려들어 가면 성고는 찢어지고 말 것 같았다. 그러면 모든 것이 끝이었다.

순간 부현의 망막으로 처연하게 서 있는 진소희의 모습이 스쳐 지나갔다. 처절하게 죽어간 바로 그 모습으로.

"내 성고를 그냥 놔두란 말이야, 이 괴물 자식아!"

부현이 무시무시한 외침을 토해내며 우장을 쭉 뻗어냈다. 겨우 모은 한 줌의 진기로 운용한 청룡장이었기에 용의 모습조차 갖춰지지 않은 장력이었다. 그런데 푸르스름한 그 장력은 알키루스가 아닌 성고를 향하고 있었다.

스으읏!

푸르스름한 청룡장의 기운은 알키루스가 손끝으로 누르고 있는 반대 편 거죽을 통해 스며들 듯 사라졌다. 그리고 곧 이어,

두우웅!

영혼을 뒤흔드는 듯한 소리가 반대 편 거죽에서 울려 나왔다. 그 순간 부현은 똑똑히 볼 수 있었다. 성고에서 시작되어 물결치듯 퍼져 나가는 기의 파동을 말이다. 수백 수천 번이나 연이어 뻗어 나온 그 기의 파동은 푸르스름한 기운을 띠고 있었다. 그것은 부현이 쏘아낸 청룡장의 기운에 성고가 감응한 결과일 것이다.

성고에서 퍼져 나온 기의 파동은 알키루스를 그대로 투과해 지나갔고, 그 순간 알키루스는 엄청난 충격을 받은 듯 성고를 놓친 채 뒤로 비칠비칠 물러났다. 성고를 찢기 위해 칼날처럼 세우고 있던 한쪽 손은 성고의 거죽에서 울려 나오는 파동에 직접 닿았기 때문인지 형체를 알아볼 수 없을 정도로 으스러져 있었다.

그런데 더욱 놀라운 것은 성고의 파동이 스쳐 지나가는 순간 천령이 따라 울기 시작했다는 것이다.

짤랑, 짤랑, 짤랑!

천령에 달려 있던 아홉 개의 방울에선 성고처럼 기의 파동이 느껴지지 않았다. 하지만 그것은 마치 영혼을 정화하는 소리인 듯 귀가 아닌

머리 한가운데에서 소리가 느껴졌다.

"크아아악! 그, 그만!"

천령의 소리 때문인지 알키루스는 귀를 틀어막으며 괴로워하고 있었다. 그때 신경에서 새로운 변화가 일어나기 시작했다. 성고와 천령의 울음을 접한 신경에서 눈에 보이지는 않지만 분명히 느낄 수는 있는 어떤 기운이 하늘로 쭉 뻗어 올라가고 있었던 것이다. 신경이 바닥에 놓여 있지 않고 알키루스를 향해 있었다면 그는 아마도 끝장나 버리고 말았을 것이란 생각이 부현의 뇌리를 문득 스쳤다.

'이것이 바로 천부인의 힘인가?'

부현은 자신이 울린 성고의 파동을 접하게 된 순간부터 온몸에 힘이 솟는 것을 느낄 수 있었다. 알키루스가 두드렸을 때 울려 나오던 파동과는 근본적으로 차이가 있었다. 물론 단번에 내상이 치유될 만큼은 아니었지만 뒤틀렸던 기혈이 안정을 찾으며 다소나마 진기가 제대로 흐르기 시작한 것이다. 뿐만 아니라 알키루스가 괴로워하던 천령의 방울 소리도 그에게는 그토록 아름답게 들릴 수가 없었다. 마치 영혼을 깨끗하게 정화해 주는 소리처럼 들렸던 것이다.

"우아아압!"

부현은 발끝에 힘을 주어 묻혀 있던 땅에서 솟아올랐다. 그리고 재빨리 성고와 북채를 집어 들었다. 아직 내공의 일부밖에 회복하지 못한 상태였기에 알키루스에게 대항할 수 있는 방법은 성고밖에 없었다.

부현은 비틀거리고 있는 알키루스에게 다가가 성고를 그의 가슴에 들이댔다. 그리고 북채로 맞은편 거죽을 강하게 두드렸다.

"그만 죽어버려라, 알키루스!"

두우우웅!

성고의 진동은 고스란히 알키루스에게 전해졌고, 그것은 그의 몸에 급격한 파동을 만들어내며 퍼져 나갔다. 마치 수면에 이는 파문처럼 그의 몸이 파동으로 출렁이고 있는 것이다.

"크아아악!"

처절한 비명 소리와 함께 알키루스의 몸에서 실처럼 가는 핏줄기들이 뿜어져 나오기 시작했다. 이어서 피부가 너덜너덜 떨어져 나가더니 나중에는 살과 뼈마저 부스러져 나갔다. 성고에서 전해진 파동의 힘이 몸을 빠져나가면서 알키루스를 분해시키고 있는 것이다.

"정말 엄청나군. 내가 지닌 온 힘을 기울여도 어쩌지 못했던 알키루스가 단번에 가루가 되어버리다니……."

성고가 이루어낸 놀라운 결과를 바라보고 있던 부현은 문득 일행이 걱정스러워졌다. 혹시 성고의 울림이 그들에게도 영향을 미쳤을지 몰랐기 때문이다. 그러나 다행히도 일행은 모두 무사했다. 성고의 울림이 알키루스에게 고스란히 전해진 덕에 다른 사람들에게는 크게 영향을 주지 않은 모양이었다. 뿐만 아니라 싸움은 이미 끝나 있었다.

부현은 알키루스를 상대하느라 모르고 있었지만, 그가 성고를 향해 청룡장을 쏘아냈을 때 알키루스뿐 아니라 지옥전사들도 영향을 받았고, 일행은 그 틈을 이용해 그들을 쓸어버렸던 것이다.

"대체 무슨 일이 있었던 게냐?"

섬검자를 비롯한 일행이 의아한 표정으로 부현에게 다가오며 물었다.

부현은 최후의 힘을 쥐어짜 성고에 청룡장을 쏘아냈던 일부터 알키루스가 죽기까지 일어났던 일들을 간략하게 설명해 주었다. 그의 얘기를 들은 일행은 천부인의 놀라운 힘에 경탄을 금치 못했다.

곧 이어 일행은 천부인을 안전하게 수습한 뒤 태산신궁 도사들에게로 향했다. 그들의 영혼을 제압하고 있던 알키루스가 죽음으로 인해 정신은 돌아온 상태였지만, 알키루스가 죽기 직전까지 그들에게서 과도한 진기를 빼앗아 쓴 바람에 매우 지쳐 있는 상태였다. 일행은 그들이 알키루스에게 제압당해 있는 동안 일어났던 일에 대해 간략하게 설명한 뒤 운기요상을 할 수 있도록 해주었다.

약간의 시간이 흐르고 태산신궁의 도사들이 운기요상을 마칠 즈음이 되었을 때 대모파파가 여인들을 이끌고 나타났다. 알키루스가 죽자 힘의 근원을 잃은 골렘들이 스스로 분해됨으로써 이곳으로 올 수 있었던 것이다.

부현 일행과 그녀들은 서로에게 일어났던 일에 대해 이야기를 나눈 뒤 태산신궁 도사들과 함께 천령의 주인을 알아보기 위한 의식에 들어갔다.

이미 성고와 신경을 얻은 부현과 나연, 그리고 이미 시험을 받았던 섬검자 등을 제외한 나머지 일행에게 자격이 주어졌다. 먼저 바람, 음월, 역리상이 차례로 천령을 잡아보았지만 아무런 변화도 일어나지 않았다. 이제 마지막으로 남은 사람은 은강뿐이었다. 만약 은강마저 천령의 주인이 되지 못한다면 지금까지 겪어온 일행의 고생은 수포로 돌아갈지도 모를 일이었다.

드디어 은강이 천령을 손에 쥐자 모두가 긴장한 눈길로 바라보았다. 먼저 시험했던 세 사람이 천령의 어마어마한 무게에 대해 얘기를 했던 터라 은강은 힘을 잔뜩 주어 천령을 들어 올렸다. 그런데 힘을 지나치게 준 탓일까? 은강은 천령의 무게를 전혀 느끼지 못하였다. 마치 수수깡으로 만들어진 듯 너무 가벼워 오히려 당황할 지경이었다.

"이거 뭐가 이렇게 가벼워?"

은강은 어이가 없다는 표정으로 천령을 좌우로 흔들어 보았다. 그러자 천령에서 맑은 방울 소리가 울려 퍼지기 시작했다.

짤랑짤랑…….

성고의 울림에 반응했을 때보다도 더욱 기분을 좋게 해주는 그런 소리였다.

"오오! 드디어 천령의 주인께서 나타나셨도다!"

태산신궁의 도사들은 감격에 겨운 탄성을 흘려내며 은강을 우러러 보았고, 일행도 환희에 들떠 어쩔 줄 모르는 표정이었다. 그토록 고대하던 세 개의 천부인이 일행의 손에 모두 들어왔으니 어찌 기쁘지 않겠는가.

"이제 비밀의 샘을 찾는 일만 남았어!"

부현이 외치는 소리가 하늘 높이 퍼져 나갔다.

태산신궁의 앞마당에 모여 있는 일행을 멀리서 지켜보고 있는 눈길이 있었다. 나이를 짐작하기 힘들 만큼 주름이 가득한 얼굴에 검은 로브를 걸치고 있는 왜소한 체구의 노인이었다. 눈동자는 기이하게도 보라색으로 빛나고 있었고 손에는 자수정을 깎아 만든 듯한 지팡이가 하나 쥐어 있었다.

"로스티드, 알키루스… 그 못난 녀석들을 믿은 것이 실수였어. 이미 천부인의 주인이 정해진 이상 저들과 정면으로 겨루어서는 나, 루비온이라고 해도 당해낼 재간이 없게 되었지."

노인은 바로 로스티드의 스승이자 알키루스의 주인이기도 한 대마법사 루비온이었던 것이다.

"이제 저들을 상대할 방법은 하나밖에 남지 않았군. 동서 대륙이 만나는 곳, 그 불모의 땅에 나타나게 될 비밀의 샘으로 불러들여 일거에 없애 버리는 수밖에."

혼잣말을 중얼거리고 있던 루비욘은 자수정 지팡이로 땅을 한차례 가볍게 내려쳤다. 그 순간 그의 몸이 둥실 떠오르는가 싶더니 아지랑이 같은 기운이 그를 감싸며 허공으로 떠워 올렸다.

"먼저 가서 너희가 오기를 기다리고 있으마. 그곳에서 마지막 결전을 벌여보자꾸나."

루비욘은 아무도 듣지 못할 혼자만의 독백을 남겨놓은 채 서쪽 하늘로 빠르게 멀어져 갔다.

일행은 땅의 전사들이 도착할 때까지 태산신궁에 머무르며 느긋한 휴식을 즐겼다. 그동안 풍백을 비롯한 태산신궁의 도사들은 알키루스가 파괴시킨 진을 완벽하게 복구해 놓았다.

이윽고 땅의 전사들이 도착하자 그들도 그동안 쌓인 여독을 풀 수 있도록 며칠간 태산신궁에 더 머문 뒤에 국내성을 향하여 출발하였다.

비밀의 샘의 위치는 나연이 신경과의 교감을 통해 이미 알아냈지만 그것이 출현하려면 아직 6개월의 시간을 기다려야 했기에 국내성으로 돌아가 시기가 되기를 기다리려는 것이었다.

그런데 수백 명이나 되는 인원이 움직이게 되면 주변을 자극하여 불필요한 충돌이 일어날 가능성이 높았으므로 일행은 황하의 물길을 이용하기로 하였다.

몇 척의 배를 빌려 황하를 따라 내려간 뒤 서해 바다를 거쳐 압록강 물길을 이용해 국내성까지 간다는 것이 일행의 계획이었다.

날씨는 화창하고 뱃길은 순탄했다.

부현은 일행과 함께 갑판에 앉아 따사로운 가을 햇살을 즐기고 있었다. 정말 오랜만에 느껴보는 평화로움이었다.

"소희만 곁에 있으면 세상에 정말 부러울 게 없겠구만. 젠장. 시간을 빨리 흐르게 하는 방법은 없나? 하루에 열흘씩 꽉꽉 흐르면 얼마나 좋아? 그럼 당장 비밀의 샘으로 출발해도 될 텐데."

몸과 마음이 편하니 진소희 생각이 더욱 간절한 듯 부현이 작은 목소리로 중얼거리자 곁에 있던 완완노가 말했다.

"세상에는 순리라는 것이 있다. 그걸 거스르면 항상 그만한 대가를 지불하게 되는 법이야."

"다른 사람이라면 몰라도 완완노 할아버지가 그런 말씀 하는 건 어울리지 않아요."

부현이 시큰둥하게 반응하자 완완노의 표정이 금방 일그러졌다.

"뭐야?"

"그렇잖아요. 겨우 인사 안 받아줬다고 굴 속에 들어앉아 이십 년 동안 불상만 깎고 있는 게 순리라면 또 모를까."

"이놈의 자식이……!"

완완노의 표정이 더욱 일그러지고, 두 사람만의 전쟁이 다시 시작되려고 할 때였다.

"위험합니다! 비켜나십시오!"

뱃전에 서 있던 뱃사람 한 명이 다급하게 외치는 소리가 들려왔다. 무슨 일인가 싶어 일행이 우르르 달려가니 작은 나룻배 한 척이 일행이 탄 배를 향해 거슬러 올라오고 있었다.

나룻배 위에는 커다란 삿갓을 눌러쓴 노인 두 명이 앉아 있었는데,

위험을 아는 건지 모르는 건지 한가하게 술잔을 나누고 있는 중이었다. 노인들이 귀가 어두워 말을 알아듣지 못하는 것이라 판단한 부현이 내공을 실어 소리쳤다.

"영감님들, 위험합니다!"

그제야 두 노인은 일행 쪽으로 시선을 던졌다.

"위험한 줄 알면 자네들이 비켜 가면 그만이지, 어찌 늙은이들을 귀찮게 구는가?"

듣고 보니 맞는 말이었다. 위험하다고 소리칠 시간에 이쪽에서 방향을 틀며 그만이었다.

"정말, 우리가 피해 가면 그만이잖아?"

부현은 더 늦기 전에 비켜 가기 위해 선미에서 방향타를 잡고 있는 뱃사람에게 소리를 치려고 하였다. 그런데 섬검자가 가만히 그의 팔을 잡았다.

"그만두거라. 저 어른들은 어차피 이 배로 오르셔야 할 것 같구나."

"예? 아는 분들이세요?"

섬검자는 의아해하는 부현을 놓아둔 채 두 노인을 향해 허리 숙여 예를 취하였다.

"이제 농은 그만 하시고 이 배로 오르시지요."

섬검자가 정중히 청하자 두 노인이 갑자기 커다란 웃음을 터뜨렸다.

"허허허! 섬검자의 날카로운 눈은 여전하구먼. 삿갓을 깊이 눌러썼는데도 우릴 알아보는 걸 보니 말이야."

"그러게 말입니다, 형님."

두 노인은 남아 있는 술잔을 단숨에 비우고는 앉은 자세 그대로 양 무릎을 탁 퉁겼다. 그러자 두 노인의 몸은 바람을 받은 깃털처럼 허공으로 둥실 떠오르더니 일행이 탄 배 위로 유유히 날아와 내려앉았다.
이어서 삿갓을 벗고 얼굴을 드러내자 역리상이 놀란 목소리로 외쳤다.

"사부님!"

그들은 바로 신승 혜지와 운학 도인이었던 것이다.

"내가 아직 네놈 사부이기는 한 게냐?"

운학 도인이 짐짓 나무라는 표정을 짓자 역리상은 엎드려 절을 하며
진심으로 말하였다.

"죽을죄를 지었습니다, 사부님!"

"됐다. 네 녀석 혼내주려고 예까지 온 것은 아니니 그만 일어나거
라."

무뚝뚝한 듯하면서도 어딘가 모르게 정감이 묻어나는 말투였다.

역리상이 물러나자 섬검자는 신승과 운학 도인에게 일행을 차례로
인사시켰다. 그런데 어찌 된 일인지 조금 전까지 곁에 있던 완완노의
모습이 보이지 않았다. 어디 갔나 싶어 주변을 둘러보니 등을 보인 채
선미에 앉아 있었다. 신승의 등장을 무시하기 위한 행동임에 분명했
다. 쓴웃음이 절로 났지만, 괜히 긁어 부스럼을 만들 필요는 없었기에
완완노를 소개시키는 것은 포기하기로 하였다.

"한데 두 분 어른께선 이곳에 어쩐 일이십니까?"

섬검자의 물음에 운학 도인이 대답하였다.

"자네들을 보러 온 것이 아니라면 두 늙은이가 뭐 하러 예까지 왔겠
나?"

"그러셨군요. 그런데 저희가 물길을 이용할 줄을 어찌 아시고?"

"천리를 연구하다 보면 간혹 앞날이 보이기도 하는 법이지."

아무렇지 않게 말하고 있는 운학 도인의 말을 다른 사람들은 이해할

수 없었지만 사부가 점궤를 뽑는 것을 본 일이 있는 역리상은 이해할 수 있을 것 같았다.

사람은 누구나 자연으로부터 일정한 기운을 받고 태어나는데, 그것을 흔히 사주팔자라고 얘기한다. 태어난 생년, 월, 일, 시를 네 기둥이라 하여 사주(四柱)라 부르고, 각 기둥에 해당하는 천간과 지지를 두 자씩 붙이니 모두 여덟[八] 자가 되는 것이다. 또한 사람마다 타고나는 오행의 기운이 있으니 이는 그 사람의 골격으로 나타나게 된다. 여기에 각자의 천성이 더해져 관상이 되고, 후천적으로 양성되는 심성에 따라 그릇이 나뉘게 된다.

천리를 깊이 연구한 사람들은 개인마다 타고나는 이러한 기운을 풀어 그 사람이 지금 어디 있으며 무슨 일을 하고 있는지 모두 안다고 하니 사부는 분명히 자신이 타고난 기운을 역술에 대입하여 위치를 알아냈을 것이라 역리상은 생각하였다.

"한데 자네들은 지금 고구려로 돌아가는 길인가?"

운학 도인이 묻자 섭검자가 빙긋이 웃으며 대답하였다.

"알고 찾아온 것 아니십니까?"

"대충 짐작이야 하고 있었지만, 내가 세상을 다 안다고 할 수는 없는 일 아닌가?"

"천부인을 모두 얻은 사실도 알고 계시겠군요?"

"궤를 뽑아보니 그렇게 나오기는 하더군."

"하면 예까지 오신 것은……."

"자네들이 국내성까지 오기를 기다리기에는 시간이 너무 촉박하여 찾아왔네."

"시간이라 하심은……?"

운학 도인은 서쪽을 손으로 가리켰다.

"저쪽 하늘 아래서 엄청난 일이 벌어지고 있네. 빨리 가서 막지 않으면 천하가 엄청난 혼란에 빠지게 될지도 몰라."

서쪽 하늘이라는 말에 섬검자가 다소 우려 섞인 표정으로 나연을 바라보았다.

"네가 신경에서 보았다는 비밀의 샘도 서쪽이 아니더냐?"

"맞아요. 광대한 사막 타클라마칸의 한가운데가 그곳이니까요."

섬검자는 다시 운학 도인에게 물었다.

"어떤 일이 벌어지고 있는 것인지 좀 더 상세하게 말씀해 주실 수 있겠습니까?"

"얼마 전까지만 해도 그곳에는 알 수 없는 서기가 드리워져 있었네. 뭔가 상서로운 일이 일어날 징조였지. 그런데 갑자기 나타난 암흑의 기운이 그 서기를 에워싸고 있네. 더욱 무서운 것은 그 암흑의 기운이 절대적인 자연의 섭리를 거스르고 있다는 사실이네. 시간… 그곳에서는 시간이 사라지고 있어."

"어떻게 그런 일이……!"

"그야 모를 일이지. 어쨌든 빨리 막지 않으면 엄청난 재앙이 일어날 게야. 시간은 이승과 저승을 구분 짓는 절대적인 힘일세. 그 법칙이 무너지면 이승과 저승의 경계가 사라져 버릴 수도 있어."

"하면, 지옥의 마귀들이 뛰쳐나올 수도 있다는 말씀입니까?"

"그 정도로 그치면 오히려 다행일세."

"그럼 대체 얼마나 더 무서운 일이 일어날 수 있다는 말씀입니까?"

"우리가 살아가는 이 세상은 물질로 이루어져 있으며, 그 물질들이 일정한 법칙을 갖고 생성소멸(生成消滅)하는 가운데 생(生), 무생(無生)

의 순환이 이루어지고 있는 것이네. 여기에 저승의 세계가 관여할 수 있는 것은 무생이 마땅한 형체를 이루었을 때 생을 부여하고, 생의 명이 다하였을 때 생을 거두어감으로써 무생으로 돌려놓는 일뿐이네. 그런데 그 경계가 무너지면 생과 무생의 경계 또한 무너질 수 있는 것이니 천하는 그야말로 지옥의 구렁텅이에 빠지게 될 것이네."

말이 너무 어려워 부현과 나연 등은 도무지 알아들을 수가 없었지만 섬검자는 이해가 가는 듯 심각하게 고개를 끄덕였다.

"그렇다면 무슨 일이 있더라도 막아야 하겠군요."

"그래서 우리가 온 것일세. 함께 그곳으로 가세."

"알겠습니다."

"하지만 이 인원이 다 움직이기에는 시간이 너무 촉박하니 몇 사람만 추리도록 하세."

운학 도인의 말대로 수백 명에 이르는 인원이 함께 움직이면 시간이 더딜 것은 자명한 일이었기에 풍백, 운사, 우사 세 명의 도인만 일행과 함께 가기로 하고 나머지 사람들은 국내성으로 먼저 가서 기다리도록 조치하였다.

일행은 곧바로 배를 육지로 돌려 하선한 뒤 육로를 통해 서쪽으로 향하기 시작했다. 그런데 육로로 한동안 이동하면서도 완완노는 신승에게 단 한 번도 눈길을 주지 않았다. 철저하게 무시하겠다는 것이 그의 생각이었는데, 문제는 신승이 이런 사실을 전혀 눈치 채지 못하고 있다는 사실이었다.

이윽고 날이 저물자 일행은 하루를 묵어갈 객점을 찾아들었다. 모두들 간단한 식사를 주문하고 탁자에 둘러앉아 있는데, 신승이 섬검자에게 물었다.

"저 끝에 앉은 노인은 뉘신가?"

섬검자는 드디어 올 것이 왔구나 하는 표정으로 대답하였다.

"오래전에 제 의형이 되신 분으로 강호에서는 완완노라는 별호로 불리고 계십니다."

자신이 소개되고 있음에도 완완노는 신승에게 눈길을 주지 않았다. 그런 점이 이상하게 생각될 만도 하건만 신승은 아무렇지 않은 표정이었다.

"그렇군."

그저 고개를 두어 번 끄덕이더니 그만이었다. 이렇게 되면 오히려 완완노가 다시 한 번 무시당한 셈이었다. 신승이 아는 척을 먼저 하면 어떻게 대응할까 한참 고민하고 있던 완완노로서는 정말 화가 날 일이었다. 하지만 대체 무엇을 가지고 화를 낸단 말인가? 벙어리 냉가슴 앓듯 혼자서 끙끙 앓고 있는데, 부현이 툭 나서며 한마디 하였다.

"이십 년 전에 이 할아버지가 신승 어른을 보고 먼저 인사를 했는데 아는 척도 안 하셨다면서요?"

"그런 일이 있었던가?"

신승은 기억조차 나지 않는 듯한 표정이었다.

"그것 때문에 화가 나서 불상을 만 개나 깎았대요."

"화가 나서 불상을 깎아? 만 개씩이나?"

"그런데 오늘 또 신승 어른께 무시를 당했으니 아마 내일부터 불상 십만 개를……."

부현이 여기까지 말했을 때였다.

쐐애액!

조각도 날아오는 소리가 날카롭게 허공을 갈랐고, 부현은 얼른 목을 움츠려야 했다.

"이놈의 자식! 오늘은 정말로 용서하지 않을 테다!"

완완노가 벌겋게 성난 얼굴로 달려들자 부현도 자리에서 퉁겨 일어나 도망 다니기 시작했다.

"내가 뭘 잘못했다고 이래요? 영감님이 하도 속상해하는 것 같아서 대신 말해 준 것뿐인데!"

"그 아가리 닥치지 않을 테냐!"

두 사람이 우당탕거리며 뛰어다니기 시작하자 신승과 운학 도인 등은 별 해괴한 일을 다 보겠다는 듯 눈을 휘둥그렇게 떴다. 그러자 섬검자가 어쩔 수 없다는 듯 완완노가 서운한 감정을 품게 된 경위에 대해서 신승에게 설명해 주었다. 그 말을 들은 신승은 껄껄 웃음을 터뜨렸다.

"자네 말을 듣고 보니 저 젊은 친구와 옥신각신하고 있는 완완노의 행동도 이해가 되네. 누구의 시선도 아랑곳하지 않는 저런 행동은 갓 태어난 아기처럼 영혼이 깨끗한 사람만이 할 수 있는 것이지."

완완노의 속 좁음을 탓할 줄 알았던 신승이 오히려 칭찬을 하자 섬검자는 의외라는 표정을 지었다.

"그, 그렇습니까?"

"나는 오늘 아주 큰 것을 배웠네. 내가 평생토록 깨달음을 구하고도 지금까지 얻지 못한 것은 저런 순수함이 없었기 때문인 게야. 몸은 속세와 떨어져 살면서도 세인들이 붙여준 신승이라는 명리에서는 자유로울 수 없었던 것. 그런 허식(虛飾)에 싸여 살았으니 깨달음을 얻지 못할 수밖에."

스스로를 책망하는 듯한 신승의 말에 운학 도인이 가세했다.

"형님의 말씀에 전적으로 동감입니다. 저 노인은 정말로 우리가 가지지 못한 것을 가졌습니다."

"부현이란 젊은 친구도 마찬가지일세. 세인들은 그를 경망스럽다고 책할지 몰라도 순수함이 없다면 저런 행동은 나올 수 없는 게야. 그 누구도 이루지 못했던 무공의 경지를 이루고, 그에 더해 성고의 주인이 됐음에도 불구하고 예전과 달라진 게 없다는 것은 스스로 이룬 것을 뽐내지 않음이니 이보다 더 순수한 영혼이 어디 있겠는가? 그런 면에서는 저 두 사람이 우리보다 훨씬 나으이."

신승과 운학 도인이 하는 대화를 완완노가 들었다면 신승에게 서운했던 감정은 눈 녹듯 사라질 것이건만, 불행히도 그는 부현을 쫓아다니기에 바빠 아무런 말도 들을 수가 없었다.

"너, 정말 안 설 테냐?"

"제발 그 조각도나 좀 치우고 말씀하세요!"

두 사람의 어수선함으로 또 하루가 저물어간다.

II장
소멸의 공간

타클라마칸 사막은 동서 삼천여 리, 남북 팔백여 리에 걸쳐 펼쳐진 거대한 모래의 땅이다. 위구르인의 말로 '들어가면 나올 수 없는 곳'이란 뜻을 가진 이 사막은 수십 장 높이의 모래언덕들이 바람에 따라 이동하며 수시로 지형을 바꾸기 때문에 사막을 무대로 살아가는 사람들조차 깊숙이 들어가기를 꺼리는 곳이다.

어느덧 가을로 깊숙이 접어든 계절이건만, 태양으로 달구어진 사막은 숨이 턱턱 막히는 열기를 뿜어낸다.

"정말 지겨운 곳이네. 이렇게 뜨겁다가도 해만 지면 한겨울로 변하니 원……."

부현이 지친 발걸음을 옮기며 투덜거리자 목을 축이며 걷고 있던 역리상이 대꾸했다.

"넌 내공이라도 받침이 되니 좀 낫지, 난 이게 뭐냐. 내공이 달리니

낮에는 더위에 지치고 밤에는 추위에 떨어야 하고."

"부적은 두었다 뭐에 써요? 낮에는 얼음 도술로 꽁꽁 얼리고 밤에는 불 도술로 뜨겁게 달구면 되잖아요."

"내가 죽는 게 그렇게 보고 싶냐?"

"뭐, 말이 그렇다는 거지요. 그나저나 물 좀 아껴 마서요. 그렇게 마셔대다간 나중에 말라죽기 딱 좋아요."

"걱정 마, 목적지에 거의 다 와간다니까. 그리고 물이라면 네게 많이 남아 있잖아."

"꿈도 꾸지 마요. 내가 이걸 들고 오느라고 얼마나 고생했는데."

"그러게 누가 그렇게 미련 맞게 가지고 오래?"

부현의 어깨에는 한 말 들이 가죽 물통이 아직도 열 개나 걸려 있었다. 그나마도 오는 동안 마셔서 줄어든 게 그거였다.

"그래도 대책없이 마셔 버려서 모자란 사람보다는 덜 미련하네요."

"그래, 그건 부현이 말이 옳다. 앞날이 불확실할 때는 약간 여유를 갖는 것이 좋은 것이야. 그것이 조금 힘들고 피곤한 일이라도 말이야."

운학 도인이 부현을 거들고 나서자 역리상이 볼멘소리를 하였다.

"그러는 사부님은 왜 저 같은 놈을 제자를 거두셨습니까? 불확실한 미래에 대비하기 위해서라면 좀 더 똑똑한 놈을 고르셨어야지요."

"그래, 네 말도 옳다. 그러고 보니 내가 헛된 짓을 하고 있었던 게로구먼."

"사부님!"

"소리 지르지 말거라. 기운 빠진다."

"이럴 때는 빈말이라도 격려를 해주셔야 하는 거 아닙니까?"

"사부가 빈말 못하는 성격이라는 걸 아직도 모르고 있었느냐?"

평소에는 근엄하게만 보이던 운학 도인이건만, 역리상과 대화를 나눌 때면 이웃집 할아버지 같은 인상을 물씬 풍겼다. 그것은 사제지간 이전의 기른 정에서 비롯된 것이었다.

어느덧 서녘으로 해가 뉘엿뉘엿할 즈음, 일행은 그동안 볼 수 없었던 거대한 모래언덕을 오르고 있었다. 그동안 겪었던 모래언덕에 비하면 산이라고 부르는 편이 어울릴 것 같았다.

"이 우라질 모래언덕은 얼마나 더 올라가야 꼭대기가 나오는 거야?"

한참 걸은 것 같은데도 겨우 언덕 중간인 것을 발견한 부현이 정상을 올려다보며 중얼거렸다. 그런데 뭐를 발견했는지 정상에서 눈을 떼지 못한 채 고개를 갸웃거리기 시작했다.

"이상하네… 내 눈이 잘못된 건가?"

중얼거리고 있는 그에게 역리상이 물었다.

"뭘 보고 그러냐?"

"저기 꼭대기 말이에요. 뭔가 움직이는 것 같지 않아요?"

부현의 말에 역리상도 눈 위에 손을 얹고 정상을 올려다보았다.

"그러게? 뭔가 꿈틀거리는 것 같기는 한데… 혹시 열기 때문에 아지랑이가 오르는 건 아닐까?"

"아지랑이는 아닌 것 같고, 아무래도 모래가 움직이고 있는 것 같은데… 가만! 그러고 보니……."

뭔가 알아낸 듯 부현은 갑자기 날카로운 눈빛으로 주변을 쓸어보았다.

"어쩐지 이상하다 했더니 모래언덕이 움직이고 있었어요!"

그의 외침에 놀란 일행도 급히 주변을 쓸어보았다. 부현의 말대로 모래언덕 전체가 아래쪽으로 서서히 흘러내리고 있었다. 모래언덕을 오르다 보면 모래가 흘러내리게 마련이기에 일행은 그동안 별 신경을 쓰지 않고 있었던 것이다.

"도대체 저 꼭대기에서 무슨 일이 벌어지고 있는 건지 제가 보고 올게요!"

부현이 소리치며 신형을 뽑아 올렸다. 어마어마한 내공을 바탕으로 경공을 펼치니 그 무거운 물 주머니를 열 개나 메고서도 산을 내닫는 사슴처럼 날랜 부현이었다.

"바람도 불지 않는데 모래가 움직이고 있다는 것은……."

섬검자는 뭔가 불길한 예감이 드는 듯 혼자 중얼거렸다. 그러다 문득 생각이 난 듯 부현을 향해 크게 외쳤다.

"조심해라! 어쩌면 이건 유사의 일종일지도 모른다!"

그때 부현은 이미 정상에 내려서고 있었다. 그런데 모래 위에 발이 닿는 순간 허리까지 푹 빠져들지 않겠는가!

"뭐, 뭐야, 이거?"

부현은 흠칫 놀라 몸을 솟구쳤다. 그러나 상당한 진기를 운용했음에도 불구하고 몸을 완전히 뽑아 올릴 수는 없었다. 다시 한 번 발돋움하려는 사이 그는 또 허리까지 빠져 들어갔다. 정말 무서운 속도로 빨아들이는 유사였다.

"이런 젠장할!"

부현은 온 힘을 발에 쏟아 부어 몸을 솟구쳤다. 그러자 주변의 모래가 폭발하듯 사방으로 흩어지며 그의 신형이 허공으로 솟구쳤다. 겨우 빠져나온 부현은 몸을 깃털처럼 가볍게 하여 정상에 조금 못 미친 곳으로 물러나 내려섰다.

한숨 돌린 뒤 부근을 찬찬히 살피던 부현은 정상 저편에서 끊임없이 거슬러 올라온 모래가 이쪽 비탈로 흘러내리고 있는 것을 발견할 수 있었다. 모래가 거꾸로 거슬러 올라온다는 것은 도무지 이해할 수 없는 현상이었다.

잠시 후 달려 올라온 나머지 일행도 그 광경을 보고는 대단히 놀라는 표정이었다. 하지만 언덕 너머 저편에서 일어나고 있는 일에 비한다면 모래가 거슬러 올라오는 것은 그다지 놀랄 일도 아니었다.

언덕 너머엔 수십만 평에 이르는 분지가 형성되어 있었고, 그 한가운데 세 개의 돌산이 존재했다. 아니, 그것은 돌기둥이라고 해야 어울릴 것 같았다. 하늘을 뚫어버릴 듯 곧게 솟구쳐 오른 거대한 돌기둥 말이다.

일행을 걱정스럽게 만드는 것은 삼각 구도로 서 있는 그 돌기둥 한가운데의 공간이 어둠으로 검게 물들어 있다는 사실이었다. 그 어둠은 주변의 빛을 빨아들이기라도 하는 듯, 그곳을 중심으로 상당히 넓은 공간이 빛을 잃은 채 심하게 일렁이고 있었다. 어둠의 영향을 받고 있는 공간은 일행이 서 있는 이쪽과는 완전히 다른 세상처럼 느껴졌다.

한데 그 어둠 한가운데에는 벌어진 틈이 존재했다. 어둠보다 더 어두운 절대 암흑이라고 해야 할까? 그 틈은 어둠 속에서도 너무도 선명한 검은색으로 드러나 있었으며, 그 안에선 금방이라도 절대 암흑의 기운이 쏟아져 나올 것만 같았다.

운학 도인의 입에서 침음성이 흘러나왔다.

"으음… 예상했던 일이 벌어지고 있었어. 절대 일어나서는 안 될 일이……."

"대체 저게 무슨 일인데 그러세요?"

부현이 물었다.

"시간의 소멸이다."

"에?"

"저 어둠의 공간 부근에서 시간이 소멸되고 있다는 얘기다."

"시간이 없어져요?"

부현은 도무지 이해가 가지 않는 표정이었다.

"지금 저곳에서는 최소한 열 배 이상으로 시간이 빠르게 흐르고 있어. 그러니 시간이 소멸되고 있는 것이나 마찬가지지. 문제는 저 공간 안에서 일어나는 시간의 소멸이 주변의 정상적인 시간의 흐름과 크게 충돌을 일으키고 있다는 점이다. 그로 인해 시간의 틈이 생겨나고 있어. 저 어둠 속에 벌어져 있는 검은 틈이 바로 시간의 틈이다. 저걸 빨리 막지 못하면 틈이 점점 더 벌어져 결국은 이 세상을 집어삼키고 말게다."

실로 무서운 얘기였다.

"그런데 왜 저런 현상이 일어나는 거죠?"

"누군가 아주 사악한 생각을 가진 자의 소행이겠지."

"아무도 살지 않는 이곳의 시간을 없애서 뭐 좋은 일이 있다고……."

부현은 도무지 이해할 수가 없다는 표정이었다. 그때 나연이 조심스럽게 말했다.

"어쩌면 우리가 얻은 천부인과 관계된 일일지도 몰라."

"그건 또 무슨 말이에요?"

부현이 의아한 표정으로 물었다.

"신경에서 보았던 비밀의 샘이 나타날 위치가 바로 저곳이야. 세 개의 거대한 돌기둥이 있는 곳 말이야."

"비밀의 샘… 시간의 소멸?"

알 듯 말 듯한 표정으로 혼잣말을 중얼거리고 있던 부현은 어느 순간 크게 놀란 목소리로 소리쳤다.

"맞아! 알키루스 그 자식이 죽기 전에 한 말이 있어. 자신은 루비욘이란 자의 명에 따라 움직였다고 했어. 그자가 천부인을 없애려 한다고도 했고. 그러니 저 일을 꾸민 것도 아마 루비욘일 거야. 저곳의 시간을 소멸시켜서 비밀의 샘을 빨리 사라지게 하려고 말이야."

"그렇다면 어서 막아야 해. 비밀의 샘을 찾지 못하면 시간의 요정들도 살려낼 수 없어."

루비욘의 의도를 알게 된 일행은 조급한 마음이 들었다. 하지만 모래언덕 아래 존재하는 유사가 문제였다. 돌아갈 길이 있나 살펴보았지만 분지를 둘러싸고 있는 모래언덕들에선 모두 똑같은 현상이 벌어지고 있었다.

"일단 어디까지 위험한 지역인지 먼저 알아봐야겠군."

부현은 끈에 묶여 있던 물 주머니 하나를 풀어 언덕 중간쯤에 던져보았다. 그러자 모래가 빠르게 삼켜 버리고 말았다. 좀 더 아래쪽으로 던져도 같은 현상이 일어났고, 세 번째로 모래언덕을 완전히 벗어난 곳에 떨어졌을 때는 무사하였다. 적게 잡아도 백여 장이 넘는 거리를 넘어가야 한다는 얘기였다. 다행히 내리막길이어서 부현을 비롯한 몇몇은 몸을 가볍게 하여 허공을 미끄러져 내려갈 수 있을 것 같았다. 하지만 완완노만 하여도 이 거리를 발 한 번 딛지 않고 내려간다는 것은 무리였다.

잠시 고민에 빠져 있던 부현이 아무 말 없이 물 주머니를 역리상에게 내밀었다.

"마시고 싶으면 배 터지게 마셔둬요."

"갑자기 웬 인심이냐?"

"싫어요?"

"아니, 마실게."

부현은 나머지 물 주머니도 모두 풀러내더니 일행에게 하나씩 나누어 주었다.

"마시고 싶은 만큼 마신 다음 물을 모두 버리세요. 그리고 가죽을 찢어 긴 줄을 만들자고요."

부현의 의견대로 물을 모두 버린 뒤 가죽 주머니를 찢어 연결하자 언덕 아래까지 충분히 닿을 수 있는 줄이 만들어졌다.

"내가 줄 한쪽을 잡고 먼저 내려갈 테니 역리상 형님이 위에 남아서 잡아주세요. 그러면 나머지 분들은 줄을 의지해서 내려갈 수 있을 거예요."

부현의 말에 모두가 고개를 끄덕였다. 오십여 장이나 되는 허공을 미끄러져 내려가는 것은 힘든 일이지만, 뭔가 의지할 게 있다면 몸을 조금만 가볍게 해도 가능한 일이기 때문이다.

"그럼 나는 어떻게 하나?"

역리상이 물었다.

"걱정 마세요, 다 방법이 있으니까."

"무슨 방법?"

역리상이 물었지만 부현은 대답을 하지 않고 허공으로 몸을 솟구쳤다. 한 번의 도약으로 까마득히 솟아오른 부현은 깃털이 바람을 타고 흐르듯 아주 천천히 허공을 미끄러져 내려가기 시작했다.

잠시 후 분지에 도착한 부현은 줄을 팽팽히 당겨주었고, 나머지 일행은 몸을 최대한 가볍게 하여 줄을 딛고 내려갔다. 물론 신승과 운학도인 등은 줄에 의지하지 않아도 내려갈 능력이 되었지만 굳이 그렇게 하지는 않았다. 이윽고 일행 모두가 분지로 내려오고 나자 부현은 언덕에 있는 역리상에게 외쳤다.

"형님은 그 위에서 기다리고 계세요!"

"야, 이 웬수야! 나도 내려갈 수 있는 방법이 있다고 했잖아!"

"내가 말한 방법은 형님이 그 위에서 기다리는 거였어요."

"그런 게 어디 있어!"

"위험하니까 그냥 거기서 기다리세요."

"나도 내려가게 해줘!"

"꼭 내려와야 되겠어요?"

"그래!"

"그럼 줄을 몸에 묶고 최대한 높이 솟구쳐요."

"그래서 어떻게 하려고?"

"내가 잡아당기면 되잖아요."

"뭐야?"

"재수가 없으면 줄이 끊어질 수도 있겠지만, 그런 일이 벌어지기야 하겠어요? 뭐 해요? 어서 뛰지 않고?"

"그냥 여기서 기다릴게."

"진작 그럴 것이지."

역리상을 언덕 위에 남겨둔 채 일행은 분지 중앙에 위치한 돌기둥 쪽으로 천천히 다가갔다. 역리상은 졸지에 외톨이가 되었지만, 그건 오히려 잘된 일이었다. 알키루스만 해도 일행에게는 벅찬 상대였다.

그런데 그런 자를 수하로 부렸던 루비욘을 상대해야 하는 것이다. 싸움은 분명 험악해질 것이고, 그 거친 소용돌이에 휘말리면 역리상 같은 약자는 살아날 가능성이 희박했다.

분지 가장자리에서 돌기둥이 있는 곳까지는 삼백여 장이나 되었다. 일행은 잔뜩 긴장한 채 돌기둥 사이에 감돌고 있는 어둠을 향해 다가갔다. 이윽고 일행이 어둠의 경계 부근에 이르렀을 때였다.

고오오오!

어둠이 갑자기 크게 요동 치는가 싶더니 그 범위를 확 늘리며 일행을 삼켜 버리고 말았다. 어둠의 경계가 몸을 스쳐 지나가는 순간 일행은 아찔한 현기증을 느껴야 했다. 동시에 초저녁의 어둠 같은 어스름한 기운이 일행을 뒤덮었다.

"갑자기 왜 이러는 거죠?"

부현의 물음에 운학 도인이 답하였다.

"이 일을 벌인 자가 우리의 도착을 환영하는 것이겠지. 아니면 시간의 충돌을 효과적으로 통제하지 못하고 있는 것이거나."

운학 도인의 말이 끝나는 순간이었다. 마치 동굴에서 메아리가 울리듯 방향을 종잡을 수 없는 목소리가 사방에서 들려왔다.

"그런 걱정은 하지 않아도 좋소, 나 루비욘은 현 상황을 충분히 통제할 만한 능력을 지니고 있으니까."

일행은 그가 어디에 몸을 숨기고 있는지 찾기 위해 안력을 돋우었다. 하지만 그의 모습은 쉽게 찾을 수가 없었다. 그때 누군가 소리쳤다.

"저길 봐! 모래가 일어나고 있어!"

믿기 힘든 일이었지만 일행 주변의 모래가 정말로 일어나고 있었다.

아니, 더 정확히 말하면 바닥의 모래가 사람의 형상을 갖추며 솟아오르고 있었다. 크기도 어마어마했다. 높이가 무려 이십여 장에 이르는 모래 거인이 십여 기나 만들어지고 있는 것이다.

"골렘이야!"

나연이 소리쳤다.

"골렘은 돌로 만들어지는 거 아니었어요?"

부현이 묻자 나연이 대답했다.

"흙이나 모래로도 만들 수 있어."

"그럼 저기에도 소환석이 있겠네?"

"그렇겠지."

"그럼 운학 도인께 말씀드려서……."

부현은 운학 도인에게 골렘에 대해 설명해 주려고 했다. 그러나 그는 이미 골렘의 정체를 파악하고 있는 듯 부적 한 장을 눈에 붙인 채 골렘을 살펴보고 있었다.

"역시 법력으로 만들어낸 괴물들이 분명하구나. 저 모래 괴물의 복부에서 응집된 법력의 기운이 느껴져."

운학 도인이 골렘 하나를 가리키며 말하자 부현은 곧바로 청룡장을 쏘아냈다.

"사라져라, 괴물아!"

콰아아아!

그의 장심에서 솟아 나온 청룡이 골렘의 복부를 그대로 관통하자 놈은 생명을 잃은 모래로 화하여 우수수, 쏟아져 내렸다. 운학 도인은 계속해서 소환석의 위치를 알려주었고, 나머지 일행은 신속하게 해치워 버렸다. 십 기에 이르는 거대한 모래 골렘이 열 개의 모래 더미로 변하는 데는 그다지 많은 시간이 걸리지 않았다.

"골렘 따위로 그대들을 막을 수 있다고 생각하지는 않았지만, 그래도 이렇게 빨리 끝내 버릴 줄은 몰랐는걸? 과연 대단한 능력자들이로군."

허공에서 루비욘의 목소리가 다시 들려오자 부현이 외쳤다.

"숨어서 잔재주나 부리지 말고 그만 모습을 드러내시지!"

"꼬마야, 너무 기고만장하지 말아라. 이 늙은이의 재주는 이제부터 시작될 테니까."

말이 끝남과 동시에 사방에서 불기둥이 치솟아오르며 일행을 포위해 버렸다.

화르르릉!

직경 십여 자에 이르는 거대한 불기둥은 마치 쇠창살처럼 일행을 가두어 버렸다. 불기둥 사이에 사람 하나 빠져나갈 틈은 존재했지만, 어마어마한 열기 때문에 접근하는 것조차 어려워 보였다. 또한 끝이 보이지 않을 만큼 높이 솟아오르고 있어서 뛰어넘는 것도 불가능해 보였다.

부현은 불기둥 하나를 향해 현무장을 날려보았다. 그러나 불이 잠시 흩어지기만 할 뿐 아무 효력이 없었다. 그때 루비욘의 목소리가 들려왔다.

"바람 따위로 꺼질 불이었다면 애초에 만들어내지도 않았다. 그대들의 능력이 아무리 뛰어나다 해도 쉽게 빠져나올 수는 없을 것. 내 일이 마무리될 때까지 그 안에서 편히 쉬도록 해라. 잠시 후 일을 마치고 나서 상대해 주마."

루비욘은 불기둥의 위력을 확신하고 있는 듯 그동안 숨기고 있던 모습을 드러냈다. 불기둥 사이로 그의 모습이 보이자 부현이 소리쳤다.

"당신 마음대로 되지는 않을 거야!"

"그렇게 자신있으면 그 불기둥을 한번 뚫고 나와보거라."

"내가 못할 줄 알고?"

부현은 정말로 불기둥을 뚫고 나가려는 듯 다리에 힘을 주었다. 그러자 운학 도인이 얼른 제지하였다.

"아직 불의 성질도 모르면서 성급히 행동하면 위험하다."

"불이면 다 똑같은 거지 뭐 별다른 게 있겠어요?"

"그렇지 않다."

운학 도인은 부현이 성급히 행동하지 못하도록 한 뒤 섬검자에게 검을 빌려 불기둥에 찔러 넣었다 뽑아냈다. 그러자 놀랍게도 불이 검에 옮겨 붙는 것이 아닌가? 쇠로 이루어진 검신에서 불길이 활활 타오르고 있는 것이다.

"보아라. 법력으로 만든 불에는 이런 것들이 있다."

정말 소름 끼치는 일이었다. 불이란 원래 연소 물질이 있어야 계속 탈 수 있는 것이다. 그런데 이 불은 불 그 자체로 생명력을 갖고 있는 듯했다.

"이제 알았으면 조용히 기다리고 있거라, 꼬마야. 내 일을 완벽히 처리한 뒤에 놀아줄 테니 말이다. 하하하!"

루비욘은 조소를 남긴 채 천천히 걸음을 옮겼다. 그는 세 개의 돌기둥 중심으로 향하고 있었는데, 그곳에 도착한다 싶은 순간 모습이 꺼지듯 사라지고 말았다. 아마도 그곳에 마법의 진을 설치해 둔 것이 분명했다.

섬검자의 검은 그 뒤로도 한동안이나 더 타오른 뒤에야 불길이 사라졌다. 반 각 정도는 충분히 탄 것 같았다.

"무슨 방법이 없나요? 이대로 있다간 저 작자 뜻대로 되고 말 거라고요."

"잠시 생각을 해보자꾸나. 여긴 사막이라서 지하 수맥도 감지되지 않는구나."

참으로 답답한 일이었다. 언제부터 시작되었는지 모를 시간의 소멸은 계속되고 있는데, 일행은 불기둥에 갇혀 꼼짝도 못하고 있으니 말이다.

"혹시 바닥에 굴을 뚫으면 안 될까요?"

부현이 답답한 마음에 의견을 제시했지만 운학 도인은 곧 고개를 저었다.

"모래바닥에 무슨 재주로 굴을 뚫는단 말이냐?"

"도술로 얼려가며 뚫으면 되잖아요."

"모래에 습기가 있어야 얼리지."

"그렇군요."

부현이 실망하여 고개를 떨굴 때였다.

"대체 이게 어떻게 된 일입니까?"

불기둥 밖에서 역리상의 목소리가 들려오지 않겠는가? 어떻게 내려온 것인지 그는 불기둥 밖에 와 있었다.

"뭔 재주로 여기까지 왔어요?"

부현이 물었다.

"네가 그렇게 가버리고 얼마 지나지 않아서 모래의 움직임이 멈췄어. 그래서 조심조심 내려와 보니 빠지지 않더라고."

"어쨌든 잘 왔어요. 우리 좀 꺼내줘요."

"내가 무슨 재주로?"

"어디까지 빠지는 곳인가 알아보려고 물 주머니 던진 것 중에 빠지지 않은 게 하나 있었잖아요. 그걸 가지고 오세요."

"그거라면 혹시나 하고 오면서 주워 왔는데. 이걸로 뭘 어떻게 하라고?"

"그 물로 모래를 적셔가며 굴을 뚫어보세요. 혹시 모르니까 불기둥 사이로 뚫으세요."

"이 정도 물로 될까?"

"벽으로 쓸 자리만 적셔가며 하면 되잖아요."

"알았어. 일단 해볼게."

역리상은 물 주머니에 작은 구멍을 뚫은 뒤 사람 하나가 드나들 정도의 원을 그리며 물을 뿌렸다. 물이 어느 정도 스며들자 도술을 이용하여 결빙시킨 뒤 모래를 파내기 시작했다. 결과는 대성공이었다. 단단하게 언 모래 벽이 흘러내리는 모래를 막아주었던 것이다. 역리상은 계속해서 같은 작업을 반복하여 굴을 뚫어 나갔다. 그리고 드디어 불기둥의 경계 안쪽으로 들어가자 위에서 모래가 우수수 밀려 내려오며 구멍이 생겨났다.

하지만 불기둥의 원천이 지하 깊숙한 곳에 자리한 듯 불기둥이 지나는 자리의 얼음이 쉽게 녹아내렸기에 그곳에는 특별히 물을 충분히 적시고 단단한 얼음을 얼려두어야 했다. 그렇게 만들어진 통로는 매우 비좁았지만, 일행이 빠져나오기에 부족함은 없었다.

생각지 못했던 역리상의 도움으로 무사히 빠져나온 일행은 루비욘의 움직임에 신경을 곤두세웠다. 그런데 이상하게도 루비욘은 일행의 탈출을 전혀 눈치 못 채고 있는 것 같았다. 불길에 가려 잘 보이지는 않았다 해도 루비욘 정도 되는 인물이 전혀 눈치 채지 못했다는 것은 어딘가 이상했다.

"혹시……."

운학 도인은 뭐가 걱정되는지 매우 심각한 표정을 지으며 불기둥들을 지나 어둠의 중심이 보이는 곳으로 향했다. 일행도 그의 뒤를 따랐다.

어둠의 중심에서는 엄청난 일이 벌어지고 있었다. 절대 암흑으로 물들어 있는 시간의 틈이 점점 크게 벌어지고 있었던 것이다.

쩌저적!

일행이 도착하고 나서도 틈은 더욱 길고 넓게 벌어졌다. 어쩌면 루비용은 그 틈이 더 벌어지는 것을 막고 있느라 일행에게 신경을 쓰지 못했던 것일지도 몰랐다. 그가 무엇 때문에 일행을 집요하게 방해했는지는 몰라도 시간의 틈을 통제하지 못한다면 그 또한 무사하지 못할 것이기 때문이다.

크르르르……

시간의 틈에서 괴이한 울음소리가 흘러나왔다. 흠칫 놀라 바라보니 시뻘건 눈알들이 일행을 섬뜩하게 노려보고 있었다. 먹이를 노리는 야수의 그것처럼 번들거리고 있는 놈들의 눈에서는 형용할 수 없는 흉포함이 느껴졌다. 뿐만 아니라 놈들은 틈을 찢어발기고 뛰어나오려는 듯 날카롭고도 흉측한 발톱으로 시간의 틈을 마구 할퀴어대고 있었다.

캬오오오!

"대체 저 괴물들은 뭐예요?"

부현의 물음에 운학 도인이 대답했다.

"저승에 존재하는 야차들이다. 저승에 존재하는 자들이니 원래 물질로 이루어진 이승에서는 형체를 가질 수 없는 존재들이지. 하지만 시간의 혼란이 일어나며 저승과 이승이 하나로 합쳐지는 이 공간에서는 물질이 없이도 저런 형태를 가질 수 있는 게다."

부현은 완전히 질린 얼굴을 했다. 이야기 속에나 나오는 것인 줄 알았던 지옥의 야차들이 아우성을 치고 있으니 어찌 질리지 않을 수 있겠는가.

"시간의 소멸을 멈추시오, 루비욘! 이대로 가다간 당신과 우리 모두, 아니, 온 천하가 혼돈에 빠져들고 말 것이외다!"

운학 도인이 루비욘의 마법진을 향해 소리쳤다. 그러자 마법진 안에서 힘에 겨운 듯한 루비욘의 목소리가 들려왔다.

"용케도 빠져나온 모양이군. 하지만 시간의 소멸은 멈출 수 없다. 이제 조금만 더 버티면 모든 게 끝날 테니까."

"좋소. 그렇다면 우리가 멈추게 해주겠소."

"어림없는 소리! 만약 내 마법진을 섣불리 건드렸다간 시간의 틈이 일거에 벌어지며 저 마귀들이 튀어나오게 될 거다!"

루비욘의 목소리는 필사적이었다. 만약 그를 섣불리 건드리면 정말로 그렇게 하고도 남을 것 같았다.

운학 도인은 아무 소리 않고 뒤로 물러났다. 그리고는 등에 메고 있던 작은 보따리를 내려 풀었다. 그 안에는 얇은 나뭇가지에 부적을 붙여놓은 깃발 수십 개가 들어 있었다.

그는 그 깃발을 꺼내 들고 주변에 하나씩 꽂아 나가기 시작했다. 그러자 마법진 안에서 루비욘의 목소리가 다시 터져 나왔다.

"내 일을 방해하지 말라고 분명히 경고했다!"

"걱정 마시오, 당신을 도우려는 거니까."

"누구를 속이려고!"

"당신이 실패할 경우 시간의 혼돈이 이 범주를 넘어서지 못하게 하려는 최소한의 조치이니 말리지 마시오."

"믿을 수 없다. 그만 멈춰라!"

운학 도인과 루비욘이 실랑이를 벌이고 있을 때였다.

쩌저적!

고막이 아닌 영혼에 직접 와 닿는 듯한 굉음이 울리며 시간의 틈이 좀 더 벌어졌다.

캬아아악, 크르르르……

야차들은 이제 팔을 바깥으로 꺼내놓은 채 머리까지 내밀기 위해 발버둥을 치고 있었다. 틈이 조금만 더 벌어지면 당장이라도 튀어나올 것만 같았다.

"그대가 내 정신을 분산시킨 결과다. 한 번만 더 이런 일이 일어나면 저 마귀들이 튀어나오게 될 테니 알아서 하도록!"

마법진 안에서 루비욘의 목소리가 다시 들려 나왔다. 조금 전보다 더욱 힘에 겨운 목소리였다. 운학 도인과의 실랑이 때문이라고 말은 했지만 이미 그의 한계를 넘어서고 있음이 분명했다. 운학 도인이 안색을 가라앉히며 말하였다.

"내가 보기엔 이미 당신 혼자의 능력으로 통제할 수 없는 지경에 이른 것 같소만."

루비욘은 대답이 없었다.

"이건 천하가 걸린 일이오. 당신이 원하면 우리가 돕겠소."

운학 도인이 다시 말을 건네고 나서도 한참 동안이나 침묵하고 있던 루비욘이 매우 힘겨운 목소리로 대답했다.

"도와… 주시오……."

그 순간, 또다시 시간의 틈이 벌어지며 야차들이 얼굴을 내밀기 시작했다. 조금만 힘을 쓰면 튀어나올 것 같았다. 시간이 없었다. 운학 도인은 다소 다급한 표정으로 태산신궁 도사들에게 말하였다.

"세 분께서 저를 좀 도와주셔야 하겠소이다."

"어떻게 하면 되는지 말씀하십시오."

"세 분의 법력을 모아 시간의 틈이 벌어지는 걸 일단 저지해 주십시오. 저는 시간의 혼돈이 더 이상 퍼지지 못하도록 주변에 진을 설치한 뒤 여러분과 합류하여 저 틈을 완전히 봉합할 수 있도록 하겠습니다."

"알겠습니다."

태산신궁의 도사들은 세 곳으로 나뉘어 각자의 위치를 잡고 결가부좌를 틀었다. 이어서 기묘한 모양으로 손을 합장한 뒤 알아들을 수 없는 법문을 외우기 시작했다. 그러자 그들이 앉은 대지에서 현묘한 기운이 솟아올라 시간의 틈을 에워쌌다. 그것으로 시간의 틈을 봉합할 수는 없었지만, 더 벌어지는 것은 충분히 막아낼 것 같았다.

그사이 운학 도인은 주변에 깃발을 꽂아 나갔다. 깃발은 모두 서른 여섯 개였는데, 하얀 천에 붉은 주사로 그려진 부적에서는 신묘한 기운이 느껴졌다. 그 기운은 부적을 그린 자의 법력, 즉 운학 도인의 법력이 깃들어 있기에 발생하는 것이다.

부적은 정해진 도형을 따라 그린다고 효력이 생기는 것이 아니다. 그리는 자의 법력이 그 안에 녹아 들어가야만 진정한 부적이라 할 수 있는 것이다. 때문에 부적을 그릴 때는 먼저 천기와 지기를 살펴 자신이 타고난 기운과 잘 조화되는 날을 골라야 한다. 그 다음에는 자신이 그리고자 하는 부적의 용도에 맞는 시간을 살핀다.

이렇게 일시가 정해지면 먼저 몸을 청결하게 하고 천지신명께 부적 작성을 고하는 예를 올린다. 이는 자연의 기운을 사용함을 허락받는 의식이다. 이런 모든 절차를 밟은 뒤에 부적을 그려야만 작성자의 법력과 자연의 기운이 잘 조화되어 그 안에 녹아들게 되는 것이다.

운학 도인은 높은 법력을 소유한 데다 이런 절차를 훌륭히 지켰기 때문에 그가 그린 부적을 역리상이 사용해도 훌륭한 효력를 발휘했던 것이다. 반면 역리상은 법력도 낮은 데다 이런 절차를 제대로 거치지 않았기에 그 효력이 사부의 것에 십 분의 일에도 미치지 못했던 것이다.

운학 도인은 방위를 밟아 나가며 깃발을 계속 꽂아 나갔다. 이윽고 서른여섯 개의 깃발이 모두 꽂혀지는 순간 깃발은 모두 사라지고, 그것이 꽂혀 있는 대지로부터 형용할 수 없는 기운이 솟구쳐 올라 벽을 형성해 나가기 시작했다. 그것은 분명 형체를 갖지 않은 벽이었다. 하지만 일행은 그 벽의 존재를 분명하게 느낄 수 있었다.

투명한 기운의 벽은 주변을 완전히 둘러싼 뒤 서서히 위로 솟아올라 반구의 형태로 어둠의 중심을 덮어 나갔다. 그리고 드디어 반구의 형태가 완성되는 순간, 벽 바깥을 물들이고 있던 어둠은 순식간에 사라지고 석양의 붉은빛이 그 자리를 대신하였다. 이제 어둠은 반구 안에만 존재할 뿐 더 이상 뻗어 나갈 수 없게 된 것이다.

단지 깃발을 몇 개 꽂았을 뿐인데 운학 도인은 몹시도 힘들어하는 기색이었다.

"이제 저 틈이 벌어져도 야차들은 밖으로 뛰어나갈 수 없는 건가요?"

부현이 운학 도인에게 물었다.

"당장은 막을 수 있을 게다. 하지만 궁극적으로 시간의 틈을 막지 못한다면 결국 저 부적진도 무너지고 말 거다."

"저 틈만 막으면 시간의 소멸은 중지되는 건가요?"

"그건 루비욘에게 달렸지. 지금 우리가 할 수 있는 시간의 틈을 봉합하는 것일 뿐, 그가 마법진을 거두지 않으면 시간의 소멸은 계속될 게다."

"그럼 아무 소용 없는 일이잖아요. 나는 비밀의 샘이 꼭 필요하다고요. 그게 사라져 버리면 온 세상을 다 구한다 해도 내게는 의미가 없어요."

"지금은 시간의 틈을 봉합하는 게 급선무다. 나머지 문제는 그 뒤에 해결하도록 하자."

"비밀의 샘이 사라져 버리면 다 소용없어요. 만약 그렇게 된다면 시간의 틈이 벌어지든 말든 나는 루비욘을 죽여 버리고 말 거예요!"

부현이 단호하게 소리치자 운학 도인은 어쩔 수 없다는 표정으로 고개를 끄덕이고는 태산신궁의 도사들 곁에 결가부좌를 틀고 앉았다. 이어서 법문을 암송하기 시작하자 태산신궁의 도사들보다 훨씬 강력한 기운이 대지에서 솟구쳐 시간의 틈이 벌어진 곳으로 향했다. 그 기운이 합세하자 시간의 틈은 서서히 봉합되기 시작했다.

바로 그때였다. 운학 도인과 태산신궁 도사들이 금방 쓰러질 듯 비틀거림과 동시에 시간의 틈이 확 벌어지며 피에 굶주린 야차들이 그 사이로 고개를 불쑥 내밀었다. 그중 한 놈은 상체를 절반이나 내민 채 피에 굶주린 눈빛으로 일행을 쏘아보고 있었다.

"대체 어떻게 된 일이에요?"

부현이 놀라서 물었지만 운학 도인과 태산신궁 도사들은 아무런 대답이 없었다. 대신 대답한 것은 루비욘이었다.

"그게 궁금하냐? 그렇다면 내가 대신 답해주마, 꼬마야. 내가 마법을 거두어 버리자 순간적으로 힘의 공백이 생겨서 저렇게 된 것이다. 하지만 도사들의 능력이 생각보다 쓸 만하니 당분간 견디는 데는 지장이 없을 것 같구나."

자수정 지팡이를 든 채 마법진을 빠져나오고 있는 루비욘을 보고 부현이 외쳤다.

"당신은 시간의 틈을 막고 있어야 하잖아! 그런데 왜 기어 나오는 거야?"

"생각보다 머리가 모자란 아이로구나. 시간의 틈이 왜 생겼다고 생각하느냐? 내가 그 정도 대비도 없이 일을 벌였을 것 같으냐?"

"뭐야, 당신이 일부러 시간의 틈을 만들기라도 했다는 거야?"

"바로 맞혔다, 꼬마야. 저건 도사들의 손을 묶어두기 위해 내가 일부러 만든 것이다. 나 혼자 통제할 수 없는 일이었다면 애초에 시작도 하지 않았을 거다. 이 세상이 혼돈에 빠져 버리면 그동안 내가 애써온 모든 것도 물거품으로 돼버릴 테니까."

"비열한 늙은이!"

"너도 좀 더 살 기회가 있다면 알게 되겠지만, 간혹은 비열해지기도 해야 승자가 될 수 있단다. 나약한 정의를 부르짖어 봐야 패배만 있을 뿐이지."

"좋아. 당신이 그렇게 비열해지면서까지 얻으려는 게 뭐지? 대체 왜 우리 일을 그토록 방해하려고 하는 거냔 말야?"

"너는 정말로 머리가 나쁜 아이로구나. 대체 너는 비밀의 샘에 대해서 내가 어떻게 알게 됐다고 생각하는 거냐? 아무도 말해 주지 않았는데 저절로 알게 돼서 너희가 천부인을 찾기 시작했을 때부터 방해해 왔다고 생각하는 건 아니겠지?"

"정말 그걸 어떻게 알았지? 그건 시간의 요정들밖에 모르는… 가만! 당신 혹시……?"

"이제야 감을 잡은 게로구나. 그래, 내가 너희 앞에 선택된 시간의 조정자였다."

"그럼 시간의 요정들을 그렇게 만들어놓은 것도 당신 짓이었군."

"그건 과거로 데리고 오면서 내게 마법력을 부여한 그들의 잘못이다. 사람이란 힘이 생기면 쓰고 싶어지는 법이거든."

"말도 안 되는 소리 지껄이지 마라!"

"나는 그들이 부여한 힘을 사용해서 그들을 곁에 붙들어놓으려 했을 뿐이다. 그렇게 퇴화시킬 생각은 아니었어. 시간을 마음대로 넘나드는 그들의 능력이 필요했거든. 그런데 내가 잠시 감시를 소홀히 한 틈을 타서 도망쳐 버렸어. 하지만 나는 크게 걱정하지 않았지. 비밀의 샘에 대해 그들에게 들어서 이미 알고 있었으니까. 다행스럽게도 비밀의 샘은 내가 죽기 전에 다시 나타나게 되어 있었고, 시간의 요정들은 만 년 씩이나 움직일 수 있는 에너지가 남아 있지 않았으니 이번 비밀의 샘을 찾기 위해 분명히 나타날 것이라 믿었지."

"그래서 로스티드와 알키루스를 보내서 우리를 방해하려 했는데 뜻대로 되지 않아서 이렇게 직접 나타나셨다 이거로군?"

"그래. 내가 이루어놓은 우리 민족의 번영 계획을 너희가 망치게 놔둘 수는 없으니까."

"민족의 번영? 당신처럼 교활한 늙은이가 그렇게나 거창한 꿈을 가지고 있었어?"

"어떻게 생각해도 좋다. 한 가지 분명한 것은 너희가 오늘 이 자리를 살아서 빠져나갈 수 없다는 점이다."

"꿈 깨셔. 나는 어떻게든 살아남을 거고, 요정들의 힘을 되찾아주고 말 테니까. 나도 꼭 해야 할 일이 있거든."

"아니, 너희 모두는 오늘 여기서 죽는다."

"당신 살아날 궁리나 하시지."

"나는 어떻게 되도 상관없다. 내가 죽더라도 수천 년에 걸쳐 나의 계획을 실천해 줄 조직을 만들어두었으니까. 이제는 내가 더 이상 관여하지 않아도 그들이 알아서 실행할 것이다. 수천 년에 걸쳐 우리 민족이 세계를 지배할 수 있는 대역사를 말이다."

"대체 무슨 소리를 지껄이는지 몰라도 내 대답은 한 가지야. 당신을 여기서 거꾸러뜨리고 요정들의 힘을 되찾아준다는 것!"

부현은 오로지 진소희를 살려내겠다는 일념 때문에 루비욘의 말을 한 귀로 흘리고 있었지만, 나연은 그가 말하는 계획이 어떤 것인지 어렴풋이 알 수 있을 것 같았다.

'그러고 보니 세계 삼대발명품이라는 나침반, 종이, 화약은 모두 우리 동양에서 발명됐어. 그런데 그걸 이용해서 번영을 구가한 것은 서양이었어. 그들은 나침반을 이용해 세계 대양을 누볐고, 그로 인해 신대륙 아메리카와 오세아니아도 발견할 수 있었어. 또한 화약을 이용한 무기를 발전시켜서 세계의 주도권을 잡았고. 하지만 무엇보다도 그들을 강하게 만든 건 종이와 활자의 사용이야. 우리 고려는 금속활자를 가장 먼저 만들고도 그대로 사장시키고 말았어. 하지만 서양은 그것을 지식 전파에 이용해서 결국은 산업 혁명을 일으켰고 시민 사회도 만들어냈어. 이 모든 것이 우연의 연속일 수도 있겠지만, 루비욘의 말대로 강력한 비밀 조직을 만들어 수천 년 동안 꾸준히 활동하게 만든다면 그보다 더 확실한 방법은 없겠지. 우리가 살던 시대의 지식 몇 가지를 이 시대에 알려주는 것보다는 그쪽이 훨씬 가능성있어. 우리 시대의 지식은 가르쳐 줘봐야 이 시대의 지식과 격차가 너무 커서 수용할 수가 없을 거야. 오히려 마녀니 뭐니 해서 제거의 대상이 되겠지. 하지만 소수 정예로 이루어진 비밀 조직을 만들어서 그들에게 지식을 전달하고, 그것을 은밀히 전파하도록 한다면 그 사회는 항상 다른 민족보다 한발 앞서 갈 수 있을 거야.'

잠시 생각에 잠겨 있던 나연은 뭔가 이상한 기운을 감지하고 언뜻 정신을 차렸다. 이상한 기운의 근원은 바로 루비욘이었다. 그는 커다란 물방울처럼 생긴 기운에 둘러싸인 채 허공에 떠 있었다.

"이제 잠시 후면 비밀의 샘이 생겨날 것이다. 하지만 그것은 아주 잠깐 생겼다 사라지게 되겠지. 원래 한 시간 정도 존재하는 것이니, 이 시간 소멸의 공간 안에서는 정확히 6분 만에 사라지게 된다. 그렇게 되면 시간의 요정들은 다음 비밀의 샘이 나타날 만 년 후까지는 돌 속에서 잠들어 있어야 할 것이다. 하하하하!"

"내가 그렇게 놔두지 않겠다고 했지!"

크게 웃어 젖히는 루비욘에게 단호하게 소리친 부현은 전신 공력을 끌어올려 쌍장에 모았다.

"당신은 반드시 내 손으로 박살 내고 말겠어! 사신혼원장!"

부현이 쌍장을 쭉 밀어내자 그의 양쪽 장심에서 오색 광채가 소용돌이처럼 휘몰아쳐 나와 허공의 루비욘에게 쏘아져 나갔다. 전력을 다한 그의 사신혼원장에서는 어마어마한 힘이 느껴졌다. 그런데 이상하게도 루비욘은 빙긋이 웃고만 있을 뿐 피할 생각을 하지 않았다.

파아앗!

드디어 사신혼원장이 루비욘에게 격중되는 순간, 일행은 믿을 수 없는 광경을 보게 되었다. 부현의 사신혼원장이 수십 갈래로 흩어지며 물방울 같은 구체의 겉면을 타고 흐르더니 반대 편에서 다시 하나로 합쳐져 날아간 것이다. 그런데 더욱 놀랄 일은 사신혼원장이 시간의 틈을 향해 날아가고 있다는 사실이었다.

"안 돼!"

부현의 부르짖음을 비웃기라도 하듯 사신혼원장은 정확하게 시간의 틈을 가격하고 말았다.

쿠르르르룽!

일대를 뒤흔드는 엄청난 진동과 함께 시간의 틈을 봉합하고 있던 운학 도인과 태산신궁 도사들의 몸이 크게 흔들렸다. 동시에 시간의 틈이 벌어지며 야차들이 튀어나왔다.

캬오오오!

12장
비밀의 샘

벌어진 틈으로 튀어나온 야차는 모두 셋이었다. 다행히 운학 도인 등이 온 힘을 기울여 시간의 틈을 다시 좁힘으로써 더 이상 튀어나오는 것은 방지할 수 있었다.

카르르릉!

놈들은 나직한 울음소리를 흘려내며 일행을 노려봤다. 허공에 떠 있기 때문인지, 아니면 다른 이유에서인지 이상하게도 루비욘에게 관심을 보이는 놈은 없었다.

"깜빡 잊고 말하지 않은 사실이 하나 있는데, 나를 감싸고 있는 이 마법의 기운은 그 어떤 공격이라도 밖으로 흘려보내는 특징을 가지고 있단다, 꼬마야. 설혹 나보다 강한 자의 공격이라 해도 말이지. 그 대신 이 안에 있는 동안에는 나도 바깥으로 나가거나 공격할 수가 없는 단점이 있는데, 마침 네가 알아서 손을 써주었으니 나로서는 아주 고마운 일이로구나."

 허공을 유유히 떠다니고 있는 루비욘의 말을 듣고 보니 그는 부현이 공격할 것을 미리 알고 교묘하게 위치를 잡아 시간의 틈에 충격이 가도록 한 게 분명했다.

 "저 늙은이가 정말 사람 열받게 만드는군."

 부현은 분해서 어쩔 줄 모르는 표정이었지만, 당장 눈앞의 야차가 문제였기에 루비욘에게 손을 쓸 방법이 없었다. 놈들은 사람의 두 배나 되는 키와 긴 팔다리를 가졌고, 커다란 아가리에 섬뜩한 송곳니가 촘촘히 박힌 흉측한 모습이었다. 게다가 번들거리는 놈들의 피부는 마치 강철을 덧씌워 놓은 듯하여 쇠붙이로 만들어진 것이 아닌가 하는 생각이 들 정도였다.

 '루비욘, 저 늙은이는 모든 걸 미리 계산하고 있었어. 야차를 튀어나오게 한 것도 우리의 힘을 빼놓으려는 계획의 일환일 거야.'

 여기에 생각이 미친 부현은 최대한 빠른 시간 내에 야차를 처리해야겠다고 마음먹었다.

 캬오오!

 먼저 공격을 시작한 것은 야차 쪽이었다. 놈들은 부현과 나연, 은강에게 각기 덤벼들었다. 다른 사람들의 공격은 전혀 염두에 두지 않는 듯한 공격이었다.

 "너희가 살던 세계로 돌아가라, 이 괴물들아!"

 부현은 자신에게 달려드는 야차를 향해 현무장을 날렸다.

 콰아아아!

 시커먼 현무가 달려들자 야차도 움찔하는 표정이었다.

 쿠아앙!

현무장이 야차의 몸통을 가격하자 마치 철벽을 때리는 듯한 굉음이 울려 나왔다.

키이이익!

놈은 괴성을 지르며 뒤로 몇 바퀴나 굴러 나갔다. 그런데 하필이면 운학 도인이 앉아 있는 방향이었다. 그는 지금 시간의 틈을 봉합하기 위해 전력을 쏟아 붓고 있는 상태여서 만약 야차가 그에게 눈을 돌린다면 위험한 상황이 벌어질 수도 있었다.

다급해진 부현은 얼른 운학 도인 쪽으로 달려갔다. 그때 야차가 벌떡 퉁겨 일어나더니 부현을 향해 양손을 빠르게 휘둘러 왔다. 길게 마디진 손가락에 강철 같은 손톱이 무려 한 자 이상이나 자라 있는 놈이었기에 그건 단순한 손 공격이 아니었다.

쾌애액!

놈은 긴 다리로 이리저리 뛰어다니며 다섯 자루의 칼을 동시에 휘두르는 듯한 손톱 공격을 연신 퍼부어댔다. 공격의 날카로움도 놀라웠지만, 더욱 기가 막힐 일은 현무장을 정통으로 맞고도 아무렇지 않게 뛰어다닌다는 사실이었다.

'뭐 이런 괴물이 다 있어?'

부현은 우수에 청룡장을 끌어 모았다.

"좋아. 이걸 맞고도 날뛸 수 있는지 한번 보자. 청—룡—장!"

부현은 달려드는 놈의 복부를 향해 청룡장을 쏘아냈다.

끄릉!

현무장을 쏘아냈을 때와는 달리 낮은 소리가 울려 나왔지만 충격은 월등히 큰 듯 야차는 괴상한 비명을 질러대며 사방을 굴러다녔다.

"별것도 아닌 자식이 설치고 있어."

라고 말하며 부현이 손을 툭툭 털 때였다.

키아아악!

그에게 당했던 야차가 다시 퉁겨 일어나며 양손을 휘둘러 왔다. 정말 질리는 맷집이었다.

야차를 어쩌지 못하는 건 나연과 은강도 마찬가지였다. 나연의 폭풍권은 물론 은강의 검조차도 놈들에겐 전혀 통하지 않았다. 섬검자와 완완노 등이 힘을 보탰음에도 불구하고 그들은 야차의 공격을 피해 다니기에 급급했다. 그런데도 불구하고 신승은 아무런 조치도 취하지 않은 채 지그시 눈을 감고 있을 뿐이었다.

그렇게 얼마나 많은 시간이 흘렀을까? 신승이 지그시 감았던 눈을 뜨며 알 수 없는 말을 내뱉었다.

"준비됐는가?"

대체 누구에게 하는 말인지 알 수가 없었는데, 대답은 의외로 운학도인의 입에서 흘러나왔다.

"시작하십시오."

신승은 다시 눈을 감으며 손에 들고 있던 목탁을 천천히 두드리기 시작했다.

똑— 또그르르.

이것이 과연 나무를 깎아 만든 목탁에서 흘러나오는 소리인가 싶을 정도로 청아한 음향이었다. 그 소리를 듣는 순간 부현은 정신이 확 맑아짐과 동시에 마음이 평온하게 가라앉는 느낌을 받았다. 이런 느낌은 단지 부현 하나에 국한된 것이 아니라 일행 모두에게 전달되었다. 반면에 야차들은 목탁 소리가 울릴 때마다 귀를 막으며 괴로워했다. 그 모습을 본 순간 부현은 자신이 잊고 있던 한 가지 생각을 떠올릴 수 있었다.

'그래, 알키루스도 성고의 힘으로 물리쳤지!'

부현은 등에 메고 있던 성고를 재빨리 풀어내며 소리쳤다.

"모두 천부인을 꺼내! 이걸로 이놈들을 처치할 수 있을지도 몰라!"

그의 말에 따라 나연과 은강도 신경과 천령을 꺼내 들었다. 어쩌면 야차들도 은연중에 풍겨 나오는 천부인의 기운을 느끼고 그 주인들을 먼저 공격한 것인지도 몰랐다.

두웅!

부현이 먼저 야차들을 향해 성고를 울렸다. 그의 뜻대로 소리가 통제되지는 않았지만, 울리는 면을 야차들에게 향한 만큼 가장 큰 영향을 받는 것은 놈이었다.

키에에엑!

야차들은 매우 고통스럽게 몸부림치며 사방으로 튀어 다녔다. 성고의 울림이 놈들에게 먹혀들자 부현은 좀 더 강하게 성고를 두드렸고, 은강도 천령을 흔들기 시작했다.

짤랑짤랑!

천령의 방울 소리까지 더해지자 야차들은 어쩔 줄 몰라 하며 사방으로 튀어 다녔다. 놈들은 천부인의 소리에서 벗어나기 위해 바깥으로 몸을 날리려 했지만, 운학 도인이 설치해 둔 부적 진에 막혀 도로 퉁겨 들어와야 했다.

나연이 들고 있는 신경에서는 현묘한 빛이 쏟아져 나오고 있었다. 성고와 천령의 울림에 감응한 현상인 것 같았다.

천부인의 울림이 계속됨에 따라 야차들의 몸부림이 극에 달한 듯하자 신승이 나연에게 말했다.

"신경의 빛을 시간의 틈에 비추어라."

나연은 신승의 말대로 시간의 틈을 향해 신경의 현묘한 빛을 쏘아냈다. 그러자 시간의 틈으로 나오려고 발버둥 치던 야차들이 비명을 지르며 깊숙한 안쪽으로 도망쳐 버렸다.

"이제 되었네!"

신승이 소리치자 운학 도인은 법력을 일부 회수하여 시간의 틈이 벌어지도록 하였다.

"성고와 천령을 더욱 크게 울리거라!"

신승의 말에 따라 부현과 은강은 더욱 힘주어 천부인을 울렸고, 더이상 견디지 못한 야차들은 시간의 틈으로 뛰어들었다.

그 순간 운학 도인이 법력을 끌어올리고, 신승까지 그들에 합세하여 법력을 쏟아내기 시작하자 시간의 틈은 천천히 아물어지더니 얼마 지나지 않아 미세한 흔적만 남긴 채 거의 봉합되었다.

세 개의 돌기둥 중 한 곳에서 이상한 현상이 일어나기 시작한 것은 바로 그때였다.

지상으로부터 여섯 자 높이에 말간 점 하나가 생기는가 싶더니 점점 커지며 샘의 모양을 갖추어 나가고 있었다.

그것은 정말 샘이었다. 놀랍게도 수직으로 서 있는 돌기둥의 면을 따라 샘이 생겨난 것이다. 그럼에도 불구하고 물은 한 방울도 흘러내리지 않았다. 물이란 원래 수직으로 서 있는 게 맞다는 듯이 말이다.

"비밀의 샘이다!"

부현이 먼저 발견하고 소리치자 일행 모두의 눈길이 그곳으로 향했다. 마치 거울을 세워놓은 듯 고요하게 가라앉아 있는 비밀의 샘에서는 뭐라 형용할 수 없는 서기가 뻗어 나오고 있었다.

"시간의 돌을 꺼내요, 누나!"

부현이 소리치며 비밀의 샘을 향해 달려갔다. 루비욘의 방해를 받기 전에 한 줌의 물이라도 떠놓으려는 생각에서였다. 그러나 부현은 샘물을 뜰 수가 없었다. 어느새 움직였는지 루비욘이 샘물을 막고 있었기 때문이다. 문제는 그의 몸을 둘러싸고 있는 물방울 같은 마법의 기운이 샘물을 완전히 뒤덮고 있다는 점이었다.

"비켜라, 이 교활한 늙은이!"

부현은 크게 소리치며 루비욘을 와락 밀치려 하였다. 하지만 물방울 같은 기운에 닿는 순간 그의 손은 여지없이 미끄러지고 말았다. 장력의 기운뿐 아니라 사람의 몸이나 물체로부터 전해지는 힘조차 모두 미끄러뜨리는 특성을 지닌 마법 기운임이 분명했다. 이렇게 되면 그가 비켜주기 전에는 비밀의 샘물을 떠낼 재간이 없었다.

나연은 시간의 돌을 꺼내놓고도 노몽과 깨몽을 불러낼 수 없었다. 소멸 직전으로 기력이 쇠한 그들을 불러놓고 샘물을 먹이지 못하면 오히려 더욱 위험하게 만드는 꼴이 될 수도 있기 때문이다. 그들을 불러내기 전에 비밀의 샘을 확보하는 것이 급선무였다.

루비욘은 비릿한 미소를 머금은 채 부현을 물끄러미 바라보고 있었다. 이 밉살맞은 늙은이를 바로 코앞에 두고도 어떻게 할 방법이 없다는 게 부현을 더욱 화나게 했다.

"우아이압!"

부현은 고함을 질러대며 그의 면상에 주먹을 꽂아 넣었다. 하지만 주먹은 헛되이 미끄러져 엉뚱한 돌기둥만 때렸을 뿐이다.

그러는 동안에도 시간은 빠르게 흘러갔다. 이대로 간다면 시간의 샘은 그냥 사라지고 말 터였다.

"모두들 방법 좀 생각해 봐요!"

부현이 애타는 심정으로 일행에게 소리쳤다. 하지만 대체 무슨 방법이 있단 말인가? 신승과 운학 도인 등은 여전히 시간의 틈을 봉합하고 있는 데만 전력을 기울이고 있었고, 나머지 일행도 뾰족한 방법이 없는 듯 안타까운 표정만 짓고 있을 뿐이었다.

"루비욘, 이 찢어 죽일 늙은이! 그 더러운 마법도 언젠가는 풀릴 때가 있겠지. 그때가 되면 아주 처절하게 죽여주마! 절대로 쉽게 죽이지 않을 거야!"

무섭게 소리치는 부현에게 루비욘은 여전히 미소를 머금은 채 조롱하는 듯한 어투로 대꾸했다.

"능력이 된다면 네 맘대로 하거라, 꼬마야. 하지만 지금은 나도 어쩔 수 없구나. 이 마법은 신이 아닌 이상 깨뜨릴 수 없다는 장점을 가진 대신 한번 시전하면 세 시간 동안은 나도 풀 방법이 없다는 단점을 가지고 있거든. 시간의 소멸로 그 시간도 단축되기는 하겠지만, 비밀의 샘이 사라질 때까지는 충분히 유지될 거다. 그러니 네가 뭐라고 하든 비밀의 샘은 이대로 사라지고 마는 거지. 그 다음엔 너희와 나 중 누가 이곳에서 살아갈지 결판내야겠지. 물론 그 승자는 내가 되겠지만."

"어림없는 소리! 당신은 분명히 여기서 죽어! 그것도 아주 처절하게 죽게 될 거야!"

"그건 모르는 일이지. 네가 과거로 오면서 엄청난 힘을 부여받았듯이 나 또한 과거로 오면서 그 이상의 힘을 갖게 됐거든. 더구나 그때는 시간의 요정들도 활력이 넘칠 때라 아주 대단한 힘을 부여받을 수 있었지. 따라서 너는 나를 이길 수 없단다, 꼬마야."

"자꾸 꼬마라고 부르지 마!"

계속되는 루비욘의 조롱에 부현은 화를 이기지 못하고 발을 힘껏 굴렀다.

우르르르……

세 개의 돌기둥이 크게 진동하며 돌 가루가 우수수 쏟아졌다. 하지만 화를 낸다고 해결될 일은 아니다. 뭔가 방법을 떠올려야 한다.

'뭔가 방법이 있을 거야. 분명히 있을 거야!'

부현은 초조한 가운데서도 가능한 모든 방법을 떠올려 보았다.

'이 늙은이만 사라지면 돼. 어떻게든 비밀의 샘물에서 떨어지게 하기만 하면…….'

한 가지 생각에 집중하다 보니 뭔가 방법이 떠오를 것도 같았다. 그런데 어느새 비밀의 샘이 줄어들고 있었다. 벌써 사라질 시간이 다된 모양이다.

'빨리 떠올려야 돼! 그렇지 않으면 지금까지 한 고생은 모두 헛된 일에 불과하단 말이야!'

부현은 필사적으로 머리를 굴렸다.

'분명히 지금과 유사한 일을 경험했던 것 같은데… 왜 떠오르질 않는 거야!'

샘은 절반 크기로 줄어들어 있었다.

'분명히 있었어. 지금과 유사한 상황이…….'

이런 생각에 골몰해 있던 부현은 자신도 모르게 양손을 들고 앞으로 내뻗는 시늉을 하였다. 그 순간 뭔가 깨달아지는 것이 있는 듯 그는 강렬한 안광을 내뿜으며 소리쳤다.

"그래! 무무자의 진을 격파했던 바로 그 방법!"

사람은 간혹 경험한 일을 머리가 아닌 몸으로 기억하고 있는 경우가 있다. 지금 부현이 바로 그런 경우다. 그는 몸으로 겪었던 유사한 기억을 떠올림으로써 방법을 찾아낸 것이다.

"이 마법을 일단 시전하면 세 시간은 풀 방법이 없다고 했지? 그리고 이 마법을 펼치는 동안에는 당신이 바깥으로 나오거나 공격을 할수도 없고 말이야!"

부현이 뭔가 방법을 찾은 듯하자 루비욘은 내심 불안한 마음이 들었지만, 이를 내색하지 않기 위해 더욱 진한 조소를 입가에 머금으며 대꾸했다.

"네 둔한 머리가 무슨 생각을 떠올렸는지는 모르지만 그만 포기해라, 꼬마야."

"후훗. 그렇게 말할 수 있는 것도 이제 마지막이야. 당신은 지옥으로 영원히 떨어져 버릴 테니까!"

도대체 무슨 생각을 하는 것인지 자신만만하게 대꾸한 부현은 시간의 틈을 봉합하고 있는 운학 도인을 향해 소리쳤다.

"이 교활한 늙은이를 끌고 갈 테니 때를 맞춰서 시간의 틈을 열어주세요!"

운학 도인이 고개를 끄덕여 알았다는 표시를 해오자 부현은 양손에 진기를 끌어 모았다. 이어서 팔을 넓게 벌려 루비욘을 보호하고 있는 구체의 양쪽에 대더니 힘껏 진기를 쏘아냈다.

"하아아압!"

그러자 그의 양손에서 쏟아져 나온 진기가 구체의 바깥 면을 타고 그물 같이 퍼져 나갔다. 하지만 그것은 자신의 손을 서로 싸움 붙이고 있는 것과 마찬가지였기에 그도 매우 큰 고통을 당해야 했다.

"크으윽!"

무무자의 진을 격파할 때는 양쪽으로 흘러나간 기운이 한곳에서 만나 약한 곳을 뚫어버렸기에 큰 충격이 오지 않았었다. 하지만 지금은 양손이 서로에게 장력을 쏘아내고 있는 형국이었으므로 자신이 뿜어낸 진기의 충격을 고스란히 받아야만 했다. 그러나 그 방법은 분명히 효과가 있었다. 무엇이든 미끄러뜨리기만 하던 루비욘의 마법 보호막이 서서히 움직이기 시작한 것이다.

"어째서 이런 일이……!"

루비욘도 이런 경우는 전혀 예상치 못했던 듯 매우 당황하며 끌려가지 않기 위해 애를 썼다. 공격은 불가능하지만 이동은 할 수 있었기에 최선을 다해 방어를 하고 있는 것이다.

루비욘이 필사적으로 버티자 부현도 더 이상 움직일 수가 없었다.

"흐으으읍!"

부현은 지닌 바 모든 내력을 동원하여 양손으로 진기를 쏘아냈다. 그러자 양손이 파열되고, 가슴이 터질 것 같은 고통이 밀려들었다. 그런데 안타깝게도 루비욘을 더 이상 움직일 수는 없었다.

부현은 고개를 돌려 나연에게 도움을 요청하는 눈길을 보냈다. 내력을 잔뜩 돋운 상태에서는 입을 여는 것만으로도 진기가 흩어질 수 있기에 눈길만 보낸 것이다. 다행히 나연은 그의 의도를 알아차리고 그의 명문혈에 진기를 주입해 주기 시작했다.

나연의 내력까지 더해지자 부현은 전신이 터져 나가는 것만 같았다. 그래도 포기하지 않고 온 힘을 쏟아 붓자 루비욘은 다시 움직이기 시작했다.

한 발, 두 발…….

부현은 사력을 다해 움직였다. 이윽고 시간의 틈에 가까워지자 루비욘은 더 버티지 못하고 절망적으로 소리쳤다.

"제발 멈춰!"

하지만 부현은 움직임을 멈추지 않았다. 이제 비밀의 샘은 직경 한 자 정도로 줄어들어 있었다. 여기서 루비욘을 놔줬다가 가벼운 실랑이라도 벌어진다면 비밀의 샘은 사라지고 말 터였다.

시간의 틈 바로 밑에 도착한 부현이 루비욘을 들어 올려 바짝 밀착시키자 운학 도인과 신승 등은 서로 눈빛을 교환 뒤 법력을 늦췄다.

쩌저적!

시간의 틈이 시커먼 아가리를 쩍 벌리는 순간, 부현은 혼신의 힘을 다하여 루비욘을 그 안으로 던져 넣었다.

"안 돼… 으아아아악!"

급속하게 멀어지는 루비욘의 처절한 비명 소리를 들으며 운학 도인과 신승 등은 법력을 끌어올려 시간의 틈을 다시 봉합했다. 조금 전에 천부인에 한번 당한 탓인지 다행히도 야차들은 튀어나오지 않았다.

그런데 시간의 틈이 완전히 닫히는 순간 주변을 감싸고 있던 검은 기운이 감쪽같이 사라지는 게 아니겠는가! 시간의 소멸이 멈춘 것이다. 따라서 시간의 틈도 더 이상 존재할 수 없었다.

"휴우우……."

시간의 틈을 봉합하기 위해 법력을 소진한 운학 도인이 긴 한숨을 내쉬며 힘겹게 입을 열었다.

"다행히도 루비욘이 펼쳤던 마법진이 그의 생명과 연계되어 있었던 모양이구나. 그렇지 않았다면 그가 죽더라도 시간의 소멸은 계속 진행되었을 게야."

"시간의 틈에 던져 넣은 지 얼마나 됐다고 벌써 죽어요?"

"시간의 틈은 이승과 저승을 연결하는 통로가 아니더냐? 그러니 그 안으로 들어갔다는 것은 곧 죽음을 의미하지. 하지만 실제로 그는 죽은 게 아니다. 저승은 이승과 달라서 육신을 가지고 들어갈 수 없는 곳이거늘… 물질로 이루어진 육신을 지닌 채 던져졌으니 영원히 죽지도, 살지도 못하는 고통을 맛보아야 할 게다. 그런데 너는 급히 해야 할 일이 있지 않더냐?"

"아차!"

부현은 황급히 비밀의 샘을 쳐다보았다. 시간의 소멸이 멈춰 줄어드는 속도는 늦어진 상태였지만, 이제 남은 것은 손바닥만한 면적뿐이었다.

"누나, 시간의 돌 꺼내요!"

"알았어."

나연이 시간의 돌을 꺼내자 부현은 얼른 빼앗더니 비밀의 샘과 반대편으로 달려갔다.

"어딜 가는 거야?"

나연은 놀라서 소리치며 뒤를 좇았고, 나머지 일행은 이해할 수 없다는 표정으로 부현을 바라보았다.

부현은 비밀의 샘에서 이십여 장이나 멀어지고 나서야 걸음을 멈췄다.

"대체 왜 그러는 거니?"

나연이 물었지만 부현은 대답하지 않은 채 시간의 돌에 대고 소리쳤다.

"노몽! 비밀의 샘이 나타났어요! 어서 깨몽과 함께 나와봐요!"

그러자 시간의 돌에서 노몽이 얼굴을 내밀었다.

"뭐? 비… 밀의… 샘이… 나타… 났다고……?"

원래 할아버지의 모습이긴 했지만, 지금은 더 심하게 늙은 모습인데다 말조차 하기 힘겨워했다.

"하지만 비밀의 샘물에 데려다 주기 전에 한 가지 조건이 있어요."

부현의 말에 노몽의 표정이 보기 싫게 일그러졌다.

"그게… 뭔… 말이여……? 너희를… 치료해… 주는… 것으로… 조건은……."

"누가 뭐라고 했든 상관없어요. 나는 과거에 꼭 한 번 다녀와야만 해요."

"그건… 안… 돼……. 너희가… 원래… 살던 시대로… 돌려주는 것… 이외의… 시간… 여행은… 할… 수가… 없어……."

"그럼 비밀의 샘물도 없어요!"

노몽도 그랬지만 부현의 의지도 단호했다.

"이러다 비밀의 샘이 사라지고 말겠어!"

두 사람의 실랑이를 바라보며 나연이 초조하게 소리쳤다.

"할 수 없어요, 나는 꼭 소희를 살려내야 하니까."

"일단 샘물부터 마시게 하고 나서 부탁해도 되잖아!"

"이 고집쟁이 늙은 요정이 내 말을 들어줄 것 같아요?"

부현이 완강하게 버티자 나연은 노몽에게 시선을 돌렸다.

"부현이의 부탁을 들어줘요. 그리 먼 과거도 아니란 말이에요."

"안… 돼……."

"이러다 비밀의 샘이 사라지면 노몽과 깨몽도 끝이라고요."

"그래도… 안… 돼……."

"좋아요. 그럼, 우리를 원래 살던 곳으로 데려다 주는 대신 부현이를 과거로 데리고 가줘요."

"정… 말……?"

"그 방법밖에 없잖아요."

"좋아… 그렇다면……."

노몽의 말이 채 끝나기도 전이었다.

쌔애앵!

부현이 바람을 가르며 비밀의 샘으로 달려갔다. 비밀의 샘은 이제 손바닥 반 넓이밖에 남아 있지 않았다.

"빨리 마셔요."

부현이 비밀의 샘에 얼굴을 대주자 노몽은 단숨에 샘물을 들이키더니 힘을 되찾은 듯 시간의 돌에서 빠져나오며 축 늘어진 깨몽을 꺼내 샘물을 마시게 해주었다. 그러자 깨몽도 힘을 얻어 스스로 샘물을 마시기 시작했고, 두 요정은 비밀의 샘이 완전히 사라질 때까지 번갈아가며 계속 들이켰다. 그리고 잠시 후,

버엉!

일행 모두가 놀란 입을 다물지 못한 채 두 요정을 바라보고 있었다. 세상에 이렇게 아름다운 남녀가 존재할 수도 있는 것인가!

노몽과 깨몽은 이십 대 초반의 젊은 남녀 모습으로 돌아와 있었다. 능글맞은 노몽의 모습과 알에 가까웠던 깨몽의 모습은 어디에도 남아 있지 않았다.

"뭘 그렇게들 쳐다봐? 요정 처음 보나?"

아름다운 여자 요정 깨몽(?)이 당찬 목소리로 말했다. 목소리도 아름답기 그지없었다. 하지만 이렇게 계속 입을 벌리고 있을 수만은 없었기에 부현은 그동안 일어난 일에 대해서 대강 설명해 주었다. 그리고

끝으로 루비욘을 처치할 때의 상황을 이야기해 주자 노몽과 깨몽은 그 자리에 자신들이 없었던 것을 안타까워했다.

"그 인간 때문에 소멸될 위기에 처했던 걸 생각하면 지금도 치가 떨려."

멋진 남자 요정 노몽은 고통스러웠던 과거가 떠오르는 듯 몸을 부르르 떨더니 문득 부현에게 시선을 던지며 물었다.

"그런데 원래 살던 시대로 돌아가는 것 대신 과거에 다녀오게 해달라고?"

"네."

"좋아. 약속한 것이니 원하는 대로 해주지. 하지만 이건 미리 알아 둬, 과거의 한 시점을 바꾼다는 것은 네가 존재하는 지금 이 시점뿐 아니라 미래까지도 바뀌게 된다는 사실을. 또한 너와 관계된 모든 사람들의 미래도 바뀌게 될 거야. 그래도 상관없다면 과거로 데려다 주지."

"상관없어요. 최소한 그동안 겪었던 것보다 힘든 일은 벌어지지 않을 테니까."

"그건 모르는 일이야. 최악의 경우 지금 살아 있는 사람들 중에 누군가 죽게 될지도 몰라. 네가 구하고 싶다는 여자도 그 시점에서는 구할 수 있을지 몰라도 그 이후부터 지금의 시점 사이에서 다시 죽는 경우가 생길 수도 있고."

이쯤 되면 부현도 고민하지 않을 수 없었다. 다른 사람의 생명까지 걸려 있다는데 어떻게 혼자 결정할 수 있겠는가?

부현이 갈등 어린 시선으로 일행을 둘러보았다. 그러자 운학 도인이 나직한 목소리로 말했다.

"세상에는 되돌려도 좋은 일과 그러지 말아야 하는 일이 있다. 그중에서 인간의 생사는 후자에 속한다. 그건 신의 영역이야. 어떤 능력을 가졌든 그 영역을 넘봐서는 안 되는 거다."

"그래도 저는 소희를 꼭 살리고 싶어요."

애절한 눈빛을 보내며 기어들어 가는 목소리로 말하는 부현을 물끄러미 바라보던 운학 도인은 그의 가슴에 자리한 진심을 느끼고는 어쩔 수 없다는 듯 고개를 저었다.

"네 마음의 흐름도 운명의 일부이거늘 어찌 내 말 한마디로 바뀌겠느냐. 나는 관여치 않을 터이니 너희들끼리 상의하여라."

"옳게 보았네, 운학 아우. 저 녀석의 애절함은 천하와도 맞바꿀 준비가 되어 있는 게야. 그러니 누구의 말인들 귀에 들리겠는가?"

신승마저 이렇게 말하자 나머지 일행도 묵묵히 고개를 끄덕여 주었다.

"다녀와라, 부현아. 만약 그 일로 인해 우리의 현재가 바뀐다 해도 너를 절대로 원망하지 않을게."

나연이 이렇게까지 말해 주자 부현은 너무 고마워서 눈물이 쏟아질 것 같았다.

"모두 고마워요. 과거로 가면 소희를 구하는 것 이외에는 어떤 것도 건드리지 않고 돌아올게요."

"그래. 나도 진 낭자를 다시 볼 수 있었으면 좋겠구나."

나연은 부드러운 미소와 함께 부현의 손을 꼭 잡아주었다. 살짝이 아니라 '꼭'이라는 데 문제가 있었지만……

'옥! 아프다. 누나 손은 여전히 흉기야.'

"이제 결정이 된 것 같으니 날짜와 시간을 얘기해 봐."

과거로의 여행을 담당하는 깨몽이 말했다.

"그러니까……."

부현은 진소희와 함께 바람을 쐬러 나갔다가 소수연을 발견하게 된 그날 그 시간을 정확하게 깨몽에게 이야기해 주었다.

"좋아! 그럼 이제 간다!"

깨몽의 말이 떨어짐과 동시에 부현과 노몽, 깨몽의 모습이 일행의 앞에서 사라져 버렸다. 부현과 나연에게 얘기를 들어 알고 있었음에도 불구하고 섬검자와 완완노 등은 눈을 휘둥그렇게 뜨며 놀라워했다.

'쥐꼬리 말이 사실이었네?'

깨몽은 한 치의 오차도 없이 부현에게 들었던 장소와 시간으로 정확히 이동하였다. 그리고는 노몽과 함께 시간의 돌 속으로 모습을 감추었다. 부현은 시간의 돌을 잘 간수한 뒤 주변을 살폈다. 그가 떨어진 곳은 그날 묵었던 객점 앞이었다. 이제 잠시 후면 과거의 자신이 진소희와 함께 바람을 쐬러 나올 시간이었다.

부현은 음영에 몸을 숨긴 채 시간이 지나기를 기다렸다. 이윽고 객점 입구로 자신과 진소희가 나오는 모습이 눈에 들어왔다. 마냥 행복해하는 진소희를 보니 당장 뛰어나가서 안아주고 싶었다. 하지만 그럴 수는 없었다.

두 사람이 거리로 들어서자 부현은 어디선가 지켜보고 있을 소수연을 탐색해 갔다. 하지만 그녀의 모습은 아직 눈에 띄지 않았다. 부현은 조심스럽게 두 사람의 뒤를 밟아 나갔다. 그렇게 거리 중간쯤에 이르렀을 때 부현은 한 골목의 음영에 몸을 숨기고 있는 소수연을 발견할 수 있었다. 그녀를 보자 살기가 치밀어 올랐지만, 진소희를 구하는 것 이외에는 되도록 과거를 건드리지 않겠다는 일행과의 약속을 상기하며 꾹 참아냈다.

그때 과거의 자신이 가짜 소수연을 발견하고 쫓아가기 시작했다. 그러자 사랑스러운 여인 진소희는 멀어지는 자신을 한동안 보고 있다가 객점으로 다시 발길을 돌렸고, 소수연은 약간의 거리를 두고 그녀를 뒤쫓았다. 부현도 소수연이 눈치 채지 못하게 뒤를 밟았다.

얼마 지나지 않아 객점에 당도한 진소희가 안으로 들어가려는 순간이었다. 소수연이 은밀하게 그녀의 뒤로 접근하며 싸늘한 음성을 흘렸다.

"너는 잠시 나와 가줘야 할 곳이 있다."

흠칫 놀라 고개를 돌린 진소희는 경악한 눈으로 소수연을 바라보았다.

"당신이 여기를 어떻게……?"

그 순간 소수연이 빠르게 손을 놀려 그녀의 혈도를 제압했다.

"훌륭한 밤을 보내게 해주지. 너는 물론이고 전부현도 절대 잊을 수 없는 밤이 되도록 해주겠어."

소름 끼치는 말과 함께 소수연이 진소희를 들쳐 메는 순간, 부현은 재빨리 소수연의 완맥을 움켜잡았다.

"흐윽!"

완맥으로 밀려드는 부현의 엄청난 진기를 감당하지 못한 소수연은 진소희를 놓치며 그 자리에 무릎 꿇고 말았다.

부현은 진소희가 다치지 않도록 한 손으로 부축하며 소수연의 완맥에 더욱 강한 진기를 주입했다.

"끄으윽!"

그 시점의 소수연은 부현의 상대가 아니었으므로 금방 숨이 넘어갈 듯 온몸에 경련을 일으켰다. 조금만 더 진기를 주입하면 죽일 수도 있을 것 같았지만 부현은 애써 살기를 내리누르며 완맥을 놓아주었다.

지옥의 문턱에서 겨우 살아난 소수연은 자신을 핍박한 상대가 부현이란 사실을 알고는 경악을 금치 못했다.

"너는 가짜를 쫓아갔을 텐데, 어떻게……?"

"세상에는 간혹 불가능한 일이 벌어지기도 하지."

"믿을 수가 없어! 조금 전 주입했던 진기의 수위는 도저히 네 능력으로 할 수 있는 일이 아닐 텐데……."

"궁금하다면 한 가지만 알려주지. 너 따위는 손톱으로 눌러 죽일 수도 있어. 그러니 내 경고를 잘 들어둬. 이후로 소희에게 한 번만 더 손을 대려고 들면 너는 죽고 싶어도 죽을 수 없는 고통을 받게 될 거다. 알아들었으며 사라져!"

"가라고? 나를 놔주겠다는 거야?"

"자꾸 죽이고 싶은 생각이 드니까 마음 바뀌기 전에 빨리 사라져."

자신이 알고 있는 부현과는 분명히 다른 기도가 느껴지고 있었기에 소수연은 두말하지 않고 자리를 떴다. 하지만 갑자기 변한 그에 대한 궁금증만큼은 지울 수가 없었다.

부현은 제압당한 진소희의 혈도를 풀어주었다. 그녀는 어딘가 모르게 다른 부현에게 거리감이 느껴지는지 약간은 경계하는 표정으로 물었다.

"어떻게 된 거예요?"

이 한마디에는 무수한 궁금증이 내포되어 있었다. 반대 방향으로 사라졌던 소수연이 왜 여기에 있으며, 자신을 잡아가려 했던 이유는 무엇인지, 그녀와 부현 사이에 오간 대화의 내용은 어떻게 받아들여야 하는 것인지 등등……

하지만 부현은 그녀에게 어떻게 설명해야 좋을지 알 수 없었다.

"일단 방에 올라가 있어, 잠시 후에 설명해 줄 테니까."

겨우 이렇게 말하는 게 그가 할 수 있는 전부였다.

진소희는 좀 더 자세한 대답을 듣고 싶은 표정이었지만 그의 말을 거역하지 않고 객점으로 들어갔다.

부현은 혹시라도 다른 일행의 눈에 뜨이지 않기 위해 몸을 숨긴 채 과거의 자신이 돌아오기를 기다렸다. 소수연이 아직 살아 있는 상태이 므로 최소한 자신에게는 사실을 알려주고 가야 마음이 놓일 것 같았기 때문이다.

얼마나 시간이 흘렀을까? 거리 저만치서 빠르게 달려오는 자신의 모습이 보였다. 부현은 자신이 소란을 떨지 않도록 거리로 달려나가 자신을 멈춰 세웠다.

"잠깐 기다려!"

또 다른 자신을 발견한 과거의 부현은 이만저만 놀란 표정이 아니었다.

"너, 너, 너… 누, 누구야!"

"미래의 너야."

"그게 무슨 말이야? 미래의 나라니?"

부현은 자신이 과거로 오게 된 경위를 간략하면서도 명료하게 설명해 주었다. 설명이 끝나자 과거의 부현이 놀란 목소리로 외쳤다.

"그러니까, 오늘 내가 가짜 소수연에게 속는 바람에 진소희가 죽었단 말야? 아니지. 죽을 뻔했다는 거야?"

"그래, 그러니 앞으로 각별히 조심해. 처참하게 죽은 소희를 보고 싶지 않다면 말이야. 이렇게 말해 줬는데도 소희에게 무슨 일이 생긴다면 너… 아니, 내가 되겠지. 나는 더 이상 살지 않을 거야. 무슨 얘긴지 알겠어?"

"그, 그래, 다시는 소희를 혼자 두지 않을게. 그런데……."

"왜?"

"너, 정말 내가 맞는 거야?"

"그렇다고 했잖아."

"천부인은 다 찾았어?"

"찾았으니까 시간의 요정들을 되살려서 여기에 와 있지."

"아, 그렇구나."

"내가 봐도 과거의 나는 정말 마음에 안 드네."

"야! 그게 무슨 말이야! 내가 나를 마음에 들어하지 않으면 어떻게 하냐?"

"걱정이다, 정말. 소희의 죽음 덕분에 세상을 조금 알게 됐는데, 이젠 그 성격 그대로 미래까지 가게 생겼으니……."

"걱정 마셔! 아무리 덜떨어진 나라도 소희와 함께인 것이 백 번 천 번 좋으니까."

"그래, 그건 사실이다. 어쨌든 내 일은 끝났으니 이제 그만 가볼게."

"내 생각에도 그러는 게 좋을 것 같다. 내가 나를 보고 있으니까 돌아버릴 것 같아."

"오죽하겠냐? 똑같은 놈 둘이 만났으니."

도대체 누가 누굴 욕하는 것인지… 완완노가 한마디만 해도 볼이 잔뜩 부어오르던 그였건만 자신끼리의 대화에서는 서로를 신랄하게 비판하고 있었다.

부현은 시간의 돌을 꺼내 두 요정을 불러냈다. 그런데 과거의 노몽과 깨몽이 아닌 멋진 남자 요정 노몽과 아름다운 여자 요정 깨몽이 모습을 드러내자 과거의 부현은 눈을 휘둥그렇게 뜨고 침을 꿀꺽 삼켰다. 물론 그의 눈길이 고정된 쪽은 깨몽이었다.

'저거 되게 예쁘네? 소희만 아니면 확 꼬셔 버리고 싶을 만큼……'

부현은 과거의 자신이 무슨 생각을 하고 있는지 훤히 알겠다는 듯 혀를 끌끌 차고는 노몽에게 말했다.

"저 인간 꼴 좀 그만 봤으면 좋겠으니 어서 가요."

"내가 생각해도 눈빛이 좀 느끼하다. 가자."

말이 떨어짐과 동시에 부현과 시간의 요정들은 모습을 감추었고, 도깨비에 홀린 듯 멍한 표정을 짓고 있는 과거의 부현만 그 자리에 남아 있었다.

떠났던 시점으로 되돌아온 부현이 제일 먼저 살핀 것은 진소희의 존재 여부였다. 그런데 뭔가 이상했다.

일행 모두가 놀란 표정으로 그를 바라보고 있었는데, 음월과 진소희의 모습은 어디에도 보이지 않았던 것이다. 뿐만 아니라 어디서 많이 본 듯한 여자가 잔뜩 화난 얼굴로 자신을 쏘아보고 있는 것이 아닌가?

"어떻게 된 거예요?"

부현이 물었다. 그러자 기다리기라도 했다는 듯 일행이 동시에 외쳤다.

"너야말로 어떻게 된 거야? 조금 전까지 저쪽에 있던 놈이 왜 갑자기 여기서 나타나는 거야?"

"에? 무슨 말씀들을… 저는 과거로 가서 소희를 살려놓고 온 건데…

다들 보셨으면서 새삼스럽게 무슨 말씀을……."

부현의 대답에 일행은 모두 믿을 수 없다는 표정을 지었고 완완노가 소리쳤다.

"눈 깜빡할 사이에 꺼졌다 나타난 놈이 무슨 과거타령이야? 사람 세워놓고 바보 만드는 거냐?"

"아니에요. 나는 분명히 과거로 가서 두 시진 이상을 보내고 왔는데… 가만… 나는 시간 여행을 한 거지? 그러니까 과거에서 몇 시간을 보냈든 내가 사라진 시점으로 돌아오면 여기 있던 사람들 입장에서는 눈 깜빡할 새가 될 수도 있겠구나."

혼잣말을 중얼거리는 부현의 말을 듣고서야 나연은 뭔가 감이 잡힌다는 듯한 표정이었지만, 시간 여행이란 개념을 모르는 나머지 일행은 여전히 이해가 가지 않는다는 표정이었다. 하지만 그런 건 상관없었다. 중요한 건 진소희였다.

"소희는, 소희는 왜 안 보이죠? 음월은 또 어떻게 된 거고요?"

부현이 묻자 완완노는 이번에도 별 이상한 놈 다 보겠다는 표정으로 소리쳤다.

"몰라서 묻는 거냐? 그 아이는 배가 잔뜩 불러와서 국내성으로 먼저 보냈잖아. 음월은 그 아이를 따라갔고."

"에?"

부현은 머리가 혼란스러워서 도무지 정신을 차릴 수가 없었다.

"그러니까 소희는 무사하다, 이 말이죠? 게다가 임신까지?"

"거, 이상한 녀석이네. 대체 과거에는 갔다 왔다는 얘기는 뭐고, 시간 여행은 또 뭐야? 저쪽에 있던 놈이 갑자기 이쪽에 나타나서는 이상한 얘기나 하고 있으니 원."

"에?"

정말 놀랄 일이 한두 가지가 아니었다. 일 처리 잘하고 돌아오라고 배웅까지 해놓고 이런 식으로 몰아붙이면 뭐라고 대답을 해야 한단 말인가.

부현은 자신의 볼을 팍팍, 두드려 가며 정신을 다잡았다. 그리고 현 상황에 대해서 정리를 해나가기 시작했다. 그렇게 한동안 정리를 하고서야 대충 이해할 수가 있었다. 과거가 바뀌면서 일행의 기억까지 모두 바뀌어 버렸던 것이다. 과거를 다녀온 자신만 빼놓고 말이다.

'이거, 내가 그동안 다른 실수나 안 했는지 모르겠네.'

불안한 심정으로 일행의 눈치를 살피던 부현의 눈길이 어디선가 많이 본 듯한 여자의 얼굴에 고정되었다. 그리고 그의 눈은 점점 놀라움으로 커져 갔다. 그녀는 다름 아닌 은강이었던 것이다.

"넌 언제 다시 여자가 됐냐?"

"몰라, 이 나쁜 자식아! 니가 책임져!"

"내가 뭘 어쨌다고 그래?"

"니가 비밀의 샘물을 억지로 퍼먹였잖아!"

뜨악!

"내, 내가……?!"

"그래!"

"내가 왜 그런 짓을 했을까?"

"그걸 내가 어떻게 알아! 어쨌든 책임져!"

"뭘 어떻게 책임 져?"

"내 평생을 책임지라고, 이 나쁜 놈아!"

뜨아악!

"뭐, 뭐시라!"

"난 이제 완벽한 여자야. 그전에 왜 남자가 되려고 했었는지는 몰라도 이제 다시 남자가 되고 싶은 마음은 없어졌으니 나를 여자로 만든 니가 책임지라고!"

'대체 무슨 일이 이따위로 진행되는 거야?'

부현이 울상을 지으며 나연에게 물었다.

"그런데 내가 왜 은강에게 비밀의 샘물을 먹이려고 난리를 부렸데요?"

"그것도 기억 못하는구나? 그건 진 낭자 때문이었어. 그녀가 네게 시켰거든. 만약 남자의 모습으로 고구려에 돌아가면 대왕의 진노가 크실 것이라며."

'뭐야, 결국은 모두 소희 때문에 벌어진 일이잖아.'

허탈한 표정을 짓고 있는 부현에게 운학 도인이 말했다.

"대체 무슨 일이 벌어졌던 건지 가면서 천천히 듣자꾸나. 사막을 빠져나가려면 많은 시간이 걸릴 테니까."

일행은 동쪽을 향해 천천히 움직이기 시작했다. 고구려까지 가려면 꽤나 먼 여정이 될 터였다. 은강의 등쌀에 시달려야 하는 부현은 더욱더……

"어떻게 할 거야?"

"뭐, 뭘……?"

"날 어떻게 할 거냐고!"

"그, 그건… 소희와 먼저 상의해 봐야 하지 않을까?"

"뭐가 어째! 이게 대고구려국의 공주를 어떻게 보고……!"

"그런데 왜 꼭 내가 너를 책임져야 되냐?"

"나 목욕하는 모습을 본 남자는 너 하나잖아!"

"그건 내가 보고 싶어서 본 게 아닌데······."

"어쨌든 책임져! 그러지 않으면 고구려 군대가 네 뒤를 쫓게 될 거야."

"그런 억지가 어디 있어?"

"난 고구려 공주니까 당연한 거야!"

"미치겠네, 정말······."

부현과 은강의 실랑이는 끝이 없을 것 같았다.

〈大尾〉